HELMUT SCHARNER

Mostviertler Kaiserin

ENTTHRONT Eine Modenschau auf der Schallaburg erfährt ein abruptes Ende, als die bekannte Skikaiserin Simone Schnell tot aufgefunden wird – erdrosselt mit einer Dirndlschürze. Nur wenige Minuten zuvor hatte die junge Frau auf dem Laufsteg unter tosendem Beifall ihr neues Trachtenlabel präsentiert, das sie gemeinsam mit zwei Jugendfreundinnen gegründet hatte.

Major Brandner und die Inspektorin Annika Lindner übernehmen den Fall, der für viel Wirbel sorgt. Nicht zuletzt Presse und Politik fordern die rasche Verhaftung des Mörders der beliebten Nationalheldin! Doch die Liste der Verdächtigen ist lang. Während nur wenige zu Simone Schnells engstem Kreis gehörten, scheint die Zahl ihrer Neider endlos. Einstige Teamkollegen beim ÖSV missgönnten ihr den Erfolg ebenso wie Vertreter der Modebranche. Auch in der Familie stößt Inspektorin Lindner auf ein schwarzes Schaf, und Schnells Witwer zeigt sich auffällig wortkarg. Als ein zweiter Mord geschieht, ist der öffentliche Aufschrei groß. Werden Brandner und Lindner dem Druck standhalten?

Helmut Scharner wurde 1975 in Ybbsitz in Niederösterreich geboren. Er arbeitet als Sales Manager für den größten österreichischen Stahlkonzern. Beruflich wie privat reist er viel um die Welt, doch sein Dreh- und Angelpunkt ist das Mostviertel, in dem er mit seiner Familie lebt. Helmut Scharner hat bereits mehrere erfolgreiche Kriminalromane geschrieben, die in seiner Heimat verankert sind. Er ist Mitglied der Autorenvereinigungen »Das Syndikat« und der Österreichischen Krimiautoren.

HELMUT SCHARNER

Mostviertler Kaiserin

KRIMINALROMAN

GMEINER

Personen und Handlung sind frei erfunden.
Ähnlichkeiten mit lebenden oder toten Personen
sind rein zufällig und nicht beabsichtigt.

Im Ehnried 5, 88605 Meßkirch
Telefon 07575/2095-0
info@gmeiner-verlag.de

1. Auflage 2024

Lektorat: Ricarda Dück
Herstellung: Mirjam Hecht
Umschlaggestaltung: U.O.R.G. Lutz Eberle, Stuttgart
unter Verwendung eines Fotos von: © FREIWILD-DESIGN Austria
Druck: CPI books GmbH, Leck
Printed in Germany
ISBN 978-3-8392-0632-4

1

Schallaburg, Niederösterreich
Samstag, 10. Mai

Unten im Arkadenhof reihte sich das letzte Model ein. Die Dirndl leuchteten in bunten Farben, der Schmuck glitzerte in der Sonne. Die Trachten der Männer waren bewusst dunkel gehalten worden, damit die Kleider der Frauen umso beeindruckender wirkten. Sie erzielten genau den gewünschten Effekt, dachte Simone Schnell. Die Musik verstummte, kurz herrschte Stille. Simone warf einen letzten Blick zu ihren Freundinnen.

»Los, du machst das!«, ermutigte sie Alexandra rechts neben ihr.

»Fall bloß nicht hin!«, wisperte Martina von links.

Simone schluckte die aufkeimende Übelkeit hinunter.

Du schaffst das! Du hast in deinem Leben schon bei Weitem mehr geleistet.

Sie drückte Alexandras und Martinas Hände und ging los. Nach zwei Schritten gelangte sie ins Blickfeld des Publikums im Hof. Frenetischer Applaus und laute Bravo-Rufe setzten ein. Simone nahm nicht sofort die Stufen nach unten, stattdessen blieb sie stehen und ließ sich bewundern. Sie genoss den Blick auf die Menge zu ihren Füßen ebenso wie die Aussicht auf den Arkadengang und die Terrakotten, die eine einzigartige Atmosphäre schufen. Alle Aufregung war mit einem Mal vergessen.

Im Blitzlicht der Kameras stieg sie so anmutig wie möglich hinab, um ihr Dirndl als Höhepunkt der Modenschau in Szene zu setzen. Sie war das Gesicht des Trachtenlabels ›Schnell und Chic‹. Ihr eigenes Label! Für ihren Auftritt auf dem Laufsteg hatte sie sich für das türkisfarbene Dirndl aus glattem Stoff entschieden, dessen weiße Spitzen ihr Dekolleté und die Schultern umspielten. Zusammen mit der rosafarbenen Schürze, die teils aus weißem durchsichtigem Material bestand, passte das Outfit perfekt zu ihren langen dunkelbraunen Haaren und braunen Augen. Simone war sich sicher, dass ihr Lächeln auf den Fotos nicht aufgesetzt wirken würde, denn sie war glücklich. Sie konnte den Erfolg förmlich riechen, es fühlte sich an wie früher bei einem ihrer großen Siege im Skiweltcup, fast sogar wie bei der Olympiade, als sie die Goldmedaille gewonnen hatte.

Simone schwebte förmlich die Stufen hinunter. Unten angekommen, drehte sie sich um und lenkte mit einer Handbewegung die Aufmerksamkeit der Menge nach oben. Ihre Geschäftspartnerinnen Alexandra und Martina schritten wie verabredet nebeneinander die Stufen herunter. Simone empfand tiefe Dankbarkeit für die beiden. Ohne ihre Freundinnen wäre ihre zweite Karriere nicht möglich gewesen! Und ohne die wäre sie nach dem Abschied aus dem Skirennzirkus in ein tiefes Loch gefallen. So aber hatte sie eine neue Aufgabe gefunden, die sie erfüllte.

»Frau Schnell«, rief ein Fotograf. »Schauen Sie bitte zu uns!«

Simone reagierte nicht sofort, doch die Forderungen wurden lauter. Obwohl ihre beiden Geschäftspartnerinnen noch nicht alle Stufen gemeistert hatten, wandte sich Simone den Journalisten zu und beantwortete deren Fragen zur Kollektion. Schließlich winkte sie Alexandra und Martina zu sich. Sie positionierte sich in der Mitte und schlang links und rechts ihre Arme um die Hüften ihrer Freundinnen. Besser hätte es nicht laufen können, dachte sie und lächelte ein weiteres Mal den Fotografen zu. Welches Bild wohl morgen in den Zeitungen abgedruckt werden würde? Eigentlich spielte das keine Rolle, denn alle Dirndl waren ganz wundervoll. Martina hat sich selbst übertroffen! Sie drückte ihre Freundin links neben sich gleich noch etwas enger an sich.

2

Sankt Pölten, Niederösterreich
Samstag, 10. Mai

Annika Lindner konnte ihr Glück kaum fassen: Sie saß ihrer bezaubernden Nina in einem Restaurant gegenüber, und später würden sie noch bis in die Nacht tanzen gehen. Ihr Leben war einfach wunderbar! Insofern es von niemandem gestört werden würde …

Vor Nina stand ein Glas Sekt, Annika hatte die alkoholfreie Version bestellt, denn sie hatte Bereitschaft. Oft verlief diese zwar ereignislos, aber man konnte nie wissen. Und natürlich blieb sie stets im Dienst nüchtern.

Abgesehen vom Restalkohol vom Vortag. Ganz sicher kann ich mir da nicht immer sein.

»Auf uns!« Nina hob ihr Glas.

»Auf uns!«, pflichtete Annika bei.

Das Klirren der Gläser wurde vom Klingelton ihres Smartphones unterbrochen.

»Das ist Leopold, da muss ich rangehen«, entschuldigte sich Annika und drehte sich weg.

»Hast du es schon gehört?«, fragte ihr Vorgesetzter, statt sie zu begrüßen.

»Was?«

»Ganz große Sache, es ist schon überall in den Nachrichten!«

Brandner erklärte, dass ein neuer Fall auf sie wartete und sie sofort zum Tatort mussten. Sie nannte ihm die Adresse des Restaurants in Sankt Pölten. Ihr Vorgesetzter war bereits in Wien losgefahren und würde sie in 30 Minuten abholen. Das war es wohl mit dem ungestörten Abend!

Annika beendete das Gespräch, seufzend zuckte sie mit ihren Achseln. »Eine Vorspeise geht sich aus, mehr leider nicht. Entschuldige bitte!«

Nina zog einen Schmollmund. »Diese Verbrecher durchkreuzen aber auch immerzu unsere Pläne. Einsperren müsste man sie!«

»Wer auch immer dafür verantwortlich ist, dass uns der Abend vermasselt wurde – er oder sie wird es bereuen, das kannst du mir glauben!«, erwiderte Annika. Sie hob ihre Hand und winkte einen der Kellner energisch herbei.

»Ich hoffe, der Tatort ist nicht allzu schwer zugänglich.«

»Du meinst wegen meines Outfits?« Annika schaute an

sich hinab und musste lachen. »Nein, das sollte heute kein Problem sein, aber meine Kollegen werden erstaunt sein, dass ich so aufgebrezelt daherkomme. Das sind die nicht gewohnt!«

Nina lächelte. »Anhand deiner Tätowierung werden sie dich schon erkennen.«

Ihre Freundin beugte sich nach vorne und berührte die frei rasierte linke Seite von Annikas Kopf. Obwohl Annika es nicht sehen konnte, stand ihr das Tattoo klar vor Augen. Die schwarze Rose befand sich direkt unter dem Haaransatz.

Nina strich ihr eine pechschwarze Strähne hinters Ohr. Ihre Hand fühlte sich angenehm warm an. Annika ergriff sie, lehnte sich ebenfalls über den Tisch und küsste ihre Lebensgefährtin auf den Mund.

»Was kann ich für Sie tun?«, unterbrach der Kellner, nachdem er sich geräuspert hatte.

3

Schallaburg, Niederösterreich
Samstag, 10. Mai

Major Brandner beschleunigte seinen Audi den Weg bergauf. Links vor ihm tauchten der Fischteich und die Parkplätze auf. Auch als Wiener hatte er schon oft die Ausstellungen auf der Schallaburg besucht, die jedes Jahr etwas Neues boten. Er hoffte, dass ihm der heutige Tag die Ausflüge nicht für allemal vermiesen würde. Ebenfalls links lag die Zufahrt zum schmucken Renaissanceschloss, aber Brandner passierte die Abzweigung und den Teich. Vor ihm wehten die goldgelbe Fahne Niederösterreichs und die rot-weiß-rote Landesflagge im Wind.

Ein Polizist wies ihm per Handzeichen einen Stellplatz zu. Der Uniformierte sollte sicherlich Schaulustige davon abhalten, zum Tatort vorzudringen. Zusätzlich musste er die Presse einweisen und mit ersten Informationen versorgen. Fahrzeuge von TV-Stationen, sämtlichen Radiosendern der Republik und mehrerer Zeitungen besetzten bereits die Hälfte der Parkplätze.

»Wahnsinn, so einen Auflauf habe ich ja noch nie erlebt!«, stellte Annika Lindner neben ihm fest.

Brandner musterte seine junge Kollegin.

Wenn ich nicht wüsste, wo sie gerade war und wie sie normalerweise daherkommt, könnte ich meinen, sie hätte sich extra für die Medienfuzzis herausgeputzt!

»Showtime!« Lindner öffnete die Beifahrertür und stieg aus.

Anhand der Leuchte am Dach von Brandners Audi hatte der Uniformierte offenbar bereits erkannt, dass es sich bei ihnen um keine Paparazzi, sondern um Kollegen handelte.

»Sie wissen, wohin Sie müssen?«, fragte der Polizist, als Lindner an ihm vorbeilief.

Brandner nickte und folgte seiner Kollegin, die bereits einige Meter Vorsprung hatte. Im trüben Wasser des Teichs schwammen dicke Fische, Brandner schenkte ihnen allerdings nur wenig Beachtung. Hinter Lindner stieg er rasch die steile, gepflasterte Straße den Berg hinauf. Die Luft war frisch, roch angenehm nach Wald. Eine Tafel am Rand verriet, dass auf dem Weg Fahrverbot herrschte. Ausgenommen davon waren Beschäftigte der Burg und Zustelldienste. Die Kriminaltechnik und Gerichtsmedizin waren zwar nicht extra angeführt, aber davon hatten sich die Kollegen sicherlich nicht abhalten lassen. Rechts oberhalb einer Böschung begrenzte eine alte Mauer den Zugang. Links hinter einer niedrigen Steinmauer fiel der Hang abrupt ab. Brandner erkannte unten die Straße, die ihn zum Parkplatz geführt hatte.

An der Stelle, wo er sonst die Eintrittskarten kaufte, standen nun eine Polizistin und ein Polizist. Brandner hatte Lindner eingeholt und stellte sie beide vor.

»Sie müssen in den Burggarten. Kriminaltechnik und Gerichtsmedizin sind bereits da.«

»Ich weiß, wie ich dorthin komme«, kam Brandner den Beamten zuvor.

»Ich auch«, merkte Lindner an.

Brandner stutzte. Bisher hatte seine Kollegin nicht verraten, dass sie die Schallaburg kannte.

Lindner bemerkte offensichtlich seinen verblüfften Blick. »Natürlich war ich schon hier. Früher mit meinen Eltern und zuletzt mit Nina.«

Nebeneinander marschierten sie entlang der Mauer, bis sie den Durchgang zum Garten erreichten. Davor tummelten sich Kamerateams und Journalisten, die von drei Polizisten in Schach gehalten wurden. Der Ranghöchste stellte sich als Inspektionsleiter Mayerhofer vor und gewährte Brandner und Lindner unter Protest der Presse Zutritt zum abgesperrten Bereich.

»Die würden für ein Foto oder einen kurzen Film töten. Jedenfalls machen sie den Eindruck«, flüsterte Lindner.

»Die sind wie Aasgeier!«, pflichtete Mayerhofer bei. »Meine Mannschaft hat von allen Anwesenden die Personalien aufgenommen. Zumindest von denjenigen, die noch da waren, als wir eingetroffen sind. Eine kleine Gruppe wartet drinnen im Burghof im Restaurant auf Sie. Übrigens auch die Dame, die unsere Kaiserin gefunden hat. Gott hab sie selig!«

»Danke, gut gemacht! Zuerst schauen wir uns aber den Tatort und die Tote an«, erwiderte Brandner.

»Natürlich, wenn Sie etwas brauchen, melden Sie sich bei mir!«, bot Mayerhofer an. »Ich bleibe hier, um mit meinen beiden Kollegen die Meute zu bändigen.«

»Mal sehen, ob wir heute statt der Leiche in den Spätnachrichten zu sehen sind, wenn sie keine Aufnahme vom Tatort ergattern«, brummte Brandner.

»Ich zeige mich jedenfalls von meiner schönsten Seite.« Lindner drehte sich um die eigene Achse.

Sie in einem Cocktailkleid zu sehen, war ungewohnt.

Trotzdem wird sich halb Österreich fragen, was es mit der Tätowierung auf sich hat.

»Immer wieder herrlich!« Seine Kollegin blieb stehen und breitete die Arme aus, als würde sie den Garten umarmen wollen.

Nicht ganz die passende Bemerkung in einem Mordfall, aber gut für sie, wenn sie glücklich ist.

»In der Tat. Aber unsere Skikaiserin konnte den Anblick nicht lange genießen!« Brandner zeigte zum anderen Ende des Gartens, wo die Burgmauern in den Himmel ragten. »Da müssen wir hin.«

Der Tatort war mit einem Absperrband gesichert. Unter ihren Füßen knirschte der Kies. Lindner hatte sichtlich Mühe, mit ihren hochhackigen Schuhen nicht umzuknicken. Doktor Heiß musste ihre Untersuchung bereits abgeschlossen haben, denn die Gerichtsmedizinerin winkte Brandner energisch zu sich. Er schlüpfte unter dem Band hindurch, Lindner tat es ihm gleich, bewegte sich auf ihren High Heels jedoch zögerlicher als sonst.

Brandner betrachtete die Tote, die vor ihm auf dem Rasen lag. Zum Glück kam es selten vor, dass er ein Mordopfer kannte. In diesem Fall hatte er das Gefühl, die Frau schon öfters getroffen zu haben. Und das bereitete ihm ein mulmiges Gefühl.

Ich kenne sie nicht wirklich, nur aus dem Fernsehen!

In seinen Erinnerungen stand die Skikaiserin in einem Rennanzug im Ziel oder saß mit einem dicken Pulli im Sportstudio und gab Interviews. Brandner war sich ziemlich sicher, Simone Schnell noch nie in einem Dirndl gesehen zu haben … oder vielleicht doch? Ihm fiel ein, dass Eva ihm vor ein paar Wochen in der Zeitung ein entsprechendes Foto gezeigt hatte. »Sie ist jetzt die ›Kaiserin der Trachtenmode‹!«, hatte seine Frau den Artikel kommentiert. »Steht ihr! Gut für sie, dass es nach dem Ende ihrer Sportkarriere erfolgreich weitergeht!«

»War vielleicht doch keine so gute Idee, das mit der Mode«, murmelte er.

»Wie bitte?«, fragte Heiß.

»Unwichtig. Was haben wir?«, entgegnete Brandner.

»Strangulation, eindeutig die Todesursache.«

»Die Mordwaffe, nehme ich an?« Brandner zeigte auf Schnells Kopf, der auf einer Trachtenschürze lag, als hätte der Mörder versucht, ihn weich zu betten. Das Kleidungsstück war silbern, hauchzarte, kleine goldene Herzen waren darauf zu erkennen. Eines der Bänder umschlang den Hals des Opfers.

»Genau, sie wurde mit dem Band erdrosselt«, bestätigte Heiß.

»Das ist nicht ihre eigene«, stellte Lindner fest und deutete auf die rosafarbene Schürze, die Schnell umgebunden hatte. »Wem die silberne wohl gehört?«

»Das herauszufinden, ist eure Aufgabe«, bemerkte Heiß.

»Die Schürze könnte uns zum Mörder führen«, bekräftigte Brandner. »Todeszeitpunkt?«

»Keine zwei Stunden her«, antwortete die Gerichtsmedizinerin.

Brandner warf einen Blick auf seine Armbanduhr. »Also 18.30 Uhr oder später.«

Elfriede Auer trat zur Dreiergruppe. Die anderen nickten ihr zur Begrüßung kurz zu.

»Brauchbare Spuren?«, fragte Lindner die Kriminaltechnikerin.

Auer hielt zwei Plastiktüten in der rechten Hand. »Ein Zigarettenstummel, nicht ganz zu Ende geraucht, und ein Smartphone. Beides lag im Umkreis von einem Meter neben der Leiche. Natürlich haben wir alles fotografiert und vermessen.«

»Hat die Schnell geraucht?«, erkundigte sich Lindner. »Die war doch Spitzensportlerin.«

»Nicht mehr«, entgegnete Brandner. »Ich schätze, sowohl das Handy als auch die Zigarette gehören der Toten, aber …«

»… wir nehmen natürlich DNA und Fingerabdrücke«, vollendete Auer den Satz.

»Und die Schürze?«, hakte Lindner nach.

»Untersuchen wir im Labor auf Spuren«, erwiderte die Kriminaltechnikerin.

»Hat sich die Schnell gewehrt? Spuren unter den Fingernägeln?«, wollte Brandner wissen.

Heiß und Auer verneinten. »Wenn ich sie bei mir auf dem Tisch habe«, ergänzte die Gerichtsmedizinerin, »untersuche ich sie genauer, aber es sieht leider nicht so aus, als würde uns die Skikaiserin bei den Ermittlungen groß weiterhelfen.«

»Schade!«, bemerkte Lindner. »Ich hätte erwartet, dass sich eine durchtrainierte Athletin mehr zur Wehr setzen würde.«

»Auch eine Athletin hat nur eine geringe Chance, wenn sie hinterrücks angegriffen wird. In dem Fall kann man nur eins tun: versuchen, die Finger zwischen Hals und Band zu schieben, um den Druck abzufedern. Aber das alles geht sehr schnell: Panik, Schwindel und schon wird man ohnmächtig. Wenn den Täter die Kraft nicht verlässt, ist das Opfer ausgeliefert.«

Lindner fasste sich an die Kehle und neigte den Kopf. »Ein Dirndl ziehe ich jedenfalls so bald keines mehr an!«

»Dürfen wir den Leichnam abtransportieren?«, fragte Heiß.

»Was sagt die Spurensicherung?«

»Wir brauchen die Kaiserin hier nicht mehr«, antwortete Auer.

»Gut, morgen in aller Früh sehe ich sie mir an. Ihr seid natürlich herzlich eingeladen!« Die Gerichtsmedizinerin blickte fragend in die Runde.

»Verzichte«, erwiderte Lindner.

»Nur falls etwas Überraschendes zum Vorschein kommt, sonst nicht«, brummte Brandner.

»Dann einen guten Abend!« Doktor Heiß marschierte davon.

Auer forderte zwei ihrer männlichen Kollegen auf, die Trage zu holen. Brandner war versucht, die Techniker darauf hinzuweisen, dass sie die Tote vor den neugierigen Augen der Fotografen gut schützen mussten, damit keine Bilder des Leichnams in den Medien kursierten. Er entschied sich jedoch dagegen, immerhin arbeitete er seit Jahren mit diesem Team zusammen. Alle waren Profis und wussten, was sie zu tun hatten.

Der Himmel leuchtete orangerot. Bald würde nur noch das künstliche Licht den Burggarten erhellen. Im Schein der Lampen tummelten sich bereits die ersten Insekten. Annika hatte ohnehin genug von der Leiche gesehen. Die Todesumstände waren klar. Jetzt mussten sie nur noch die Zeugen befragen. Vielleicht könnte sie dann sogar mit Nina nochmals losziehen.

Annika schaute sich im Burggarten um. Der vom Tatort nächstgelegene Zugang war nicht der Haupteingang, den sie mit Brandner benutzt hatte. In kurzer Entfernung befand sich ein eisernes Tor in der Mauer, das offen stand.

Durch das ist das Opfer in den Garten gekommen. Der Mörder wahrscheinlich auch!

Rosa Frühlingsrosen blühten an der Mauer. In ihrer Pracht schienen sie die Tote zu verhöhnen. Daneben stand ein Mistkübel aus Edelstahl.

»Wir kümmern uns um den Inhalt!«, rief Auer, bevor Annika etwas sagen konnte.

Annika folgte stattdessen Brandner, der bereits durch das Tor verschwunden war. Dahinter verlief entlang der Mauer ein geschotterter Gehweg, der seitlich mit einem hölzernen Geländer gesichert war, sodass man nicht den steilen Abhang hinunterstürzen konnte.

Als ob Nina geahnt hat, dass ich ausgerechnet heute in diesem Outfit herumkraxeln muss!

Sie betrat vorsichtig hinter ihrem Vorgesetzten den Pfad, doch in einem unachtsamen Moment knickte sie mit ihrem rechten Fuß um. Annika ignorierte den Schmerz in ihrem Knöchel, biss die Zähne zusammen und lief weiter.

»Annika, alles in Ordnung?« Brandner hatte sich umgedreht und bemerkt, dass sie leicht humpelte. Er hatte bereits mehrere Stufen auf der Steinstiege genommen, die steil den Berg hinabführte.

Zehn Meter unter ihr erspähte sie einen Spielplatz in der Senke zwischen Burggarten und Mauer. Passend zur Umgebung waren alle Geräte aus rustikalem Holz gefertigt. Annikas Knöchel schmerzte zwar noch immer, aber sie hielt sich am stählernen Handlauf fest, der an der Steinmauer montiert war.

»Ich bin nur umgeknickt, ist aber kein Problem!«, erwiderte sie.

Mit dem Tanzen ist es für diesen Abend nun endgültig vorbei.

Endlich unten angekommen, folgte sie Brandner langsam vom Spielplatz in den Arkadenhof. Atemberaubend schön! Wie jedes Mal, wenn sie die Schallaburg besuchte, war sie von den Terrakotten aus dem 16. Jahrhundert beeindruckt. Vor ihnen befand sich der Brunnen, rechter Hand dahinter hatte sich ein Polizist am Eingang zum Restaurant postiert.

»Bin schon neugierig, wen wir antreffen«, sagte Brandner und trat auf den Uniformierten zu.

»Ob auch eine bekannte Persönlichkeit dabei ist?«, überlegte Annika. »Die Schnell war ja ein Star!«

»Werden wir bald wissen.«

Dem Polizisten waren die beiden Ermittler scheinbar angekündigt worden, denn er trat zur Seite. »Major Brandner, Inspektorin Lindner.« Er verneigte sich kurz. »Wir haben alle Personalien aufgenommen, die meisten Besucher der Modenschau sind allerdings schon gefahren, nachdem keine rechtliche Grundlage bestand, sie länger festzuhalten. Die beiden Geschäftspartnerinnen des Opfers und der Ehemann sind noch drinnen.«

Brandner schien nicht begeistert von der Information zu sein, erkannte Annika an seinem Gesichtsausdruck.

»Befragen wir eben diejenigen, die da sind«, brummte er. »Ihr Vorgesetzter, Herr Mayerhofer, meinte, dass auch die Frau anwesend ist, die die Leiche gefunden hat?«

Der Mann nickte. »Stimmt, das war Frau Lanz. Sie wirkte sehr geschockt, wollte aber keine psychologische Betreuung.«

»Verstehe.« Brandner schaute zu Annika. »Nach dir!«

Sie atmete einmal kurz durch. Dem Witwer gegenüberzutreten, würde nicht leicht werden.

Der Gastraum war groß, das Gewölbe schien alt zu sein, die Wände erstrahlten allerdings in hellstem Weiß. Im Kontrast dazu waren die Möbel und der Boden in dunklem Holz gehalten und die Lampen aus schwarzem Stahl gefertigt. Zwei Frauen und ein Mann saßen hinten an einem der Tische. Sonst war niemand zu sehen. Die Bediensteten hatten offensichtlich Feierabend gemacht. Auf dem Tisch befand sich immerhin ein Tonkrug, der wahrscheinlich mit

Wasser gefüllt war. Vor den Zeugen standen halb leere Gläser. Die drei schauten Annika erwartungsvoll an.

»Mein Beileid«, begann sie und nannte im Anschluss ihren und Brandners Namen sowie ihre Positionen.

Alexandra Lanz entpuppte sich als schlanke Frau mit schwarzen langen Haaren, braunen Augen und vollen Lippen. Sie trug ein gelbes Dirndl, das gut zu ihrem dunklen Typ passte. Die blonde Frau mit der Hochsteckfrisur stellte sich als Martina Herzog vor. Ihr dunkelblaues Dirndl, das eher schlicht gehalten war, aber aus edlem Stoff bestand, unterstrich ihre blauen Augen. Armin Schnell trug eine Lederhose und dazu eine weiße Trachtenweste.

Er muss den Namen seiner Frau angenommen haben, denn die Skikaiserin hieß schon zu Beginn ihrer Karriere Schnell.

»Wann dürfen wir nach Hause?«, erkundigte sich der Mann der Ermordeten ohne Umschweife. »Ich bin müde, ich will nur noch schlafen … Ich kann das alles gar nicht glauben!«

Seine Hände zittern, aber komisch, dass er gar nichts Näheres über den Tod seiner Frau wissen will …

»Bald«, entgegnete Annika. »Vorher müssen wir Ihnen jedoch noch einige Fragen stellen, solange die Eindrücke des heutigen Tages noch frisch sind. Es ist ja in unser aller Interesse, den Mörder Ihrer Frau zu fassen.«

»Der Mörder meiner Frau, von Simone, das ist so … surreal. Ich kann es einfach nicht fassen.«

»Also, ich schon, ich habe die Simone gesehen, und sie war so … leblos, tot und trotzdem … irgendwie schön«, sagte Lanz mit starrem Blick.

»Frau Lanz, Sie haben Frau Schnell gefunden?«, ergriff Brandner das Wort. Als sie bejahte, forderte er sie auf: »Kommen Sie bitte mit in den hinteren Bereich.«

Lanz zögerte jedoch.

»Wir wollen Sie einzeln befragen«, erklärte Annika. »So können Sie Ihre Sicht der Dinge schildern, und Ihre Erinnerung wird nicht durch die Aussagen der anderen getrübt.«

Natürlich hätte man sie sofort trennen müssen, nachdem die Leiche aufgetaucht war, aber das ist den Kollegen vor Ort wohl im Trubel mit den Zuschauern und Presseleuten durchgegangen …

Alexandra Lanz stand auf und folgte Brandner durch den offenen Durchgang in den anschließenden Raum. Dort setzten sie sich gemeinsam mit Annika an den hintersten Tisch an der Wand.

Endlich eine Verschnaufpause für meinen Knöchel!

Brandner räusperte sich.

Auch für Annika und mich wäre ein Glas Wasser nicht schlecht.

Alexandra Lanz hatte ihres mitgenommen und vor sich auf dem Tisch abgestellt.

»Was ist heute passiert? Erzählen Sie einfach«, begann er.

Lanz schluckte. »Es war … Es war einfach alles perfekt, bis auf … das Ende.« Sie trank etwas Wasser. »Wir hatten seit Monaten auf die Modenschau hingearbeitet. Martinas Entwürfe sind grandios! Die Models waren perfekt und der Ort ein Traum! Unsere erste Präsentation der Kollektion, und die gesamte Presse war da, natürlich wegen Simone. Egal, was sie macht, die Medienleute würden herbeiströmen, da waren wir uns sicher, und so war es dann auch!« Sie zögerte und warf Brandner einen fragenden Blick zu.

Er nickte ihr aufmunternd zu. »Was ist nach der Modenschau passiert?«

»Wir haben noch für Fotos posiert und Interviews gegeben.

Als der erste Trubel vorbei war, haben wir mit Champagner angestoßen und uns dann getrennt voneinander ins Getümmel gestürzt. Nach vielleicht zwanzig Minuten ist Armin zu mir gekommen. Er konnte Simone nirgends finden, und sie ist auch nicht ans Telefon gegangen.« Lanz trank ihr Glas aus. »Ich weiß etwas über Simone, das Armin nicht bekannt ist: Sie hat heimlich zu rauchen begonnen. Armin ist … oder war ihr Trainer und achtet sehr auf Gesundheit. Ich musste Simone schwören, ihm nichts davon zu erzählen. Daher habe ich ihm vorgeschlagen, separat nach ihr zu suchen.« Lanz ließ gedankenverloren das leere Glas mit ihren Fingern auf dem Tisch kreisen. Sie schaute zu Lindner, dann wieder zu Brandner. »Während der Vorbereitungen zur Modenschau hat sie öfter oben im Burggarten eine geraucht. Oft war ich dabei, wir konnten uns dort in Ruhe unterhalten. Ich bin dann direkt dorthin gelaufen. Und da lag sie, ich konnte nichts mehr machen … Es ist so schrecklich!« Sie begann zu schluchzen.

»Möchten Sie vielleicht noch ein Wasser«, erkundigte sich Brandner.

Bevor die Zeugin antworten konnte, griff seine Kollegin nach dem Glas, stand auf und ging in den Vorraum, um aus dem Krug nachzuschenken. Als sie wieder an den Tisch zurückkehrte und Lanz das Glas reichte, nickte diese ihr zum Dank kurz zu.

Als sich die Frau wieder etwas beruhigt hatte, fuhr sie fort: »Ich rief um Hilfe, doch niemand war da, also rannte ich zurück in Richtung Arkadenhof. Vor dem Eingang in den Hof kamen mir mehrere Besucher entgegen. Ich kannte sie nicht, aber sie haben versucht, mich zu beruhigen. Ich war vollkommen hysterisch.« Sie machte eine kurze Pause und suchte wieder Brandners Blick. »Irgendwann haben sie mich verstanden. Mehrere Leute sind mit mir dann wieder zurück in den Burggarten gegangen. Bald danach war die Polizei da. Ich weiß gar nicht mehr, wie ich ins Restaurant gelangt bin. Mir fehlen einige Minuten oder auch mehr in meiner Erinnerung. Irgendwann bin ich dort vorne am Tisch gesessen und habe mich mit Martina und Armin über Simone unterhalten.«

»Vielen Dank für Ihre Offenheit«, sagte Brandner. Nach einer kurzen Pause erkundigte er sich: »Sind Sie sicher, dass Sie weiterhin keine psychologische Betreuung wünschen?«

Lanz schüttelte energisch ihren Kopf. »Danke, aber ich komme zurecht!«

Was soll ich davon halten? Ja, sie wirkt mitgenommen, aber so fertig mit den Nerven, wie sie tut, ist sie nicht. Sonst würde sie professionelle Hilfe in Anspruch nehmen. Oder sich zumindest nicht dagegen wehren.

»Da wäre noch etwas …«, ergriff die Zeugin zögerlich das Wort.

»Ja?«

»Die Schürze, mit der Simone … Sie wissen schon.«

»Was ist mir ihr?«, hakte Lindner nach.

»Die stammt nicht aus unserer Kollektion.«

»Ach ja? Wissen Sie, wem sie gehört?«

Lanz schüttelte den Kopf. »Vor uns haben ja heute auch ›Bauer Trachten‹ und ›Dirndl im Tal‹ ihre Trachtenmode präsentiert. Vielleicht gehört sie zu deren Kollektionen. Und natürlich waren auch die meisten Besucherinnen in Dirndl gekleidet.«

Da haben wir ja einiges zu tun. Aber wenn wir die Tracht finden, zu der die Schürze gehört, haben wir eine erste Spur.

»Hatte Frau Schnell Feinde?«, wollte Brandner wissen.

»Die Simone und Feinde? Hat eine Kaiserin Feinde? Viele haben sie vergöttert, sie zählte jedoch nur sehr wenige zu ihrem engsten Kreis. Martina und ich kannten sie schon vor ihrem Erfolg als Skisportlerin. Wir waren seit unserer Jugend befreundet.« Sie griff nach dem Glas und betrachtete es eingehend. Dann schaute sie Brandner direkt in die Augen. »Neider hatte sie, und davon etliche! Aber würden die sie umbringen? Ich weiß es nicht.«

Hier kommen wir heute wohl nicht mehr weiter.

»Danke, Frau Lanz«, sagte Brandner. »Sie haben uns sehr geholfen. Nur noch eine Frage: Welche Position haben Sie im Unternehmen?«

»Ich bin die Geschäftsführerin. Das lag auf der Hand, immerhin habe ich Wirtschaft studiert und war schon immer gut mit Zahlen.«

»Und Frau Herzog ist die Designerin«, ergänzte Lindner. »Was war Frau Schnells Funktion?«

»Simone?« Lanz lachte auf. »Sie war natürlich fürs Marketing zuständig, und sie hatte die notwendigen Verbindungen. Ohne sie wären wir heute nicht hier. Wahrscheinlich wäre ›Bauer Trachten‹ der Höhepunkt des Events gewesen, aber mit Simone als Zugpferd entschieden sich die Veranstalter für uns!«

Könnte ein Motiv sein. Wir müssen uns wohl die Konkurrenz genauer anschauen.

»Vielen Dank, schicken Sie doch jetzt bitte Ihre Kollegin zu uns. Sie dürfen dann nach Hause gehen.«

»Danke, das mache ich.« Lanz stand auf und verließ den Raum. Ihr leeres Glas ließ sie zurück.

Martina Herzogs Wimperntusche war unter ihren Augen verschmiert. Annika war das vorhin gar nicht aufgefallen.

Wahrscheinlich ist die Beleuchtung hier am Tisch besser und ich kann sie jetzt aus nächster Nähe betrachten.

»Bitte, können wir es einfach schnell hinter uns bringen! Ich habe das Gefühl, ich breche gleich zusammen«, ergriff die Designerin mit zittriger Stimme das Wort.

»Es wird nicht lange dauern«, beschwichtigte Brandner, während Annika die Zeugin weiter musterte.

Sie scheint geweint zu haben ... Aber ist das echt? Oder bin ich jetzt unfair? Nein, es ist meine Pflicht, misstrauisch zu sein.

Die Frau beugte sich nach vorne zu Brandner hinüber, die Oberarme leicht an ihren Oberkörper gepresst, sodass ihr Busen besser zur Geltung kam. Offensichtlich versuchte sie, Annikas Vorgesetzten abzulenken.

Oder sitzt die immer so da? Ist sie es derart gewohnt, mit ihren Reizen zu spielen, dass sie es schon gar nicht mehr merkt?

Annika warf einen Seitenblick auf Brandner. Der sah der Zeugin in die Augen.

Brav! Nur nicht um den Finger wickeln lassen!

Herzog befeuchtete mit ihrer Zunge die Lippen. »Also gut«, sagte sie schließlich. »Was wollen Sie wissen?«

»Erzählen Sie uns, was heute passiert ist«, bat Brandner.

»Nun ja, viel mitbekommen habe ich eigentlich nicht. Von uns drei Partnerinnen bei ›Schnell und Chic‹ hatte ich wohl den stressigsten Tag, denn ich musste dafür sorgen, dass jedes Dirndl und jede Lederhose perfekt saß, bevor die Models den Laufsteg betreten haben.« Herzog neigte sich noch ein Stück weiter über den Tisch. »Das war Stress pur! Als es dann vorbei war und alles gut gegangen war, wollte ich mich nur mehr mit dem einen oder anderen Gläschen entspannen. Beim dritten war dann leider Schluss.« Sie bedeckte mit der Hand ihre Augen. »Ein echter Albtraum. Ich will endlich aufwachen, schaffe es aber nicht!«

Annika warf einen flüchtigen Blick zu Brandner, bevor sie das Wort ergriff: »Wo haben Sie sich nach dem Ende der Modenschau bis zum Leichenfund genau aufgehalten?«

Die Zeugin keuchte auf. »Leichenfund, ich bitte Sie! Es geht um eine meiner engsten Freundinnen!« Als weder Annika noch ihr Chef reagierte, antwortete sie schließlich: »Im Arkadenhof. Ich habe mich unterhalten.«

»Mit wem genau. Können Sie Namen nennen?«

»Herr Major, ich kenne nicht jeden der Gäste beim Namen. Die Leute sind auf mich zugekommen, wollten über die Show und meine Kollektion sprechen. Journalisten, potenzielle Vertriebspartner ... Irgendwann hab ich den Überblick verloren, und dann war plötzlich die Polizei da und hat uns alle aufgescheucht.«

Brandner brummte kurz, bevor er weiterfragte: »Frau Lanz hat uns erzählt, dass Sie beide Frau Schnell bereits kannten, als sie noch nicht berühmt war, stimmt das?«

Herzog nickte. »Wir drei haben die Skihandelsakademie in Schladming besucht. Wir waren die einzigen drei Niederösterreicherinnen. Es war nicht leicht, dass wir überhaupt angenommen worden sind. Das schweißt zusammen.«

»Verstehe«, murmelte Brandner.

»Dann kennen Sie sicher auch das persönliche Umfeld von Frau Schnell gut«, mutmaßte Annika.

»Ja, ich denke, das kann man so sagen.«

»Hatte sie privat mit irgendjemandem Probleme? Gab es Konflikte?«, fragte Annika.

Herzog berührte mit der linken Hand ihre Hochsteckfrisur, als ob sie prüfen wollte, ob sich noch alle Haare am richtigen Platz befanden.

»Mit ihrem Bruder, Andreas Schnell, hatte sie immer wieder Streit. Der war der Meinung, sie sollte ihren Eltern zurückzahlen, was die in ihrer Jugend in sie investiert hatten.«

»Hat sie das getan?«, hakte Brandner nach.

»Die wollten kein Geld von ihr, denen gehört ein Hotel in Lackenhof und sie betreiben zusätzlich eine Skischule am Ötscher. Sie haben ihre Unterstützung immer abgelehnt, hat Simone zumindest behauptet.«

»Selbst gehört haben Sie das aber nicht?«, insistierte Annika.

Herzog trank einen Schluck Wasser aus ihrem Glas. »Nein, aber warum hätte Simone mich belügen sollen?«

Brandners Telefon begann, auf dem Tisch zu vibrieren. Annika linste auf die Anzeige.

Direktor Böck! Am Samstagabend, das hat nichts Gutes zu bedeuten!

»Entschuldigen Sie mich bitte, da muss ich rangehen«, erklärte ihr Vorgesetzter. »Annika, mach bitte allein weiter.«

Sie nickte und sah dem Major hinterher, als er das Restaurant durch einen Seitenausgang verließ.

Wo waren wir? Ach ja, der Bruder!

»Andreas Schnell hatte Ihrer Meinung nach also ein Motiv?«

»Das habe ich nicht gesagt!« Herzog blickte sie erschrocken an.

»Wie soll ich es sonst verstehen?«

»Ich habe nur gemeint, die beiden hatten hin und wieder Streit. Ob Andreas dazu in der Lage wäre, seine Schwester zu ermorden, das kann und will ich nicht beurteilen. Das müssen Sie schon selbst herausfinden!«

»Das werden wir!«, bekräftigte Annika.

»Gut. Darf ich jetzt gehen?« Herzog stand auf.

»Nicht so schnell!« Annika hob die Hand, um die Frau zurückzuhalten.

Die setzte sich wieder auf den Stuhl, den Oberkörper von Annika abgewendet. »Aber ich bin doch keine Hilfe, und vor allem kann ich nicht mehr! Ich bin fix und fertig!«

Soll ich sie von der Leine lassen? Was würde Brandner tun?

»Gibt es abgesehen vom Bruder noch jemanden, der Ihrer Meinung nach Interesse an Simone Schnells Tod gehabt haben könnte oder davon profitiert?«

Herzog drehte sich Annika nun zu. »Das ist einfach: ›Bauer Trachten‹, genauer gesagt Franziska Bauer, die Inhaberin.«

»Haben Sie schon Erkenntnisse?« Böcks Stimme klang aufgeregt.

Brandner sah sich um. Im Arkadenhof befand sich niemand außer dem Uniformierten, der das Restaurant bewachte. Daher schaltete er den Lautsprecher seines Smartphones ein, um es nicht die ganze Zeit am Ohr halten zu müssen. Vielleicht würde das Telefonat länger dauern. Zur Sicherheit entfernte er sich von dem Eingang und näherte sich der Treppe, die vom Hof auf die Galerie oberhalb der Arkaden führte.

»Dann stimmt es also: Simone Schnell ist ermordet worden«, bemerkte sein Vorgesetzter, nachdem Brandner die Situation erläutert hatte.

»Eindeutig, erdrosselt mit den Bändern einer Trachtenschürze.«

»Das hat mir gerade noch gefehlt!«

Was hat er denn? Warum jammert er so?

»Ich bin gerade im Burgtheater, in der Pause habe ich aufs Handy geschaut. Unzählige Nachrichten und Anrufe, nur zu diesem Fall. Einer davon war von der Landeshauptfrau!« Böcks Stimme überschlug sich fast. »Sie hat mir auf die Mobilbox gesprochen und sich erkundigt, ob es stimme, dass unsere allseits geliebte Skikaiserin ermordet worden ist? Wenn ja, sei das eine Katastrophe für unser Land, hat sie gesagt. Sie können sich vorstellen, was das für uns alle bedeutet!«

Druck, immenser Druck.

»Hat sich auch der Innenminister bereits gemeldet?«, wollte Brandner wissen.

»Nein, vermutlich versteht er die Tragweite des Falles noch nicht. Immerhin stammt er nicht aus Niederösterreich – und er ist einer der wenigen Österreicher, die ich kenne, die sich nicht für Skisport interessieren.«

»Verstehe.«

»Der wird sich aber rühren, sobald er den Medienauflauf mitbekommen hat. Darauf können Sie Gift nehmen!«

»Wir brauchen also möglichst rasch Ermittlungsergebnisse«, sprach Brandner das Offensichtliche aus.

»Der Fall muss schnellstmöglich gelöst werden!«

Mit der Brechstange hat das noch nie funktioniert.

»Wir sind dran. Wir befragen gerade die wichtigsten Zeugen.«

»Halten Sie mich auf dem Laufenden! Ich will über alles informiert werden.«

»Mache ich.«

Brandner beendete das Gespräch. Danach betrat er wieder das Restaurant, wo Lindner sich bereits den Ehemann der Getöteten vorknöpfte. Sowohl Lanz als auch Herzog waren nirgendwo mehr zu sehen. Offensichtlich hatte Lindner sie nach Hause geschickt.

Hoffentlich haben die beiden nichts von meinem Gespräch mit Böck mitbekommen. Wir haben allerdings über nichts gesprochen, was nicht ohnehin heute Abend in den Medien breitgetreten wird. Mehr gibt es aktuell auch nicht. Enttäuschend, sehr enttäuschend. Das muss sich ändern, und zwar bald! Bei diesem Fall sind alle Augen auf uns gerichtet.

»Sie haben also mit Ihrer Frau auf die gelungene Modenschau angestoßen?« Annika musterte den Mann vor ihr.

Fesch sieht er aus, der frisch gebackene Witwer – soweit ich das beurteilen kann. Geradezu athletisch, als würde er selbst Sport betreiben.

»Mit Champagner, ja. Simone hat sich aber nicht viel aus Alkohol gemacht«, antwortete Armin Schnell. »Bei einem Sieg hat sie maximal ein Glas getrunken, vor allem wenn das nächste Rennen schon bevorstand.«

»Ihre Frau hatte allerdings ihre Karriere als Rennläuferin beendet, da wird sie sich doch das ein oder andere Gläschen mehr gegönnt haben?«

»Simone war immer sehr diszipliniert und auf ihre Gesundheit bedacht. Das waren wir beide. Sie hat nie viel getrunken, auch jetzt nicht. Also, bevor sie …« Der Witwer presste die Lippen zusammen.

Ich bin schon gespannt, wie er reagiert, wenn er erfährt, dass sie heimlich geraucht hat.

»Wir haben beide auch heute nur vom Champagner genippt«, fuhr Armin Schnell fort. »Simone hat dann noch mit Alexandra und Martina angestoßen, bevor sie mit einer Journalistin gesprochen hat.«

»Was haben Sie in der Zeit getan?«

»Einige Rennläuferinnen waren da, um Simone bei der Modenschau zu unterstützen. Mit denen habe ich mich unterhalten. Ich bin ja immer noch Trainer beim ÖSV, dem Österreichischen Skiverband.«

»Wie lange haben diese Gespräche gedauert?«

Mal schauen, ob sich seine Aussage mit der von Alexandra Lanz deckt.

»So ganz genau kann ich das nicht sagen. Ich hab ja nicht ständig auf die Uhr geschaut; das wäre unhöflich gewesen. Vielleicht eine Viertelstunde, schätze ich.«

Annika bemerkte aus den Augenwinkeln, dass ihr Chef zurückkehrte. Sein Gesicht war leicht gerötet. Offensichtlich war es kein einfaches Gespräch mit Böck gewesen.

Auch Armin Schnell entdeckte Brandner und blickte ihn erwartungsvoll an.

Der setzte sich neben Annika. »Mach ruhig weiter«, forderte er sie auf.

»Was ist nach der Unterhaltung mit den Sportlerinnen passiert?«, griff Annika den Faden wieder auf.

»Irgendwann musste ich auf die Toilette und habe mein Glas auf einem der Stehtische abgestellt. Als ich zurückgekommen bin, hab ich nach Simone Ausschau gehalten, sie in der Menge aber nicht gefunden. Ich wurde stutzig, immerhin war sie das Gesicht der Modenschau und sollte das Label repräsentieren. Alexandra war in meiner Nähe, also habe ich sie gefragt, ob sie weiß, wo Simone ist.« Armin Schnell schluckte. »Das war nicht der Fall, sie hat sich aber sofort bereit erklärt, mit mir nach ihr zu suchen. Ich hab den alten Hof übernommen und Alexandra ist in den Burggarten gelaufen. Weiß der Himmel, was Simone dort wollte!«

Heimlich rauchen. Aber mit wem? Oder wer ist ihr dorthin gefolgt?

»Die Skirennläuferinnen«, übernahm Brandner, »mit denen Sie sich im Arkadenhof unterhalten haben …«

»Ja, was ist mit denen?«

»Können Sie uns deren Namen nennen?«

Der Witwer war von der Frage irritiert, das konnte Annika auf seinem Gesicht ablesen. Er schluckte mehrmals. »Natürlich, haben Sie etwas zu schreiben?«

Sie holte einen kleinen Notizblock aus ihrer Tasche hervor und schob ihn mitsamt einem Kugelschreiber über den Tisch zu Schnell hinüber.

Der überlegte kurz, dann kritzelte er mehrere Namen auf den Zettel. »Darf ich jetzt gehen? Ich muss mich wirklich hinlegen«, erkundigte er sich anschließend.

Er schaut topfit aus, aber seine Augen wirken matt.

»Nur noch eine Frage«, erwiderte Annika. »Kennen Sie die Journalistin, mit der Ihre Frau gesprochen hat, bevor sie verschwunden ist?«

Schnell runzelte die Stirn. »Ihren Namen kenne ich nicht, ich weiß nur, wo sie Redakteurin ist.«

Das war doch schon mal was!

»Können Sie den Namen eventuell herausfinden?«, hakte Annika nach.

»Ich denke schon.«

»Gut, wir werden Sie sicherlich die nächsten Tage noch mal aufs LKA bitten«, schaltete sich Brandner ein. »Vielleicht haben Sie dann ja schon einen Namen für uns.«

»Ich bemühe mich.« Armin Schnell stand auf. »Sie entschuldigen mich.« Er drehte sich um und ging mit hängenden Schultern zum Ausgang.

Annika blickte ihm nach. Als sie mit Brandner alleine war, erkundigte sie sich: »Was wollte Böck?«

»Druck weitergeben.«

»Der Innenminister?«

»Dachte ich zuerst, aber nein, die Landesfürstin hat ihn angerufen.«

»Der Fürstin hat also an der Kaiserin gelegen?«

»So ist es.«

»Was machen wir jetzt?«

»Heute nicht mehr viel. Ich rufe noch Mayerhofer an. Mal schauen, wo der sich auf der Burg rumtreibt. Mit dem müssen wir reden und dann entscheiden, was wir uns morgen vornehmen.«

»Alles klar.«

Dann werde ich meine bequemen, dunklen Klamotten tragen. Aber hoffentlich kann ich bis dahin wieder einigermaßen laufen.

Der Inspektionsleiter sieht auch müde aus. Kein Wunder, es ist schon fast Mitternacht.

Mayerhofer trat gemeinsam mit einem seiner Polizisten in den Arkadenhof. »Sie wollten mich sprechen, Herr Major?«

»Ja. Als man Simone Schnell gefunden hat, war der offizielle Teil der Modenschau erst eine knappe halbe Stunde vorbei, richtig?«

»Richtig, das deckt sich mit meiner Information«, bestätigte Mayerhofer.

»Die Kleider, die vorgeführt wurden, wo sind die?«, fragte Brandner weiter.

Mayerhofer zeigte die Stufen nach oben zur Galerie. »Hier hinauf und dann oben die erste Tür. Dort haben sich die Models umgezogen. In dem Raum befinden sich unzählige Kleiderständer.«

»Haben Sie alle Leute von ›Schnell und Chic‹ befragt?«, wollte Lindner wissen.

»Wir haben alle Personalien aufgenommen, auch von den Mitarbeitern der anderen zwei Unternehmen, die bei der Modeschau dabei waren. Es waren aber zu viele Personen, um eine eingehende Befragung durchzuführen«, antwortete der Inspektionsleiter.

»Verstehe«, brummte Brandner. »Haben Sie überhaupt mit jemandem gesprochen?«

»Natürlich, mit einer gewissen Franziska Bauer, von ›Bauer Trachten‹. Sie ist bei mir kurz nach unserer Ankunft vorstellig geworden und hat mir die Gegebenheiten vor Ort erläutert. Sie hat sich zudem erkundigt, ob sie ihre Kleider wieder einpacken und mitnehmen darf.«

»Haben Sie ihr das etwa erlaubt?«, hakte Lindner nach.

»Ja, was hätte ich denn machen sollen?«

»Es ihr verbieten!« Lindners Stimme wurde lauter.

»Aber der Tatort ist ganz woanders!«

Das darf doch nicht wahr sein! Dilettanten!

Brandner schaute zu seiner Kollegin. Sie hatte die Stirn in Falten gelegt. Offenbar versuchte sie, ihren Ärger über Mayerhofers Verhalten zurückzuhalten.

»Lass uns erst einmal die restlichen Trachten inspizieren, Annika«, versuchte Brandner zu beschwichtigen. »Vielleicht ist das Dirndl ja noch da, zu dem die Schürze gehört.«

Mayerhofer schaute ihn aus großen Augen an, bevor er sich mit der flachen Hand an die Stirn schlug. »Scheiße! Ich hätte verhindern müssen, dass sich da noch jemand an den Sachen zu schaffen macht!«

»Jetzt ist es zu spät, passiert ist passiert.« Brandner nahm bereits die ersten Stufen nach oben.

Mayerhofer folgte ihm mit seinem Kollegen. Lindner mühte sich mit ihrem verletzten Knöchel als Letzte hinauf. Brandner öffnete die erste Tür, schaltete das Licht an und erstarrte.

Für eine Frau, die Trachten liebt, ist das ein Paradies. Ich sehe nur einen Berg Arbeit vor mir. Damit werden wir stun-

denlang beschäftigt sein. Heute können wir hier nichts mehr ausrichten.

»Dieser Bereich gehört versiegelt, damit ihn niemand mehr betreten kann«, sagte Brandner zum Inspektionsleiter. »Morgen wird sich die Spurensicherung den Raum vornehmen.«

»Ich kümmere mich sofort darum«, erwiderte Mayerhofer und instruierte den Polizisten hinter ihm.

Brandner wandte sich zu Lindner. »Zeit zurückzufahren.«

4

Wien
Sonntag, 11. Mai

Ich bin doch gerade erst eingeschlafen.

Ohne die Augen zu öffnen, tastete Brandner nach seinem Smartphone am Nachtkästchen und beendete den Weckruf. Erst dann hob er seine schweren Lider. Der Platz neben ihm im Bett war bereits leer. Eva musste schon vor einiger Zeit aufgestanden sein.

Brandner seufzte. Zwar fühlte er sich alles andere als ausgeschlafen, aber er musste aus den Federn, sonst würde er nicht den Takt bei den Ermittlungen vorgeben, sondern nur mehr auf die Forderungen anderer reagieren können. Das wollte er unter allen Umständen vermeiden, soweit das möglich war. Dieser Fall war von äußerster Brisanz.

Er rieb sich den Schlaf aus den Augen und schwang seine Beine aus dem Bett. Eine Viertelstunde später hatte er sich bereits die Zähne geputzt, geduscht und rasiert. Er entschied sich für dunkle Jeans und ein blaues Hemd und ging in die Küche.

»Lange Nacht gestern?«, fragte Eva. Vor ihr stand eine leere Kaffeetasse, gegessen schien sie allerdings noch nichts zu haben.

»Guten Morgen.« Brandner gab seiner Gattin einen Kuss auf die Lippen, den sie erwiderte. »Ja, ich habe eindeutig zu wenig geschlafen.«

»Du Ärmster!« Eva stand auf. »Ich muss jetzt los, ich treffe mich mit Sandra zum Frühstück, das weißt du sicher noch. Isabella ist spät heimgekommen, sie schläft heute sicher länger, und Selina übernachtet bei Manuela.«

Unsere Töchter werde ich also heute Morgen nicht zu Gesicht kriegen.

Seine Frau gab Brandner einen Abschiedskuss. »Kaffee ist noch da!«, rief sie ihm im Gehen zu, und er blieb allein in der Küche zurück.

Heute brauche ich etwas Stärkeres als Filterkaffee.

Brandner nahm sich aus einem der Küchenkästen eine Tasse und schaltete die Espressomaschine ein. Eine Minute später genoss er das intensive Aroma und fühlte, wie seine Lebensgeister endlich erwachten. Der Klingelton seines Smartphones unterbrach die angenehme Stille. Anstatt ins

Schlafzimmer zu laufen, wo das Telefon lag, schnitt er sich eine Scheibe vom Roggenbrot ab uns beschmierte sie mit Nutella.

Du musst warten! Entschuldige Isabella, hoffentlich weckt dich der Lärm nicht auf, aber noch bin ich nicht bereit für den Trubel.

Der Klingelton verstummte, als Brandner in sein Brot biss.

So könnte ein perfekter Tag beginnen, wenn gestern nicht jemand umgebracht worden wäre.

Brandner nippte wieder an seinem Espresso und nahm einen zweiten Bissen.

»Was war denn das für ein Krach?« Isabella trat in ihrem dunkelblauen Pyjama in die Küche. Sie schaute ihren Vater aus schmalen Schlitzen an.

»Nur mein Handy, du kannst dich ruhig nochmals hinlegen«, antwortete er.

»Jetzt bin ich schon wach. Gibt es Kaffee?«

»In der Kanne ist noch welcher.«

Isabella lugte in die Tasse ihres Vaters. »Ich mache mir auch einen Espresso.«

»Gute Idee. Ich schaue inzwischen nach, wer angerufen hat.«

Brandner lief ins Schlafzimmer und schielte aufs Display seines Handys. Es war nur Lindner, die versucht hatte, ihn zu erreichen. Sofort breitete sich Erleichterung in ihm aus. Erst jetzt wurde ihm bewusst, wie sehr ihn dieser Fall stresste.

So sollte es nicht sein. Nicht zu Beginn der Ermittlungen. Da sollte ich noch ungestört und ohne großen Druck meine Arbeit machen können. Ich muss versuchen, Böcks Anruf und seine Anspannung auszublenden, sonst kann ich mich nicht fokussieren.

Lindner hatte ihm eine Textnachricht geschickt, nachdem er den Anruf nicht entgegengenommen hatte: »Bin auf dem Weg nach Lackenhof, GLG Annika.«

Sie braucht eindeutig weniger Schlaf als ich. Sie ist aber auch deutlich jünger!

Brandner dachte an seine beiden Töchter Selina und Isabella. Beide schienen länger zu schlafen als er. Zumindest verbrachten sie deutlich mehr Zeit in ihren Zimmern. Ob sie die jedoch auch für die Nachtruhe nutzten, wusste er nicht genau, musste er sich eingestehen. Eigentlich hatte er keine Ahnung, was sie hinter den verschlossenen Türen trieben.

»Passt!«, schrieb Brandner seiner Kollegin. »Bin auf dem Weg zur Schallaburg. Grüße Leopold.«

Brandner kehrte wieder in die Küche zurück. Isabella saß am Esstisch und nippte an ihrem Espresso. Brandner setzte sich zu ihr, er aß stumm sein Nutella-Brot und trank den Rest seines Kaffees.

»Ich muss los«, bemerkte er schließlich und stand auf.

»Auch am Sonntag auf Mörderjagd?«, fragte seine Tochter. Dann schlug sie sich mit einem Mal mit der flachen Hand gegen die Stirn. »Nein! Sag jetzt nicht, du ermittelst im Fall Simone Schnell!«

»Doch!« Brandner räumte seinen Teller und die Tasse in die Spülmaschine.

»Das war heute Nacht im Club das Thema! Alle haben gerätselt, wer die Kaiserin ermordet haben könnte!« Isabella sah ihren Vater erwartungsvoll an.

Brandner wandte sich seiner Tochter zu und zuckte mit den Achseln. »Damit beschäftige ich mich auch«, stellte er trocken fest.

»Ihr habt also keine Ahnung?«

»Du weißt, dass ich dir nichts über den Ermittlungsstand erzählen darf.«

Isabella beugte sich über den Tisch. »Komm schon, Papa, mach eine Ausnahme! Für mich! Einmal in deinem Leben!«

Brandner stemmte die Hände auf der Tischplatte ab und kam seiner Tochter entgegen. Anstatt ihr eine Information ins Ohr zu flüstern, überraschte er sie mit einem Kuss auf die Wange. »Hab dich lieb! Jetzt muss ich wirklich los.«

»Du bist gemein!«, rief ihm Isabella hinterher, als er die Küche verließ und im Flur in seine Schuhe schlüpfte.

Draußen startete er seinen Audi. Auf der Stadtautobahn rief er Elfriede Auer über die Freisprechanlage an. Die Kriminaltechnikerin ließ ihn wissen, dass sie mitsamt mehreren Fotoausdrucken von der Schürze, die als Tatwaffe benutzt wurde, in Kürze ebenfalls in Richtung Schallaburg aufbrechen würde. Das Kleidungsstück wurde bereits im Labor auf brauchbare Spuren untersucht.

Nach einem anschließenden Telefonat mit Lindner informierte Brandner Direktor Böck über den Ermittlungsstand. Der hielt dieses Mal das Gespräch überraschend kurz und gab Brandner grünes Licht für die nächsten Schritte.

Es ist Sonntag; Böck ist wahrscheinlich in Gedanken schon am Golfplatz, davon wird ihn auch die Landeshauptfrau nicht abhalten.

Er schaltete das Radio ein und stellte den Tempomat auf 140. »Always look on the bright side of life!«, tönte aus den Lautsprechern. Brandner versuchte, die Liedzeile zu verinnerlichen.

Ich habe eine herausfordernde Aufgabe und bekomme Geld dafür, die Schallaburg ein weiteres Mal zu besuchen. Normalerweise muss ich dafür Eintritt zahlen!

Tatsächlich fühlte er sich bei diesen Gedanken mit einem Mal positiv gestimmt.

Das hat natürlich auch damit zu tun, dass Annika die Eltern der Ermordeten aufsucht und mir die unangenehme Pflicht dieses Mal erspart bleibt …

Brandner passierte Sankt Pölten. Schon bald verließ er die Autobahn, kurz darauf genoss er den imposanten Anblick des malerischen Renaissanceschlosses.

Wer hat dort oben gemordet? Wer immer du bist, ich überführe dich!

Wie am Vorabend fuhr Brandner die Straße bergauf und parkte seinen Audi am ersten Parkplatz ein. Die Presse war verschwunden, das Gelände verwaist. Er lief nach oben zum Ticketschalter. Der Zugang war für Besucher gesperrt, dafür sorgten zwei Polizisten, die ihn gemeinsam mit ihrem Vorgesetzten Mayerhofer erwarteten. Nachdem sie sich begrüßt hatten, traf auch Elfriede Auer mit drei männlichen Kriminaltechnikern im Schlepptau ein. Sie hatte für Brandner ein Extrapaar Handschuhe und Plastiküberzüge für seine Haare und Schuhe mitgebracht. Nachdem sie die Stufen im Arkadenhof nach oben genommen hatten, zogen sie vor dem Raum mit den Trachten die Schutzkleidung an.

»Zur Erinnerung: So schaut die Schürze aus.« Auer reichte allen eine Fotokopie des Kleidungsstücks, mit dem Simone Schnell erdrosselt worden war.

»Hoffentlich finden wir da drinnen das dazu passende Dirndl!« Brandner nickte den Technikern ermunternd zu. »Im Raum befinden sich nur die Trachten von den Labels ›Schnell und Chic‹ und ›Dirndl im Tal‹. Die Geschäftspartnerin der Kaiserin behauptet, die Schürze stammt nicht von ihnen, wir schauen uns aber trotzdem alle an. Im besten Fall finden wir ein Kleid, bei dem die Schürze fehlt. Ansonsten müssen wir den Umweg gehen und die Firmen um einen Abgleich der Modelle bitten.«

Mayerhofer entfernte die Absperrung. Brandner öffnete die Tür und ließ Auer den Vortritt.

5

Lackenhof, Niederösterreich
Sonntag, 11. Mai

Beeindruckend, aber etwas in die Jahre gekommen!

Annika parke sich vor dem Ötscherhotel Schnell ein. Von hier aus konnte sie auch die Liftanlage sehen und die grüne Bergwiese, auf der sich im Winter die Skiläufer tummelten. Die Anzeige in ihrem Passat zeigte eine Außentemperatur von 15 Grad an. Annika schaltete den Motor aus, stieg aus und zog sofort ihren schwarzen Blazer über. Auch ihre Bluse und die Hose waren schwarz, wie auch ihre Schuhe. In ihrem üblichen Outfit fühlte sie sich deutlich wohler als vergangene Nacht in dem Kleid. Wichtiger war allerdings, dass sie heute nur einen minimalen Absatz trug. Gestern nach dem

Rumkraxeln auf der Schallaburg hatte sie die Befürchtung gehabt, den Fuß eine Zeit lang nicht mehr belasten zu können. Doch ihr Knöchel war glücklicherweise nur noch leicht geschwollen, und sie konnte auch nach der langen Autofahrt auftreten, ohne starke Schmerzen zu spüren. Das wertete sie als gutes Zeichen.

Annika schaute seufzend zum Eingang des Hotels. Das würde nicht einfach werden.

Es wird aber auch nicht besser, wenn ich es hinauszögere!

Sie verriegelte den Passat mit der Fernbedienung, atmete die frische Morgenluft tief ein und wieder aus, dann schritt sie energisch los. Noch bevor sie die rustikale Tür erreichte, wurde sie von innen geöffnet.

»Sie müssen die Frau Inspektor sein!« Ein groß gewachsener, junger Mann in Lederhose und weißem Trachtenhemd stand vor Annika und streckte ihr die Hand entgegen. Sein Händedruck war fest. »Andreas Schnell. Meine Eltern erwarten Sie schon.«

Durchaus attraktiv der Kerl, aber was soll man auch anderes erwarten, immerhin hat er den gleichen Genpool wie die Skikaiserin.

Annika stellte sich vor und folgte dem Bruder der Ermordeten ins Gebäude. Rechts lag die Rezeption, die aktuell unbesetzt war. Andreas Schnell führte sie nach links in den Restaurantbereich. Dort ließen sich mehrere Pensionisten Käse, Schinken, Paprika, Tomaten und Eier mit Kaisersemmeln und Kaffee schmecken.

»Obwohl um die Jahreszeit nicht so viel los ist, haben wir einige Gäste«, erklärte Schnell. »Kommen Sie bitte, meine Eltern warten in der Ötscherblickstube.«

Dem scheint der Tod seiner Schwester aber nicht besonders nahezugehen. Große Trauer erkenne ich jedenfalls keine.

Andreas Schnell öffnete eine Holztür im hinteren Teil des Restaurants und ließ Annika den Vortritt. Im Raum saßen eine Frau und ein Mann, die Annika auf knapp über 50 Jahre schätzte. Im Gegensatz zu dem Bruder wirkte das Paar sichtlich mitgenommen.

Sie scheinen gebrochen, wie es Eltern nun einmal sind, wenn das eigene Kind vor einem verstirbt, noch dazu gewaltsam.

»Mama, Papa, das ist Frau Inspektor Lindner. Sie hatte sich angekündigt.«

Frau Schnell blickte stumm auf. Ihr Mann fixierte weiterhin die Tischplatte. »Mein Beileid für Ihren Verlust«, begann Annika. »Das muss sehr schmerzhaft für Sie sein.« Sie trat näher. »Darf ich mich zu Ihnen setzen?«

Annika wartete ein paar Augenblicke, doch als keine Reaktion erfolgte, zog sie einen Sessel heran und nahm gegenüber der Frau Platz.

»Kann ich Ihnen etwas bringen?«, erkundigte sich Andreas Schnell.

Annika räusperte sich. Mit einem Mal schienen ihr Mund und Rachen völlig ausgetrocknet. »Danke«, krächzte sie und drehte sich zu ihm um. »Ein Glas Wasser wäre nett.«

»Bringe ich sofort!« Er verließ die Stube, ohne seine Eltern zu fragen, ob sie auch etwas trinken wollten.

Annika drehte sich wieder den beiden zu. Die Mutter starrte sie jetzt regelrecht an.

»Was … was ist mit Ihren Haaren passiert?«, wollte sie wissen.

Auch das noch!

Annika hüstelte, gleichzeitig überlegte sie fieberhaft, was sie darauf antworten sollte. Einer trauernden Mutter gegenüber wollte sie keine ihrer üblichen frechen Erwiderungen anwenden, um solch übergriffige Kommentare zu ihrem Äußeren abzuwehren. Mit einem Mal fühlte sie sich schutzlos, geradezu hüllenlos, doch dann fällte sie eine Entscheidung.

Sie drehte ihren Kopf zur Seite, sodass die Frau die kahl geschorene Haut über ihrem Ohr sehen konnte. »Ich habe die Haare abrasiert, damit die Tätowierung gut zu erkennen ist.« Sie wartete einen Moment, bevor sie der Frau das Gesicht wieder zuwandte.

Frau Schnell schaute sie aus glasigen Augen an. Eine Träne löste sich und lief ihr über die Wange. »Ich … Ich wünschte«, sagte sie mit zittriger Stimme, »Simone hätte auch so eine Tätowierung, und sie würde noch leben.«

Annika schluckte.

Wo bleibt der Bruder mit meinem Wasser?

»Ich verstehe«, erwiderte Annika. Ihre Stimme hörte sich nicht wie ihre eigene an. »Es muss schrecklich und unglaublich schwer für Sie sein. Ich kann mir Ihren Schmerz nicht einmal annähernd vorstellen.«

Die Mutter wischte sich eine weitere Träne weg. »Danke für Ihre Anteilnahme!«

»Bitte schön, Ihr Wasser!« Andreas Schnell betrat schwungvoll die Stube und stellte das Glas vor Annika ab. »Kann ich sonst noch etwas für Sie tun?«

»Danke, vorerst nicht.«

»Gut, dann würde ich Sie meinen Eltern überlassen. Das Geschäft ruft!«

»Sicherlich, aber später würde ich gerne noch alleine mit Ihnen reden.«

»Okay, wenn es sein muss. Allerdings bezweifle ich, dass ich Ihnen weiterhelfen kann.«

Die Männer im Leben von Simone Schnell wollen scheinbar allesamt nicht zur Aufklärung des Falls beitragen. Der

Ehemann hat sich geziert und wollte rasch nach Hause, der Vater hat noch kein Wort herausgebracht und nun sträubt sich auch noch der Bruder!

»Du nimmst dir natürlich die Zeit und beantwortest die Fragen von Frau Lindner«, mischte sich die Mutter ein.

Ihr Sohn presste kurz die Lippen aufeinander. »Natürlich mache ich das«, erwiderte er schließlich. »Ich bin an der Rezeption und jederzeit für Sie da.« Er nickte Annika kurz zu, dann drehte er sich um und verließ die Stube.

6

Göstling, Niederösterreich
Sonntag, 11. Mai

Birgit Maderthaner war eindeutig die Schnellste im Becken. Sie hatte die Kraultechnik schon in der Kindheit perfektioniert, jetzt mit zwanzig Jahren brauchte sie nicht mehr über die Abläufe nachzudenken. Die Bewegungen liefen automatisch ab. Um die Augen vor dem Salzwasser zu schützen, trug sie eine Schwimmbrille. Für die Hydrodynamik wäre ein Badeanzug ideal gewesen, doch der Sommer stand vor der Tür, daher hatte sie sich für ihren marineblauen Bikini entschieden.

Sie zog Bahn um Bahn. Die anderen Gäste des Solebades waren im Gegensatz zu ihr zum Entspannen gekommen. Langsam wurden ihre Arme angenehm schwer. Ihre Muskeln schmerzten. Diese Phase des Trainings liebte sie; an diesem Punkt galt es, nicht aufzuhören, sondern die Zähne zusammenzubeißen und durchzuziehen. Das war der Moment, der sie von den unzähligen Hobbysportlern trennte. Nicht umsonst hatte sich bei ihr der Erfolg eingestellt, und dafür musste sie auch in der warmen Jahreszeit hart trainieren, durfte nicht ins Faulenzen verfallen.

Birgit schwamm noch eine Viertelstunde, sie reduzierte aber leicht das Tempo. Schließlich hielt sie sich am Beckenrand fest. Sie keuchte, ihre Arme zitterten. Nach einer weiteren Minute beruhigte sich ihr Atem, und auch die Muskeln spielten nicht mehr verrückt. Das Training hatte ihr gutgetan.

In der Nacht hatte sie kaum geschlafen, zu sehr hatten sie die Ereignisse des Vorabends aufgewühlt. Ein kurzes Gespräch nach der Modenschau, und ihr war klar geworden, warum die NÖ-Bank gezögert hatte. Jetzt wusste sie, warum ihr der Sponsorenvertrag bisher nicht zur Unterschrift vorgelegt worden war. Birgit hatte es von Simone selbst hören wollen, hatte Gewissheit gebraucht und sie daher zur Rede gestellt. Bei dem Gedanken an die Unterhaltung verschwand das belebende Gefühl, das sich nach dem Schwimmen eingestellt hatte, sofort.

Beruhige dich! Simone ist tot; das ändert alles!

Sie stemmte ihren Körper mit ihren Armen am Beckenrand hoch und zog die Beine nach.

»Birgit!«

Langsam richtete sie sich auf. Eine Frau im schwarzen Badeanzug trat auf sie zu. Sie kam ihr vage bekannt vor. Sie stammte aus Göstling, doch Birgit konnte sich nicht an ihren Namen erinnern.

»Dürfte ich ein Autogramm für meine Tochter haben? Sie vergöttert dich!«

»Sicher, komm mit!«

Birgit gestand sich ein, dass sie es liebte, in der Öffentlichkeit angesprochen zu werden. Es war ein Privileg! Sie verstand nicht, wie das jemandem unangenehm sein konnte. Barfuß lief sie zu ihrer Liege, die Frau im Schlepptau. Sie ging in die Hocke, zog den Reißverschluss ihrer Sporttasche auf und zog eine ihrer Autogrammkarten heraus.

»Bitte schön!«

»Danke! Ist das …?«

»Ja, Hochkar, beim Geischlägerhaus aufgenommen. Super Panorama, oder?«

»Perfekt! Vielen Dank! Falls wir uns nicht mehr sehen – ich wünsche dir schon mal viel Erfolg im Weltcup nächsten Winter! Weiter so!«

»Danke, sehr lieb von dir!«

Sie schüttelten sich die Hände, dann lief die Frau im schwarzen Badeanzug zur gegenüberliegenden Seite des Schwimmbeckens und wedelte dabei triumphierend mit der Autogrammkarte in ihrer Hand.

Schön, wenn die Menschen so einfach zufriedenzustellen sind.

7

Schallaburg, Niederösterreich
Sonntag, 11. Mai

Brandner war erschöpft. Er fühlte sich wie früher, zum Beginn seiner Beziehung mit Eva, als sie ihn noch regelmäßig dazu überredet hatte, sie beim Shopping zu begleiten. Schon bald hatte seine heutige Ehefrau jedoch erkannt, dass es auch für sie selbst angenehmer war, statt ihm eine ihrer Freundinnen zum Einkaufen mitzunehmen und ihm danach ihre Ausbeute lediglich vorzuführen. Mehr als einmal hatte er ihr dann die erstandenen Kleidungsstücke gleich wieder ausgezogen, und sie hatten die Modenschau ins Schlafzimmer verlegt …

»Was ist? Warum grinst du so?«

Brandner zuckte zusammen. »Was? Ach, wegen nichts«, erwiderte er.

Auer schaute ihn mit hochgezogener Augenbraue an.

»Ich habe nur an Evas Kleidungsstil gedacht«, wich er aus. »Der unterscheidet sich ziemlich von allem, was wir hier sehen.«

»Ich habe ein Dirndl daheim im Kleiderschrank. Das werde ich auch fürs Oktoberfest anziehen.«

Brandner erinnerte sich, dass ihm Auer bereits davon erzählt hatte. Sie wollte mit Freunden nach München auf die Wiesn fahren.

»Warst du schon dort oder planst du das für diesen Herbst?«

Jetzt grinste die Kriminaltechnikerin. »Beides, ich war letztes Jahr auf dem Oktoberfest und werde auch heuer wieder hingehen. Das macht einfach Spaß!«

»Ein Dirndl steht dir sicher gut.«

»Danke.« Auer lächelte und errötete sogar leicht.

Brandner zeigte auf die Kleiderständer im Raum, in dem die Techniker immer noch dabei waren, die letzten Outfits zu untersuchen. »Ich habe schon befürchtet, dass wir die silberne Schürze keinem der Kleider zuordnen können.«

Auer nickte. »Es ist wie die Suche nach der Nadel im Heuhaufen. Das Silber passt einfach fast überall dazu.«

»Und nirgends fehlt eine Schürze!«, stellte Brandner frustriert fest.

Sie hatten jedes Kleid einzeln vom Ständer genommen und genau überprüft, aber jedes Set hatte sich als vollständig herausgestellt. »Das ist schon fast wieder merkwürdig. Ich kann mir schwer vorstellen, dass die Models so sorgfältig mit der Kleidung umgegangen sind. Immerhin muss es bei so einer Modenschau schnell gehen. Da hat doch bestimmt niemand Zeit, alles sorgfältig zusammenzulegen.«

»Ich verstehe, was du meinst«, erwiderte Auer. »Aber vielleicht haben die jemanden, der alles im Nachhinein zusammenklaubt. In diesem Metier kenne ich mich nicht aus. Da müsst ihr wohl oder übel die Kollektionen bei den drei Labels nachfragen, auch wenn das einige Zeit in Anspruch nehmen wird.«

»Die haben wir bei dem Fall nicht. Böck sitzt uns im Nacken, und in seinem Rücken lauert die Landeshauptfrau. Ich hab aber noch eine andere Idee, um die sich die Kollegen im Büro kümmern sollten. Ich schaue mal nach, ob es schon was Neues gibt.« Brandner holte sein Smartphone hervor und öffnete seinen Posteingang. Das Team war auch am

Sonntag nicht untätig gewesen. »Ah, wunderbar. Ich habe bereits mehrere Namen und Telefonnummern von Modefotografen erhalten, die gestern da waren.«

»Sehr gut, brauchst du mich dann hier noch?«

»Vorerst nicht.« Brandner blickte von seinem Handy hoch. »Aber wir sollten die Auswertung der Spuren vorantreiben, die ihr sicherstellen konntet. Heiß hat sich ebenfalls gemeldet. Die Obduktion der Leiche heute früh hat leider nichts Neues zum Vorschein gebracht.«

Auer nickte. »Dann mach ich mich mal an die Arbeit.«

Während die Kriminaltechnikerin ihrem Team für den Aufbruch Anweisungen gab, tippte Brandner bereits die Nummer einer Fotografin und hob das Telefon ans Ohr.

8

Lackenhof, Niederösterreich
Sonntag, 11. Mai

»Warum waren Sie gestern nicht bei der Modenschau Ihrer Tochter?«, fragte Annika.

Die Mutter der Toten schluchzte auf. »Das werde ich mir ewig vorwerfen! Wären wir nur dort gewesen, dann wäre das Unglück nicht passiert und Simone würde noch leben!«

»So ein Blödsinn!« Das waren die ersten Worte, die Simone Schnells Vater von sich gab, seit Annika die Stube betreten hatte.

Seine Frau zuckte zusammen, sie schaute ihren Mann aus zusammengekniffenen Augen an.

»Du brauchst gar nicht so überrascht schauen!«, fuhr er sie an. »Jemand wollte Simone aus dem Weg räumen. Wenn er sie gestern nicht getötet hätte, dann hätte er es schon bald woanders getan!«

»Stimmt das?« Die Mutter blickte Annika unsicher an.

»Es deutet einiges darauf hin, dass es sich um keinen Totschlag im Affekt gehandelt hat. Ihre Tochter ist mit einer Schürze erdrosselt worden. Die hat man nicht zufällig griffbereit. Bei einer Kurzschlussreaktion läge mutmaßlich ein anderer Tathergang vor. Es sieht tatsächlich so aus, als hätte jemand den Mord geplant.«

Hoffentlich habe ich nicht zu viel preisgegeben und liege mit meiner Einschätzung richtig, aber wie soll man auch reagieren, wenn sich die Mutter solche Vorwürfe macht!

Die Frau betrachtete Annika stumm, dann flüsterte sie: »Wer würde denn unserer Simone etwas antun wollen? Sie war doch überall beliebt.«

»Simone war vor allem sehr erfolgreich, und erfolgreiche Menschen haben nun einmal viele Neider!«, stellte ihr Mann fest.

»Du tust so, als hättest du schon immer gewusst, dass so etwas passiert! Dann hättest du ihre Karriere nicht fördern dürfen! Sie nicht der Gefahr aussetzen – das und nichts anderes war deine Aufgabe als Vater!«, schrie die Mutter ihren Gatten an. »Simone ist nur wegen dir tot!«

Herr Schnell erstarrte für einen Wimpernschlag, dann versuchte er, seine Frau in eine Umarmung zu ziehen. Sie schlug jedoch mit ihren Fäusten auf seine Brust ein. Er ließ es geschehen, bis sie schließlich vor Erschöpfung in sich zusammenfiel, und schloss seine Arme um sie.

»Es tut mir so leid«, sagte er leise. »Ich habe es nicht verhindern können. Simone war so ehrgeizig, ich hätte sie nie und nimmer aufhalten können.«

Seine Gattin weinte sich an seiner Schulter aus, ihr Körper bebte regelrecht, und er strich ihr beruhigend über den Hinterkopf.

Läuft ja bisher ganz toll! So erfahre ich rein gar nichts, was uns weiterhilft.

»Entschuldigen Sie mich bitte kurz, ich muss mal für kleine Mädchen.« Annika schob den Sessel zurück und stand auf.

Hoffentlich hatten sich die Eltern wieder beruhigt, dachte Annika, als sie die Toilette verließ.

Auf dem Weg zurück zum Restaurant erspähte sie Andreas Schnell, der hinter der Rezeption eine Tageszeitung las.

Er blickte auf. »Da haben Sie ja für einen schönen Wirbel gesorgt!«, sprach er sie an. »Sie kommen hier angetanzt aus der Hauptstadt mit Ihrer ach so coolen Tätowierung und provozieren einen handfesten Ehestreit!«

Annika blieb stehen.

Einen Ehestreit? Die beiden lagen sich doch in den Armen, als ich sie allein gelassen habe! Was für eine Frechheit … Und was geht den Lackaffen meine Tätowierung an!

»Ihnen gefällt mein Tattoo nicht?«, entgegnete sie und

bemühte sich um einen gelassenen Tonfall. »Dann tun Sie doch sicherlich alles dafür, mich nicht noch öfter sehen zu müssen, oder?«

Andreas Schnell starrte sie an. Dann fuhr er mit der Zungenspitze über seine Oberlippe. »Wir können sofort auf mein Zimmer gehen und die Vorhänge zuziehen.«

Das ist jetzt nicht wahr! Das hat er nicht gesagt!

Annika schluckte. »Wollen Sie eine Anzeige wegen sexueller Belästigung einer Inspektorin des LKA riskieren?«, erwiderte sie so ruhig, wie es ihr möglich war.

In dem Moment wurde die Tür zum Restaurantbereich geöffnet und aus dem Restaurant traten zwei der Pensionisten, die dort zuvor ihr Frühstück genossen hatten.

»Ich hoffe, es hat Ihnen geschmeckt und Sie beehren uns bald wieder!« Andreas Schnells Lächeln war eindeutig aufgesetzt, doch die beiden älteren Gäste schienen davon nichts zu merken.

»Wie immer war es ganz hervorragend!«, bemerkte die Dame.

»Ich stehe Ihnen jederzeit zu Verfügung«, wandte sich Schnell scheinheilig an Annika, bevor er zum Haupteingang eilte, um den Herrschaften die Tür aufzuhalten.

»Sie haben Ihrer Schwester den Erfolg geneidet, oder?« Annika sprach so laut, dass das ältere Paar sie hören konnte.

Irritiert schauten beide Andreas Schnell an, der ihre Reaktionen beflissentlich ignorierte und stattdessen stumm den Diener machte.

Als die Tür hinter den Gästen ins Schloss gefallen war, zischte er: »Hör sofort auf, mich in meinem Hotel zu verunglimpfen, du Schnepfe!«

Annika ballte ihre Hände zu zwei Fäusten.

Ruhig bleiben, dann verrät er sich vielleicht! Danach

werde ich mich um die Belästigung kümmern – und die Beleidigung.

»Es stimmt doch.« Annika trat näher an Schnell heran. »Sie wollten, dass ihre Schwester ihren Eltern das Geld zurückzahlt, das diese in ihre Sportlerkarriere gesteckt hatten!«

»Woher willst du das wissen?« Er wirkte überrascht.

»Ich habe dafür sogar Verständnis. Meiner älteren Schwester wurde ihr ganzes Studium samt einer Wohnung bezahlt, und für mich war dann kein Geld mehr übrig.«

Andreas Schnell beugte sich nach vorne. »Du hast nicht die geringste Ahnung, wie das ist! Die Alten schieben der Schwester alles in den Arsch, und das Hotel und die Skischule, die ich weiterführen soll, gehen vor die Hunde!«

»Simones Popularität hat Ihnen nicht mehr Gäste gebracht?«, fragte Annika.

»Die hat uns einen Dreck beschert! Nicht mal ihre Olympiamedaillen hat sie bei uns ausgestellt, und wegen ein, zwei Fotos von der ach so verehrten Kaiserin rennt uns niemand die Tür ein«, stieß Schnell wütend hervor, sodass Speicheltropfen in Annikas Gesicht spritzten. »Nicht nur einmal habe ich vorgeschlagen, sie soll ihre Pressekonferenzen bei uns abhalten, auch die Modenschau wäre perfekt gewesen, aber nein, sie wollte nicht! Zu abgelegen, zu altbacken! Als schäme sie sich dafür, woher sie stammt. Ein undankbares Biest war sie! Um die ist es nicht schade!«

Jetzt ist es heraus.

»Sie sind demnach froh, dass sie tot ist«, stellte Annika fest.

Der Bruder trat einen Schritt zurück und hob abwehrend beide Hände in die Luft. In dem Moment ging die Eingangstür auf und eine junge Frau trat ein.

»Meine Schwester wird mir fehlen«, sagte Schnell mit rauer Stimme und wischte sich mit einer Hand über die Augen.

Was für eine Show fürs Publikum! Aber Karriere als Schauspieler wird er nicht machen …

»Es stimmt also? Simone ist tot?« Die Frau sprach mit einem slawischen Akzent.

»Ja, es ist so furchtbar!«

»Tut mir leid, Andreas!«

»Danke!«

»Ich gehe an die Arbeit.«

Schnell nickte, und die Frau nahm die Treppe und verschwand um die Ecke im oberen Stockwerk.

»Ihre Angestellten können Sie vielleicht täuschen, aber nicht mich«, sagte Annika.

»Ha, Tatjana weiß, wie mein Verhältnis zu Simone war.« Er lächelte sie süffisant an. »Wer täuscht jetzt wen?«

Der glaubt wirklich, er kann sich alles erlauben! Ruhig einatmen, ruhig ausatmen.

»Waren Sie gestern bei der Modenschau?«

Annika war gewillt, sich nicht das Ruder aus der Hand nehmen zu lassen. Sie musste die Oberhand behalten.

»Sicher, das habe ich mir nicht entgehen lassen.«

»Wie lange?«

»Als die Vorführung vorbei war und sich Simone von den Journalisten beweihräuchern hat lassen, bin ich abgehauen. Das hat mich so angewidert!«

»Kann das jemand bestätigen?«

»Ich war allein unterwegs, und von den anderen Gästen wird mich keiner vermisst haben. Ich hatte an der Rezeption die Spätschicht ab 20 Uhr, daher musste ich rechtzeitig zurück nach Lackenhof.«

»Sie haben also für den Tatzeitpunkt kein Alibi«, schlussfolgerte Annika.

»Mach dich nicht lächerlich! Ich würde doch meine Schwester nicht umbringen.«

»Haben Sie nun ein Alibi oder nicht?«

»Nicht direkt, aber ich war frühzeitig im Hotel.«

»Kann das jemand bezeugen?«

»Tatjana.« Er grinste sie herausfordernd an.

Mit der muss ich wegen der genauen Zeit reden und ich muss rauskriegen, wie lange man von der Schallaburg bis hierher mit dem Auto braucht.

Andreas Schnell zwinkerte ihr zu. »Wir könnten gleich nach oben gehen und Tatjana fragen, wann ich gestern da war. Sie müsste auch bald die Laken von Zimmer Nummer 1 frisch bezogen haben, dann könnten wir alle drei ...«

Das hättest du wohl gerne!

»Ich rede allein mit Tatjana, Sie bleiben hier!«, unterbrach ihn Annika und lief die Treppe nach oben, um das Zimmermädchen abzufangen, bevor es vom Juniorchef unter Druck gesetzt werden konnte.

9

Melk, Niederösterreich
Sonntag, 11. Mai

Von der Schallaburg bis nach Melk war es nur ein Katzensprung. Unweit vom weltberühmten Stift befand sich das Studio von Beate Holzknecht in einem schön renovierten Altbau.

Die Fotografin erwartete ihn bereits. »Ich habe alles vorbereitet, wir können sofort loslegen!«

Brandner schätzte die Frau auf knapp über dreißig Jahre. Sie war schlank, trug ein weites lilafarbenes Kleid aus dünnem Stoff, dessen Saum bis zu den Knöcheln reichte, und sie schien unkompliziert zu sein. Sie hatte am Telefon sofort ihre Hilfe zugesagt und sich bereit erklärt, Brandner noch am selben Tag zu treffen, und das obwohl sie sonntags eigentlich nicht arbeitete.

Brandner stand in der Mitte des großzügigen, hellen Raumes und betrachtete die Arbeiten von Beate Holzknecht. An einer Seite hingen mehrere Bilder des Stifts Melk. Die anschließende Wand war mit Modeaufnahmen geschmückt. Auf der anderen Seite waren Fotos von Geschäftsleuten zu sehen, und die letzte Fläche zierten Landschaftsaufnahmen. Der Ötscher im Winter war ein Motiv, daneben waren blühende Birnbäume, der Sonntagberg und das Rothschildschloss in Waidhofen abgelichtet.

»Sehr beeindruckend, Ihr Repertoire«, bemerkte Brandner.

»Danke!« Holzknecht lächelte. »Darf ich Ihnen etwas anbieten? Wasser, Kaffee?«

Eigentlich hatte er den Besuch so rasch wie möglich hinter sich bringen wollen, doch als er jetzt darüber nachdachte, erschien es ihm sinnvoll, sich Zeit zu nehmen.

Immerhin war die Fotografin gestern den ganzen Abend auf der Schallaburg. Vielleicht ist ihr auch abseits des Laufstegs etwas aufgefallen.

»Kaffee, bitte. Ein Espresso wäre perfekt, schwarz, ohne Zucker.«

»Kommt sofort, bitte nehmen Sie Platz.«

Brandner ging zur Sitzgruppe vor den hohen Fenstern, die aus einem niedrigen Tischchen und zwei bequem aussehenden Sessel bestand. Er ließ sich auf einem nieder und zückte den Fotoausdruck der Trachtenschürze, den er am Morgen von Elfriede Auer erhalten hatte. Noch war er unsicher, ob er ihn Beate Holzknecht zeigen sollte.

Sie hat allerdings sicherlich ein besseres Auge für modische Details als ich. Immerhin ist das Teil ihres Berufes. Zudem haben mehrere Menschen gestern die Schürze gesehen, als Lanz die Leiche entdeckt hat und hysterisch geworden ist. Es ist also alles andere als ein Geheimnis.

»Bitte schön, Ihr Espresso!«

»Danke.«

Holzknecht stellte die Tasse vor ihm ab. Sie hielt ihr Pad in der anderen Hand und setzte sich neben ihn. »Ich habe bereits alle Fotos von gestern überspielt. Sie bekommen natürlich einen kompletten Satz davon, wenn Sie möchten.«

Brandner zeigte ihr seinen Ausdruck. »Wir suchen die Trägerin dieser Schürze.«

»Ich kann mich nicht erinnern, ob ich die gestern gesehen und fotografiert habe. Das waren einfach zu viele Models.

Aber wir schauen einfach mal. Immerhin brauchen wir uns nur auf die Frauen zu konzentrieren. Am besten fangen wir am Anfang der Modenschau an. Als Erstes sind die Models von ›Dirndl im Tal‹ gelaufen.« Sie klickte auf die erste Kachel links oben am Bildschirm.

Schweigend betrachteten sie ein Bild nach dem anderen. Doch auf keinem war die fragliche Schürze zu sehen. Vierzig Minuten später hatten sie den ersten Satz gesichtet.

Wie kann man nur so viel fotografieren?

»Das waren die Aufnahmen von der ersten Modenschau.« Holzknecht schloss die Datei.

Brandner nickte. »Könnte ich bitte noch einen Espresso haben?«

»Gerne!« Sie stand schwungvoll auf. »Als Fotografin benötigt man Geduld, aber ich liebe meine Arbeit!«

»Ja, für mich wäre das definitiv nichts«, erwiderte Brandner. »So viele Fotos, und dann muss man die besten auswählen. Ich sehe da kaum Unterschiede.«

Holzknecht lächelte. »Es geht um Nuancen, den idealen Augenblick, den man festhält. Wenn das gelingt, ist es fast schon magisch. Aber für mich ist es natürlich einfacher, die Unterschiede zu erkennen. Ich mache das jeden Tag. Es ist mein Leben!«

»Sie sind wirklich hervorragend darin, das merke selbst ich!«, schmeichelte Brandner.

»Danke!« Sie lächelte, dann drehte sie sich von ihm weg. »Ich hole den Kaffee«, rief sie und verließ den Raum.

Brandner stand auf, um sich die Beine ein wenig zu vertreten. Er warf einen Blick auf seine Armbanduhr. Es war bereits Mittag und er war noch keinen Schritt weiter. Er hatte gehofft, auf diesem Weg schneller fündig zu werden, doch es würde noch einige Zeit in Anspruch nehmen, alle

Aufnahmen zu sichten. Sollten sie auf keiner die Schürze entdecken, konnte er sich immerhin sicher sein, dass sie gestern von keinem der Models getragen worden war. Beate Holzknecht hatte die Veranstaltung lückenlos dokumentiert, jedes Outfit zwischen zehn und zwanzig Mal abgelichtet. Es war quasi ausgeschlossen, dass ihr etwas entgangen war.

Hoffentlich entdecken wir die Tatwaffe noch auf den Bildern! Ansonsten müssen wir einen Aufruf starten, dass alle Besucher ihre Handyfotos an uns übermitteln sollen, sodass wir auch das Publikum in Augenschein nehmen können. Und vielleicht gibt es auch Überwachungskameras … Eigentlich müssten auch TV-Stationen anwesend gewesen sein; das muss ich zuerst prüfen.

Brandner ließ sich erschöpft in seinen Sessel zurückfallen. Er würde die Trägerin der Schürze finden, da war er sich sicher. Es war nur eine Frage der Zeit.

»Bitte schön, Ihr Espresso!«

Diesmal hatte sich Holzknecht auch einen Kaffee gemacht. In der einen Hand trug sie die kleine Tasse für Brandner, in der anderen eine deutlich größere, die mit Milchschaum gefüllt war. Sie setzte sich, reichte ihm seinen Espresso und nippte an ihrem Getränk. Auch Brandner nahm einen Schluck.

»Mmh, so lässt es sich leben!« Kaum hatten die Wörter ihre Lippen verlassen, schlug sie sich eine Hand vor den Mund. »Entschuldigung, wie unpassend!«, presste sie hervor. »Simone Schnell ist tot, und ich schwärme vom Leben.«

Brandner stellte seine Tasse ab. »Keine Sorge, ich werde niemandem etwas davon verraten.«

»Ich danke Ihnen! Wirklich! Vor allem eingefleischte Fans können ja sehr drastisch werden, wenn es um ihre Idole geht. Haben Sie schon die Drohungen gesehen?«

»Drohungen?«

»In den sozialen Medien. Warten Sie, ich zeige es Ihnen.«

Holzknecht strich mit ihren Fingern über den Touchscreen ihres Pads. Dann tippte sie kurz etwas ein, schon erschien Simone Schnells Fanseite. Ihr Mann hatte in einem Post die Anhänger seiner Frau über deren gewaltsamen Tod informiert. Brandner las die Kommentare darunter:

»Wir bringen ihn um!«

»Hängen muss er!«

»Foltern und töten!«

»Mit Skikanten die Kehle aufschlitzen!«

»Das wirst du büßen!«

Hunderte solcher recht brutalen Drohungen waren unter dem Eintrag hinterlassen worden, und sie alle galten dem Mörder der Skikaiserin.

Sobald es einen Verdächtigen gibt, wird er seines Lebens nicht mehr sicher sein, soviel ist klar.

»Danke für den Hinweis, da gibt es wirklich viel Hass«, sagte Brandner. »Da sind mir leider die Hände gebunden. Meine Aufgabe ist es, den Täter oder die Täterin zu finden.«

Holzknecht nickte. »Vielleicht schauen wir uns die Fotos weiter an? Als Nächstes kommen die Aufnahmen von den Bauer-Trachtenmoden.«

»Gerne.«

Die Fotografin strich über den Bildschirm, dann tippte sie den Ordner mit der entsprechenden Aufschrift an.

10

Lackenhof, Niederösterreich
Sonntag, 11. Mai

Die Tür mit der Zimmernummer 1 hatte offen gestanden. Im Raum war Tatjana gerade damit beschäftigt gewesen, das Bett zu überziehen. Das Laken, Polster- und Deckenüberzug lagen neben ihr am Boden.

Als sich Annika durch ein Räuspern bemerkbar machte, richtete sich Tatjana auf und schaute zu ihr herüber. »Ja?«

»Lindner mein Name, ich bin Inspektorin beim LKA.«

Das Zimmermädchen blickte sie stumm an.

»Ich habe gerade mit Andreas Schnell an der Rezeption über den Mord an seiner Schwester gesprochen«, ergänzte Annika.

»Ich weiß.«

Die Frau würde es ihr nicht einfach machen.

»Der Form halber prüfen wir bei allen, wo sie sich zur Tatzeit aufgehalten haben.«

»Ich war hier, habe gestern spät gearbeitet.«

»Danke, aber darum geht es nicht«, erwiderte Annika.

»Worum dann?«

»Um mich!«

Annika wirbelte herum. Nur einen knappen Meter hinter ihr stand Andreas Schnell.

Bevor sie etwas unternehmen konnte, wandte sich der Mann an seine Angestellte: »Du weißt doch, dass ich Simone nicht ausstehen konnte, daher brauche ich ein Alibi.«

»Sie sollten unten warten, hab ich gesagt!« Annika deutete ans Ende des Gangs, wo die Treppe nach unten führte.

»Das ist mein Hotel, du kannst mir hier gar nichts befehlen!«, entgegnete Schnell.

Genau genommen gehört es noch deinen Eltern.

»Immerhin habe ich dir einen kleinen Vorsprung gelassen«, fuhr er fort und zwinkerte ihr zu.

Annika atmete tief ein und aus. »Ich muss mit Ihrer Angestellten allein sprechen!«

»Gar nichts musst du! Tatjana wird dir auch so bestätigen, dass ich gestern kurz nach 19 Uhr hier eingetroffen bin!« Schnell blickte zum Zimmermädchen. »Das wirst du doch, oder?« Seine Stimme nahm einen drohenden Tonfall an.

»So geht das nicht, Herr Schnell! Mit Ihrem Verhalten schaden Sie sich nur selbst!«

Der Mann rückte noch näher heran. »Einen Scheiß mache ich! Du hattest mich doch von Anfang an auf dem Kieker.«

Das stimmt so nicht!

Annika trat zwei Schritte rückwärts, doch Schnell ließ den Abstand nicht größer werden und folgte ihr ins Zimmer.

»Sie machen sich verdächtig!«, bekräftigte sie.

»Umso besser, dass ich ein Alibi habe. Jetzt bestätige ihr schon die Zeit!«, forderte er Tatjana auf.

»Es stimmt, Andreas war irgendwann um die Zeit hier.« Tatjana zog sich auf die andere Seite des Bettes zurück, sodass es zwischen ihr und dem Juniorchef stand. »Ganz genau kann ich es aber nicht sagen«, fügte sie hinzu. »Ich habe nicht auf die Uhr gesehen.«

Sehr mutig von ihr!

Schnell presste seine Lippen aufeinander. »So hilfst du mir nicht! Damit machst du dir keine Freunde!«

»Herr Schnell, Tatjana ist verpflichtet, die Wahrheit zu sagen, nicht mehr und auch nicht weniger«, mischte sich Annika ein.

»Halt die Klappe!«, fuhr Schnell sie an, bevor er sich mit einem süffisanten Lächeln an seine Angestellte wandte. »Tatjana, wie gefällt dir denn die Frau Inspektor. Hast du Lust auf einen Dreier? Deswegen sind wir nämlich eigentlich hochgekommen.«

Die Frau rang sichtlich nach Worten.

»Sie müssen nichts darauf erwidern«, sprang ihr Annika zur Seite. »Wir können beide bezeugen, was er gesagt hat. Wenn Sie gegen ihn aussagen, ist er wegen sexueller Belästigung dran!«

Das Zimmermädchen hielt ein Polster in ihren Händen und drückte ihn gegen ihre Brust. Annika merkte ihr an, dass es in ihr rumorte und sie über die Möglichkeit nachdachte.

»Untersteh dich!«, rief der Juniorchef. »Sonst bist du deine Stelle sofort los, und ich garantiere dir, dass du im Ort und im weiteren Umkreis keine Anstellung mehr kriegst. Dafür sorge ich höchstpersönlich!«

»Tatjana! Er hat keine Macht über Sie! Ihm gehört nicht einmal das Hotel!«, versuchte Annika, die Frau zu überzeugen.

»Sie haben Recht«, erwiderte die endlich. »Trotzdem, ich kann es nicht tun, ich kann ihn nicht anzeigen. Seine Eltern, sie sind so gut zu mir, haben mir immer geholfen. Ihnen kann ich das nicht antun.« Sie legte das Polster ans Kopfende des Bettes. »Es tut mir leid!« Sie lief schluchzend an Annika und Schnell vorbei aus dem Zimmer.

Scheibenkleister!

11

Melk, Niederösterreich
Sonntag, 11. Mai

Grelle Farben.

Das Modelabel »Bauer Trachten« schien zumindest bei dieser Kollektion auf kräftige Töne gesetzt zu haben. Brandner hegte daher wenig Hoffnung, auf den nächsten Fotos die silberne Schürze zu entdecken. Er nippte an seinem Espresso und teilte Beate Holzknecht seine Befürchtung mit.

»Abwarten«, entgegnete die Fotografin. »In der zweiten Hälfte der Modenschau hatte ›Bauer Trachten‹ einige glitzernde Dirndl im Aufgebot und weniger leuchtende Farben, da könnte die Schürze dazu passen.«

Sie klickte die nächsten Fotos im Schnelldurchlauf an, und tatsächlich, mit einem Mal erschienen Aufnahmen mit Trachten in recht gedeckten Farben auf dem Bildschirm. Holzknecht drosselte das Tempo, und gemeinsam betrachteten sie jedes einzelne Modell genau. Schließlich gelangten sie zu einem Kleid in hellem Rosa. Holzknecht tippte mehrmals auf das Foto und vergrößerte es.

Brandner hielt seinen Computerausdruck neben das Pad. »Das ist es! Die silberne Schürze, die goldenen Herzen darauf!«

»Eindeutig!«, bestätigte die Fotografin.

Brandner atmete erleichtert aus. Er hatte schon nicht mehr daran geglaubt, dass die Suche erfolgreich ausgehen würde.

Doch jetzt konnte er nicht nur die endlose Sichtung der Modeaufnahmen beenden, ihm blieben auch wacklige Handyfotos aus dem Publikum erspart.

Er nannte Holzknecht seine E-Mail-Adresse, und sie schickte ihm das Bild mit der Schürze umgehend zu.

»Dann sind wir also fertig.« Die Fotografin wirkte enttäuscht, als hätte sie Gefallen an der Ermittlungsarbeit gefunden.

»Bitte übermitteln Sie mir noch im Nachgang, wie versprochen, alle ihre Fotos von der Modenschau. Vielleicht finden wir noch etwas von Bedeutung«, bat Brandner.

»Die sind bereits hier drauf.« Sie reichte ihm einen USB-Datenträger. »Den schenke ich Ihnen.«

»Danke, Sie haben uns sehr geholfen. Wenn ich einmal etwas für Sie tun kann, lassen Sie es mich wissen.«

»Finden Sie einfach den Mörder.«

»Ich setze alles daran!«

Brandner verabschiedete sich und schritt schnell zu seinem Audi. Als er sich hinter das Steuer gesetzt hatte, holte er sein Smartphone hervor und suchte nach den Kontaktdaten von ›Bauer Trachten‹. Obwohl Sonntag war, probierte er, telefonisch jemanden bei dem Modelabel zu erreichen, doch es hob niemand ab. Er beschloss, dennoch sein Glück zu versuchen, und tippte die Adresse in sein Navigationssystem ein.

Auf dem Weg nach Amstetten überlegte er sich, wie er vor Ort weiter vorgehen würde. Zunächst musste er mit der Führungsebene von ›Bauer Trachten‹ sprechen. Auf diesem Weg würde er sicherlich den Namen des Models herauskriegen, das die silberne Schürze gestern getragen hatte. Den Chefs müsste er ebenfalls auf den Zahn fühlen. Als größter Konkurrent von ›Schnell und Chic‹ profitierte das

Unternehmen enorm vom Tod der Kaiserin. Es musste in allen Belangen schwierig sein, als etablierte Modemarke von einem Newcomer rechts überholt zu werden. Nicht zuletzt war das Label Simone Schnells als krönender Abschluss der Modenschau auf der Schallaburg auserkoren worden. Mit einem derart beliebten Promi als Werbegesicht lief die neue Firma allen den Rang ab. Hatte nicht eine von Schnells Geschäftspartnerinnen auf Nachfrage das ausgesagt? Fieberhaft versuchte er, sich ins Gedächtnis zu rufen, was ihm Lindner gestern von den Zeugenbefragungen berichtet hatte, die er zum Teil wegen Böcks Anruf verpasst hatte.

Franziska Bauer, so heißt die Chefin von ›Bauer Trachten‹!

Entgegen den Anweisungen seines Navigationsgerätes entschied er sich, statt im Osten erst bei Amstetten-West die Autobahn zu verlassen. Am ersten Kreisverkehr begrüßten ihn in der Mitte Birnenskulpturen, die als Symbol für das Mostviertel galten. Er nahm die dritte Ausfahrt und folgte der Straße abwärts in die Stadtmitte. Am Horizont prangte das Bergmassiv des Ötschers. Irgendwo dort redete Lindner gerade mit den Angehörigen der Ermordeten. Sollte er sie anrufen?

Nein, sie rührt sich schon, wenn sie etwas von Belang rausbekommen hat.

Brandner erreichte das Zentrum von Amstetten, rechter Hand am Straßenrand befand sich die Wolfsskulptur, linker Hand der Springbrunnen. Nach weiteren hundert Metern ertönte: »Sie sind am Ziel angekommen, das Ziel liegt rechts.« Er schaute in die Richtung und entdeckte Schaufenster, die mit Dirndln, Lederhosen und Trachten für Kleinkinder geschmückt waren. Vor ihm verließ gerade ein Auto einen der Parkplätze am Seitenstreifen.

Er manövrierte seinen Audi in die Lücke, stieg aus und

schritt geradewegs zum Eingang des Trachtengeschäfts. Zu seiner Überraschung öffneten sich die Türen automatisch.

»An einem Sonntag auf der Suche nach einer Lederhose? Wir haben eigentlich geschlossen.« Eine rothaarige Dame stand im hinteren Ladenbereich und musterte ihn. »Oder doch ein Dirndl für die Gemahlin?«

»Brandner, Kriminalpolizei. Ich suche die Chefin.«

»Sie stehen vor ihr.«

12

Lackenhof, Niederösterreich
Sonntag, 11. Mai

Annika war Tatjana hinterhergelaufen, doch das Zimmermädchen war nicht dazu zu bewegen gewesen, nochmals mit ihr zu reden. Resigniert war sie im Eingangsbereich stehen geblieben, als die Frau hinter der Rezeption in einem Zimmer verschwunden war, zu dem nur Personal Zutritt hatte.

»Am besten gehst du jetzt!«, hörte sie Andreas Schnells Stimme hinter sich.

Annika merkte, dass sie einen hochroten Kopf bekam und ihre dunkle Bluse vor Schweiß an ihrem Körper klebte, trotzdem gab sie nicht klein bei. »Ich muss noch einmal mit Ihren Eltern sprechen«, sagte sie und ließ den Juniorchef verdutzt an der Rezeption zurück.

»Tu, was du nicht lassen kannst!«, rief er ihr hinterher, bevor sie die Tür zum Frühstücksraum schloss.

Frau und Herr Schnell senior saßen immer noch in der Ötscherblickstube und hatten offensichtlich auf ihre Rückkehr gewartet. Annika merkte sofort, dass die Stimmung zwischen den Eheleuten getrübt war, da half auch der Ausblick auf den Hausberg wenig, der der Familie vor allem in der kalten Jahreszeit Gäste ins Hotel und Geld in die Kassen spülte.

»Simone hat sicher das Skifahren am Ötscher gelernt«, nahm Annika den Gesprächsfaden wieder auf.

»Sicher, wo sonst?«, erwiderte der Vater.

Immerhin scheint er gesprächiger zu sein als zuvor.

»Sie haben auch eine Skischule?«, fragte sie.

»Ja«, lautete seine Antwort.

»Muss hart sein; die Winter werden wärmer, der Seilbahnbetrieb stand schon kurz vor dem Aus.«

»Es ist noch immer weitergegangen. Der Ötscher ohne Skiläufer – das geht einfach nicht. Das ist undenkbar!«

Das sehen Umweltschützer allerdings anders … Annika, konzentrier dich!

Sie beugte sich nach vorne und legte die Hände auf den Tisch. Deutlicher als zuvor nahm sie jetzt den Geruch von kaltem Schweiß wahr, der ihre Haut bedeckte. Sie ekelte sich fast vor sich selbst.

Fokus, Annika! Souverän bleiben!

»Dennoch schwierige Zeiten. Da hätten Sie die Unterstützung Ihrer Tochter sicherlich gut gebrauchen können«, entgegnete sie ruhig.

»Wie meinen Sie das?«, erkundigte sich die Mutter. In ihrer Stimme schwang ein aggressiver Ton mit, ihre Augen funkelten wütend. »Machen Sie etwa Simone schlecht? Unterstehen Sie sich! Unsere Tochter kann sich nicht mehr wehren!«

Annika hob abwehrend ihre Arme. »Das Gegenteil ist der Fall. Ich habe gehört, dass Ihre Tochter Ihnen Geld zurückzahlen wollte, da Sie zu Beginn ihrer Karriere so hohe Ausgaben hatten.«

»Simone hat uns das angeboten, das stimmt schon«, lenkte der Vater ein.

»Wir haben natürlich nichts angenommen«, fügte die Mutter hinzu.

»Warum nicht?«

»Simone war noch so jung. Im Skisport hat man vielleicht zehn gute Jahre, dann ist die Karriere vorbei«, erwiderte der Vater.

Seine Frau nickte. »Zehn Jahre Einkommen, das für das restliche Leben reichen muss.«

Die beiden sind tatsächlich gesprächiger als vorher.

»Aber nichts hält die Rennläufer davon ab, auch nach dem Profisport ihren Lebensunterhalt zu verdienen. Ihre Tochter hatte gerade ein eigenes Modelabel gegründet.«

»Dafür hat Simone erst recht Geld gebraucht. Bevor so ein Geschäft etwas abwirft, muss man viel hineinstecken«, erläuterte der Vater.

»Haben Sie Ihrer Tochter dabei auch unter die Arme gegriffen, ich meine finanziell?«

»Dazu wollen wir nichts sagen.«

»Finde ich Ihren Namen im Firmenbuch von ›Schnell und Chic‹?«, hakte Annika nach.

»Nein, natürlich nicht, wie hätte das ausgesehen?«, entgegnete Herr Schnell. »Das wäre für die Presse ein gefundenes Fressen gewesen: ›Die Skikaiserin benötigt zur Unternehmensgründung Unterstützung der Eltern!‹ Was hätten Simones Fans davon gehalten?«

»Mir wäre es jedenfalls komisch vorgekommen«, bestätigte Annika die Bedenken.

»Simone besaß Kapital. Die Preisgelder und der Werbevertrag mit der NÖ-Bank haben einiges abgeworfen«, erklärte der Vater.

»Nachdem Simone ihre Karriere beendet hatte, ist aber der Werbevertrag ausgelaufen«, merkte die Mutter an. »Die Bank wollte lieber eine aktive Athletin, die vom Siegertreppchen in die Kameras lächelt.«

»Simones gesamtes Vermögen steckt jedenfalls im Unternehmen«, bemerkte der Vater.

Frau Schnell warf ihrem Mann einen Seitenblick zu. »Wenn ›Schnell und Chic‹ gescheitert wäre …«

»… wäre ihr ganzes Geld weg gewesen«, vollendete er den Satz.

»Das Unternehmen war noch jung, allerdings hat sich schon der Erfolg abgezeichnet. Der Einsatz und das Risiko Ihrer Tochter hätten sich bezahlt gemacht«, stellte Annika fest.

Beide Eltern nickten. Der Vater ergriff das Wort: »Wie es jetzt nach Simones Tod weitergehen soll, wissen wir nicht. Schwer vorstellbar, dass Alexandra und Martina alles stemmen sollen. Aber wer weiß …«

Der Mutter rannen wieder Tränen über die Wange. »Simones Tod …«, schluchzte sie. »Ich kann es immer noch nicht fassen!«

»Das muss unendlich hart sein. Ich kann nur erahnen, wie schwer das ist.« Annika gab der Frau einen Moment, um sich wieder zu fangen, bevor sie sich an den Vater wandte: »Die Geschäftsführerin und die Designerin bleiben übrig, aber Simones Werbegesicht wird fehlen.«

»Und ihr Geld«, ergänzte der Vater verbittert.

Das hängt davon ab, was ihr Mann als Erbe tun wird. Und vor mir sitzen gebrochene Eltern, deren Hotelbetrieb schwächelt und deren Sohn mehr Geld für die Sanierung fordert, das sexistische Arschloch.

»Hat Ihr Sohn Sie gedrängt, von Simone das Geld anzunehmen, das sie Ihnen als Rückzahlung angeboten hat?«, wollte sie wissen.

Herr Schnell senior schaute sie argwöhnisch an. »Was spielt das für eine Rolle?«

»Das geht Sie nichts an!«, warf die Mutter ein. Ihre Tränen waren mittlerweile versiegt.

Keine Antwort ist auch eine Antwort. Wenn ihr Sohn keinen Druck ausgeübt hätte, dann hätten sie das einfach gesagt.

»Wann ist denn Ihr Sohn gestern nach der Modenschau zurückgekehrt«, erkundigte sie sich.

Die Mutter zog die Augenbrauen in die Höhe. »Sie denken doch nicht … Was erlauben Sie sich, junge Dame! Mein Andreas ist ein guter Bub!«

»Wir müssen lediglich die Zeiten der Anwesenden gestern auf der Schallaburg überprüfen«, beeilte sich Annika zu sagen. Sie musste die Mutter bei Laune halten, sonst würde sie gar nichts mehr erfahren. »Und immerhin hat Ihr Sohn ja seiner Schwester gestern beigestanden.«

»Ja, das war so lieb von ihm.« Wieder bahnte sich ein Schluchzer seinen Weg. »Ich weiß nicht genau, wann er wieder da war. Aber abends saß er an der Rezeption.«

Der Vater nickte nur stumm.

Darüber wird er also auch kein Wort verlieren.

»Wer würde am meisten davon profitieren, wenn ›Schnell und Chic‹ wieder vom Trachtenmodenmarkt verschwindet, jetzt da Simones Werbung und Geld wegfällt?«

»Das ist einfach«, antwortete der Vater nun schnell.

»›Bauer Trachten‹«, erwiderte die Mutter.

Ihr Mann ergänzte: »Simone hat uns erzählt, dass Franziska Bauer ihr regelrecht gedroht hat. Simone solle sich in Acht nehmen und dass sie diesen Schritt noch bereuen würde!«

Mit dieser Dame sollten wir uns bald ausführlich unterhalten.

13

Amstetten, Niederösterreich
Sonntag, 11. Mai

Brandner stand Franziska Bauer gegenüber. Als er dargelegt hatte, was ihn nach Amstetten geführt hatte, war die Modeunternehmerin nicht überrascht gewesen. Vielmehr schien sie ihn erwartet zu haben. Auch der Verdacht, dass die Skikaiserin mit einer Schürze ihres Labels umgebracht worden war, schien sie nicht aus der Bahn zu werfen.

»Sie haben Glück, dass Sie mich heute antreffen. Normalerweise bin ich sonntags nicht im Laden, aber ich muss nach der Modenschau noch ein paar Sachen wegräumen, bevor wir morgen wieder öffnen.« Sie wandte sich um und bedeutete ihm, ihr zu folgen. »Kommen Sie mit. Das ist kein Thema für hier vorne!«

Franziska Bauer führte Brandner in den hinteren Bereich des Trachtenmodengeschäfts. Sie öffnete eine der zwei Türen an der Rückwand, und sie betraten einen Raum, in dem sich mehrere Nähmaschinen und jede Menge unterschiedliche Stoffe befanden.

»Stellen Sie die Dirndl selbst her?«, erkundigte sich Brandner.

»Betriebsgeheimnis«, entgegnete Bauer.

Das kann ja heiter werden, wenn sie nicht mal so eine harmlose Frage beantwortet. Anscheinend muss ich in die Trickkiste greifen, um sie zum Reden zu motivieren.

»Verstehe. Die meisten Firmen produzieren ja in Bangladesch oder China, auch wenn sie damit nicht gerne hausieren gehen.«

Franziska Bauer zuckte zusammen.

Volltreffer.

»Wie gesagt, das ist ein Betriebsgeheimnis«, erwiderte sie jedoch rasch.

Denkt sie wirklich, ich finde das nicht heraus? Als Modelabel muss sie doch das Produktionsland auf den Kleidungsstücken angeben. Offenbar will sie demonstrieren, dass sie sich nicht aus der Reserve locken lässt.

Die Unternehmerin öffnete eine weitere Tür. Das Zimmer dahinter fungierte offensichtlich als Büro. Ein junger Mann saß an einem Schreibtisch vor einem riesigen Bildschirm und fertigte Skizzen eines Kleidungsstücks.

»Fred, lass uns allein!«

Der Angesprochene runzelte kurz die Stirn, stellte aber keine Fragen und verließ stumm den Raum.

»Einen tüchtigen Mitarbeiter haben Sie da, der Sie am Wochenende unterstützt«, bemerkte Brandner.

»Ach, das … Das ist nur mein Sohn«, entgegnete Bauer.

Natürlich, irgendwann würde ihm das Geschäft gehören. Da kann man schon mal Zeit investieren.

»So, also, wie war das mit der Tatwaffe, die vermeintlich zu meiner Kollektion gehört?« Das Wort ›vermeintlich‹ betonte Bauer mit Nachdruck und zog dabei eine Augenbraue in die Höhe.

»Von ›vermeintlich‹ kann keine Rede sein«, erwiderte Brandner. »Sehen Sie selbst.«

Er zeigte der Frau das Pressefoto von Holzknecht und dann Auers Aufnahme der Schürze vom Tatort.

»In der Tat, die Schürzen scheinen sich zu gleichen. Kommen Sie mit!« Franziska Bauer stürmte aus dem Raum und rief: »Fred?«

Der junge Mann stand mit dem Rücken zu ihnen an der Espressomaschine. Wortlos drehte er sich um.

»Du hast gestern auf der Schallaburg die Trachten zusammengepackt. Hat da ein Stück gefehlt?«, wollte Franziska Bauer wissen.

»Wie meinst du das?«

»Habe ich undeutlich gesprochen?«

Fred schüttelte seinen Kopf. »Mir ist nichts aufgefallen.« Er rieb sich mit einer Hand die Stirn. »Es war alles da.«

»Komm mit!«, befahl seine Mutter.

Franziska Bauer scheint gerne anderen Anweisungen zu geben.

Sie öffnete die Tür linker Hand. Der Raum dahinter war fensterlos und lag im Dunkeln. Nachdem Bauer den Lichtschalter betätigt hatte, erkannte Brandner, dass darin die Kleider der Modenschau an Ständern hingen.

Bauer wandte sich Brandner zu. »Wir haben sie noch nicht nach vorne ins Geschäft gebracht, vorher müssen wir sie auf Schäden prüfen und entscheiden, ob sie gereinigt werden müssen.«

Da entdeckte Brandner das hellrosa Dirndl an einer Stange. »Darf ich?«, fragte er höflich, wartete jedoch keine Antwort ab, sondern drängte sich an der Unternehmerin vorbei. Er verglich das Pressefoto von Beate Holzknecht mit dem Kleid an der Stange vor ihm.

Eindeutig dasselbe.

»Die Schürze fehlt«, stellte er fest.

Franziska Bauer und ihr Sohn traten näher.

»Stimmt«, bestätigte Fred.

»Das hätte dir auffallen müssen!« Tadelnd schüttelte seine Mutter ihren Kopf.

14

Lackenhof, Niederösterreich
Sonntag, 11. Mai

Annika war erschöpft. Sie hatte sich diesen Besuch zwar nicht einfach vorgestellt, aber damit hatte sie nicht gerechnet! Sie stieg in den Passat, den sie aus dem Fuhrpark des LKA geliehen hatte. Was sollte sie als Nächstes tun? Einerseits war ihr nach der Aufregung im Hotel der Appetit vergangen, andererseits knurrte ihr Magen schmerzhaft. Nahrungszufuhr war schon lange überfällig, doch im Restaurant der Schnells hatte sie keinesfalls essen wollen.

Noch habe ich Zeit, Brandner erwartet mich nicht so schnell.

Annika erinnerte sich an den Fall um den Schmiedepapst, ihre erste und bis zu Schnells Tod einzige Mordermittlung. Sie hatte im Alleingang eine Observierung in Lunz am See durchgeführt. Damals hatte sie der Hunger gequält, während sie ewig im Auto hatte ausharren müssen – direkt vor einem Restaurant. So etwas würde ihr nicht mehr passieren!

Sie startete den Motor und lenkte den Wagen talabwärts. An der Kreuzung bog sie nicht in Richtung Gaming, sondern nach Lunz ab. Sie stellte den Passat vor dem Lokal ab, vor dem sie vor nicht allzu langer Zeit ohne Essen in der Kälte gebibbert hatte.

Immerhin habe ich dazugelernt.

Sie setzte sich auf die Terrasse am See und bestellte sich eine Lasagne. Danach rief sie Nina an und schilderte ihr die Ereignisse des Vormittags.

»Der Bruder ist ein richtiges Scheusal!«, bemitleidete Nina sie. »Bist du in Ordnung?«

»Ja, ich bin nur wütend! Nichts würde mir mehr Freude bereiten, als Anzeige zu erstatten und das Arschloch zu überführen!«

»Was hindert dich daran?«

»Wir stecken mitten in einem Mordfall, er ist mit dem Opfer verwandt. Außerdem steht Aussage gegen Aussage. Auf die Hilfe des Zimmermädchens kann ich nicht zählen.«

»Nächstes Mal solltest du die Aufnahmefunktion an deinem Handy aktivieren.«

»Leider haben solche Aufnahmen vor Gericht keinen Bestand, wenn ich den Verdächtigen nicht vorab darüber in Kenntnis gesetzt habe, dass ein Tonband mitläuft. Vertrackte Situation.« Annika hörte ihre Freundin wütend aufstöhnen. »Keine Sorge, ich werde ihn nicht so leicht davonkommen lassen. Vielleicht weiß Brandner einen Rat. Aber lass uns nun von etwas anderes reden!«

»Gut, hoffentlich wendet sich dein Tag zum Besseren!«

»Hat er schon! Ich gönne mir eine verspätete Mittagspause in Lunz und lass es mir richtig gut gehen. Gerade blicke ich auf den See und die Berge!«

»Jetzt beneide ich dich!«, sagte Nina lachend.

Annika musste schmunzeln. So schnell konnte sich Mitgefühl in Missgunst wandeln, wobei sie wusste, dass ihre Freundin ihr stets zur Seite sprang, wenn es notwendig war. Doch sie wollte sie auch nicht zu sehr mit ihren Sorgen belasten. Umso schöner, dass sie jetzt wieder zu Scherzen aufgelegt war.

15

Amstetten, Niederösterreich
Sonntag, 11. Mai

Brandner stand im Raum mit den Nähmaschinen und telefonierte mit Elfriede Auer. Jemand von ihrem Team müsste möglichst zeitnah nach Amstetten kommen. Die Untersuchung würde nicht lange dauern, aber das Dirndl, das zur Mordschürze gehörte, musste fachgerecht in Augenschein genommen werden. Darauf konnten sich wichtige Spuren befinden, auch wenn Brandner das Gegenteil befürchtete. Auer sagte Brandner zu, persönlich nach Amstetten zu kommen.

Fingerabdrücke halten auf Stoffen nicht lange, aber vielleicht finden wir Spuren von Simone Schnell auf dem Kleid. Ein Haar, Hautpartikel … Irgendetwas, das darauf hindeutet, dass der Mörder das Dirndl getragen hat. Beziehungsweise die Mörderin. Vielleicht können wir sogar weitere Spuren sicherstellen, die wir für einen DNA-Abgleich nutzen können, sollten wir dann mal einen Verdächtigen haben …

»Niemand betritt mehr den Raum«, ordnete Brandner an, nachdem er das Gespräch mit der Kriminaltechnikerin beendet hatte.

»Sie werden wahrscheinlich Spuren von mir und Fred an dem Kleid finden«, entgegnete Franziska Bauer. »Das sollte Sie nicht überraschen.«

Obwohl Brandner für das Telefonat in ein anderes Zimmer gegangen war, hatte die Inhaberin von ›Bauer Trachten‹ es wohl größtenteils mitbekommen. Oder sie zählte eins und eins zusammen.

Brandner beschloss, nicht darauf einzugehen. »Wo waren Sie gestern Abend gegen halb sieben abends?«, wollte er stattdessen wissen.

»Ich war den ganzen Abend auf der Schallaburg, mit meinem Sohn. Wir haben alles zusammengepackt und sind spät aufgebrochen. Da wimmelte es bereits von Polizisten.«

»Sie haben vorher ausgesagt, Ihr Sohn hätte sich nach der Modenschau alleine um die Kleider gekümmert«, widersprach Brandner.

»Sicherlich. Ich habe mich um die Regularien gekümmert, letzte Absprachen mit den Veranstaltern und den Models wegen des Honorars – solche Dinge«, entgegnete die Bauer.

»Und den Rest der Zeit? Das wird ja alles nicht so lange gedauert haben, immerhin fand die Modenschau von ›Schnell und Chic‹ nach Ihrer statt.«

»Da war ich im Arkadenhof und habe mich unter die Leute gemischt.«

»Kann das jemand bezeugen?«

»Die Gäste natürlich.«

»Jemand Konkretes?«

»Herr Major!« Tadelnd schüttelte sie ihren Kopf, wie zuvor bei ihrem Sohn. »Wo denken Sie hin? Als Geschäftsfrau muss ich mit möglichst vielen Menschen reden. Ich war sozusagen ein Schmetterling, der von einer Blume zur nächsten fliegt.«

So was Ähnliches hab ich gestern schon mal gehört.

»Und der auch kurz einmal in den Burggarten hätte flattern können«, erwiderte er.

Entsetzt hielt sie sich die Hand vor den Mund. »Wie bitte?

Sie denken, ich hätte Simone ermordet?« Ihr Tonfall wurde schrill. »Das ist doch absurd!«

»Ich verstehe nicht, was daran absurd sein soll. Simone Schnell ist mit den Bändern einer Schürze aus Ihrer Kollektion erdrosselt worden und Schnells Label stellt eine ernst zu nehmende Konkurrenz für Sie dar.«

»›Chic und Schnell‹, dass ich nicht lache!« Franziska Bauer wedelte mit der Hand in der Luft, als wolle sie seinen Einwand wegwischen. »Die stehen noch ganz am Anfang, die haben kaum etwas verkauft.« Sie drehte sich in Richtung Ladenraum. »Fred!«, rief sie. Ihre Stimme überschlug sich nun fast.

Nach wenigen Sekunden betrat ihr Sohn das Zimmer mit den Nähmaschinen. »Was ist?«

»Stell dir vor, der Herr Major denkt, ich hätte Simone Schnell erdrosselt.«

Welch ein Theater, und das an einem Sonntagvormittag!

»So ein Blödsinn!«, entrüstete sich nun auch Fred. »Reden Sie mit Ricarda, dann haben Sie Ihre Mörderin.«

»Wer ist Ricarda?«

»Sie hat das rosafarbene Kleid vorgeführt, zu dem die Schürze gehört«, antwortete der Sohn.

»Das macht sie zwar verdächtig, aber warum sind Sie davon überzeugt, dass sie die Täterin ist?«, wollte Brandner wissen.

Fred grinste. »Ich zähle halt eins und eins zusammen.«

Der Apfel fällt offensichtlich nicht weit vom Stamm.

Brandner wartete darauf, dass der Mann seinen Verdacht erläuterte, doch der schaute ihn lediglich herausfordernd an. Brandner merkte, wie es in ihm brodelte. Die Mutter mit ihren Allüren und ihr frecher Spross stellten seine Geduld auf die Probe. Und das passierte nicht oft.

»Raus mit der Sprache!«, platzte es aus ihm heraus.

Fred zuckte mit seinen Achseln. »Na ja, Simone und ihre Familie stammen aus Lackenhof. Ihre Eltern und ihr Bruder leben immer noch dort. Jetzt raten Sie mal, wo Ricarda wohnt!«

Brandner sparte sich das Rätselraten und wählte stattdessen Lindners Nummer.

16

Lunz am See, Niederösterreich
Sonntag, 11. Mai

Annika machte gerade mit Nina gemeinsame Pläne für den Abend, als ein gedämpftes Klingelzeichen einen Anrufer in der Leitung ankündigte. Sie warf schnell einen Blick auf den Bildschirm ihres Smartphones.

Leopold. Das ist ja wieder einmal gutes Timing!

»Brandner ruft an. Ich muss Schluss machen. Hab dich lieb!«

»Ich dich auch!«

Annika beendete das Gespräch und nahm Brandners Anruf entgegen.

»Hallo, Annika«, meldete sich ihr Chef. »Bist du noch in Lackenhof?«

»Warum?«, lautete ihre Gegenfrage.

»Bist du nun dort oder nicht?«

Lindner ließ ihren Blick über den Lunzer See schweifen. *Er klingt leicht genervt, besser ich reize ihn nicht noch mehr.*

»Ja, aber ich esse gerade zu Mittag«, antwortete Lindner. »Die Gespräche mit der Familie waren nicht einfach.«

»Kann ich mir vorstellen.«

Kannst du nicht. Aber dies ist nicht der richtige Zeitpunkt, um dir zu erzählen, dass ich von dem Bruder des Opfers sexuell belästigt wurde. Außerdem hast du offenbar eine Aufgabe für mich.

»Leopold, was soll ich tun?«

Brandner erklärte ihr, dass er das Dirndl gefunden hatte, zu dem die silberne Schürze gehörte, und darüber hinaus wusste, wer die Tracht bei der Modenschau getragen hatte.

»Die junge Frau heißt Ricarda Sonnleitner und stammt wie Simone Schnell aus Lackenhof«, ließ sie Brandner abschließend wissen. »Das kann natürlich Zufall sein, aber doch ein ziemlich unwahrscheinlicher.«

Annika schob sich den letzten Bissen ihrer Lasagne in den Mund und schluckte schnell hinunter, bevor sie der Bedienung Zeichen gab, ihr einen Espresso zu bringen.

»Ich hab ihre Nummer von ›Bauer Trachten‹ bekommen«, fuhr ihr Vorgesetzter derweil fort. »Ich schicke sie dir, dann kannst du gleich selbst mit dieser Ricarda reden und einen Treffpunkt ausmachen. Wir sollten sie heute noch befragen. Es könnte sich um die Mörderin handeln. Das traust du dir doch zu?«

Was soll das jetzt? Auch wenn sie die Mörderin wäre, schlimmer als das Gespräch mit Andreas Schnell kann es kaum werden.

»Natürlich, kein Problem«, erklärte Annika selbstbewusst.

»Gut, dann ist das klar. Ich warte hier auf Elfriede. Hat dein Vormittag etwas von Belang ergeben?«

Darüber will und sollte ich jetzt nicht reden.

»Leopold …«, sagte sie und zögerte.

»Ja?«

Komm schon, Leopold ist dein Vorgesetzter, er beißt nicht.

Doch Annika konnte sich nicht dazu überwinden, Brandner von dem Vorfall mit Schnell zu erzählen. »Die Eltern haben Franziska Bauer in Verdacht. Anscheinend hat sie Simone Schnell gedroht, sie würde die Firmengründung noch bereuen.«

»Interessant. Das ist dann schon das zweite Mal, dass ihr Name in diesem Kontext gefallen ist. Gab es noch etwas?«

»Darüber können wir später reden. Ich sollte jetzt diese Ricarda anrufen.«

»Natürlich, ich schreib dir gleich! Melde dich!«

»Mach ich. Bis später.«

Annika beendete das Gespräch und trank in Ruhe ihren Espresso, bevor sie die Nummer wählte, die ihr Brandner stante pede geschickt hatte. Ricarda Sonnleitner war bereit, sich noch am selben Tag zu treffen, aber erst gegen 20 Uhr in ihrer Wohnung. Vorher hatte sie noch Verpflichtungen, welche genau, darüber ließ sie Annika im Unklaren.

Nach dem Telefonat informierte Annika ihren Vorgesetzten per Textnachricht über den Termin mit der Verdächtigen. Der gab ihr grünes Licht, in Lackenhof zu warten. Seufzend schrieb sie Nina, dass es auch heute später werden würde. Danach überlegte sie, ob sie die Zeit nutzen und mit den Nachbarn der Familie Schnell reden oder nach früheren Schulkolleginnen des Opfers suchen sollte, doch sie entschied sich dagegen. Die Auseinandersetzungen mit den Angehörigen hatten sie zu viele Nerven gekostet. Erst jetzt merkte sie, wie sehr ihr der Vormittag wirklich zugesetzt hatte. Für das Gespräch am Abend musste sie wieder Kräfte sammeln. Dafür würde sich ein Spaziergang am See eignen, den man auf einem schönen Waldweg zur Hälfte umrunden konnte, doch ihrem strapazierten Knöchel würde eine Auszeit ebenfalls guttun.

Kurz entschlossen lieh sich Annika eines der Elektroboote aus und fuhr auf das Wasser hinaus. In der Mitte des Sees stellte sie den Antrieb ab. Sie lehnte sich zurück und hielt das Gesicht der Sonne entgegen. Nur langsam löste sich die Enge in ihrem Brustkorb.

So vieles lernt man während der Ausbildung, aber wenn man alleine einem Typen wie Andreas Schnell gegenübersteht, hilft keine Theorie!

Annika ging gedanklich noch einmal die Konfrontation mit dem Bruder durch. Je mehr sie darüber nachdachte, umso zufriedener war sie darüber, wie sie sich geschlagen hatte.

Beim nächsten Mal locke ich ihn vor anderen aus der Reserve. Mit nur einem Zeugen habe ich ihn wegen sexueller Belästigung dran. Und wenn er seine Schwester ermordet hat, bringe ich ihn sowieso hinter Gitter!

17

Lackenhof, Niederösterreich
Sonntag, 11. Mai

»Schönes Tattoo! Darf ich?«

Bevor Annika antworten konnte, kam Ricarda Sonnleitner mit ihrem Gesicht ganz dicht heran. Annika nahm ihren frischen Duft und die sanfte Berührung der Finger an ihrer Kopfhaut über dem Ohr wahr. Normalerweise würde sie empört zurückweichen und ihr Gegenüber in die Schranken weisen, doch auf eine seltsame Art war ihr Sonnleitners Nähe nicht unangenehm.

»Äußerst schön gearbeitet, du kannst stolz darauf sein.« Sonnleitner trat einen Schritt zurück. »Entschuldige, falls du dich bedrängt gefühlt hast. Immerhin kennen wir uns nicht, und dann betatsche ich dich und duze dich gleich!«

Andreas Schnell hat mich direkt geduzt und bedrängt, aber das war eine ganz andere Nummer …

»Ist schon in Ordnung …«, murmelte Annika.

Was ist los mit mir? Seit wann bist du so zahm?

»Es ist nur so, ich suche immer gute Motive«, fügte die junge Frau hinzu. »Komm herein! Können wir beim Du bleiben?«

»Ja, klar. Da haben wir etwas gemeinsam«, erwiderte Annika und folgte ihr mit etwas Abstand in den Flur ihrer Wohnung.

Sonnleitner lachte. »Ich suche allerdings keine Mordmotive.« Sie wandte sich Annika zu. »Ich heiße übrigens Ricarda.« Mit einem Strahlen über das ganze Gesicht streckte sie ihr die Hand entgegen.

Sie war groß gewachsen, ihre Beine wirkten auch ohne Stöckelschuhe endlos lang. Die brünetten Haare fielen ihr in Locken über den Rücken. In ihren dunklen Augen konnte man sich verlieren, wenn man zu lange hineinschaute.

Kein Wunder, dass sie als Model gebucht wird.

Nach kurzem Zögern schlug Annika ein. »Annika.«

»Freut mich, auch wenn der Anlass unseres Treffens ein trauriger ist.« Ricarda deutete mit der Hand auf die Wände im Flur. »Wie du siehst, male ich und brauche dafür interessante und außergewöhnliche Köpfe. Daher hat mich dein Tattoo gleich angezogen.«

Annika staunte, denn in dem schmalen Gang hingen zehn Gemälde. »Ist das etwa Simone Schnell?«, fragte sie und zeigte auf ein Bild, auf dem nur die untere Gesichtshälfte einer Frau zu sehen war.

»Gut erkannt! Simone hat nicht wirklich für das Gemälde posiert, aber ich durfte mehrere Fotos von ihr schießen und habe die dann als Vorlage für das Porträt benutzt.«

»Hat sie das Ergebnis jemals gesehen?«

»Ja, schau, da ist ihre Unterschrift.«

Tatsächlich, links unten auf dem Gemälde, gleich neben dem Rahmen, hatte sich nicht die Künstlerin, sondern die Skikaiserin mit einem Autogramm verewigt. Sicherlich drückte das den Wert des Kunstwerks in die Höhe.

»Du kanntest Simone also«, stellte Annika fest.

Ricarda nickte. »Ich kann noch gar nicht glauben, was mit ihr passiert ist.« Ihre Augen schienen ins Leere zu starren. Nach einem kurzen Moment schüttelte sie ihren Kopf, als wolle sie die trüben Gedanken vertreiben, und blickte wieder zu Annika. »Komm, wir setzen uns, dann können wir in Ruhe reden«

Annika folgte dem Model in dessen Wohnzimmer.

»Du möchtest sicher etwas trinken, oder?«, erkundigte sich Ricarda.

»Einen Kaffee vielleicht?«

»Ich zaubere dir einen Cappuccino, wenn du willst.«

Warum eigentlich nicht? Der schmeckt zwar nur süß gut, aber hin und wieder etwas Zucker, das schadet nicht.

»Gerne!«

Ricarda verließ den Raum, und Annika betrachtete die Einrichtung. Die Couchgarnitur mit dunkelrotem Überzug in Kombination mit den zwei weißen Schaffellen auf dem Parkettboden machte den Raum gemütlich. An den Wänden hingen weitere Gemälde neben Modeaufnahmen, während in einem Regal im Industriedesign ein paar Bücher und Skulpturen standen.

»Ich bin nicht ohne Hintergedanken gastfreundlich«, sagte Ricarda, als sie nach einigen Minuten eine Tasse auf dem Couchtisch abstellte.

Was wird das jetzt? Das nächste unmoralische Angebot? Immerhin wäre sie subtiler als Schnell am Vormittag, aber das ist ja keine Kunst ...

»Ich würde dich gerne zeichnen, von der Seite, sodass man die Tätowierung sieht. Wer weiß, vielleicht ziert schon bald dein Gesicht meine Wand.«

Damit hatte Annika nicht gerechnet. »Ich bin hier, um dir Fragen zur gestrigen Modenschau zu stellen.«

»Natürlich, und ich nehme mir alle Zeit der Welt für dich, nachdem du zugestimmt hast.« Ricarda rückte näher, schaute Annika direkt in die Augen. »Sag bitte ja!«

Annika brachte keinen Ton heraus, aber sie nickte.

»Sehr gut!« Ruckartig wandte sich Ricarda ab. »Ich hole nur rasch meinen Zeichenblock. Ich beginne immer zuerst mit Bleistift für den ersten Entwurf.«

Das Model verschwand aus dem Zimmer und Annika schaute ihr stumm hinterher.

Was ist in mich gefahren? … Ihre Augen, es sind ihre Augen. Die sind geradezu magisch.

Annika rutschte unruhig auf ihrem Platz hin und her.

Trotzdem, ich bin Inspektorin, ich muss Antworten von ihr bekommen. Sonnleitner könnte Simone Schnell erwürgt haben!

Sie trank einen Schluck ihres Cappuccinos.

Das glaubst du nicht wirklich!

Annika merkte, wie ihre Finger zitterten.

Nein, natürlich nicht.

Entschlossen stellte sie die Tasse wieder auf den Tisch.

Doch! Alles ist möglich, traue ihr nicht.

18

Sankt Pölten, Niederösterreich
Sonntag, 11. Mai

Es war Zeit, nach Hause zu fahren, doch Brandner saß in seinem Büro im LKA und grübelte über den Schallaburgmord. Er ahnte, was am nächsten Tag auf ihn zukommen würde. Mit dem Wochenstart würde eine Welle von Anfragen zum Fall über sie hereinbrechen. Fast grenzte es an ein Wunder, dass Böck ihn heute in Ruhe hatte arbeiten lassen. Nach dem Telefonat mit Lindner hatte es nicht lange gedauert, bis Elfriede Auer bei ›Bauer Trachten‹ eingetroffen war und das Dirndl sichergestellt hatte. Während der Wartezeit hatte er der divenhaften Unternehmerin und ihrem arroganten Sohn auf den Zahn gefühlt. Allerdings hatte er keine brauchbaren Informationen mehr aus ihnen herausbekommen. Von einer Drohung ihrer Konkurrentin gegenüber wollte Franziska Bauer nichts wissen. Da stand Aussage gegen Aussage. Doch dafür hatte sich sein Eindruck von dem Bauer-Duo gefestigt: Sie war eine gewissenlose Geschäftsfrau, die ausschließlich auf den eigenen Vorteil bedacht war. Der Tod ihrer Gegenspielerin hatte sie keinen Deut bewegt oder gar belastet. Und ihr Spross war ihr gehorsam ergeben. Brandner würde ihn sogar als unterwürfig bezeichnen. Darüber hinaus schien er mit allen Wassern gewaschen zu sein, und er hatte ein eigenes Motiv: Es lag in seinem persönlichen Interesse, dass die Unternehmung seiner Mutter mit Erfolg gekrönt war. Er war ihr einziger Erbe.

Brandner blätterte im Kalender, um die nächsten Tage grob zu planen. Da fiel ihm ein, dass Böck am heutigen Sonntag ja an einem Benefizgolfturnier teilgenommen hatte. Kein Wunder, dass er sich nicht gemeldet hatte. Brandner wusste nicht, für welche Bedürftigen Spenden gesammelt worden waren, und dem Direktor des LKA war das üblicherweise auch einerlei. Es ging einzig darum, eine möglichst gute Figur am Golfplatz abzugeben und am Abend ausgiebig das Buffet zu plündern.

Es sei ihm gegönnt. Spätestens morgen wird ihm die Landesfürstin weiter Druck machen. Und er mir.

Brandner griff nach einem Kugelschreiber und schlug sein Notizbuch auf. Vor ihrem Gespräch mit Ricarda Sonnleitner hatte Lindner ihn nochmals angerufen und ihm den Ermittlungsstand nach ihrem Aufenthalt im Hotel Schnell erläutert. An dem Hinweis von Martina Herzog schien etwas dran zu sein: Der Bruder hatte ein angespanntes Verhältnis zur Skikaiserin gehabt, und das sei laut seiner Kollegin noch vorsichtig ausgedrückt. Außerdem schätzte Lindner den Mann als hinterlistig und boshaft ein. Brandner musste sie bei Gelegenheit fragen, was genau sie damit meinte.

Brandner schwirrte der Kopf. In den letzten vierundzwanzig Stunden war viel passiert. Um nicht den Überblick zu verlieren, notierte er sich die wichtigsten Schlagworte zum Fall:

Simone Schnell: Opfer, erdrosselt mit Schürze im Burggarten
Andreas Schnell: Bruder, hat Motiv; Alibi? Zeit-Wegdiagramm erstellen
Franziska Bauer: Konkurrentin, hat Motiv + Drohung (?) + Schürze; Alibi?

Fred Bauer: Konkurrent, hat Motiv + Schürze + sollte wegräumen; Alibi?
Ricarda Sonnleitner: Model, trug Dirndl mit Schürze + aus Lackenhof + Motiv? Alibi??
Armin Schnell: Ehemann, war dort + Motiv? Alibi??
Martina Herzog: Geschäftspartnerin/Freundin + war dort + Motiv? Alibi??
Alexandra Lanz: Geschäftspartnerin/Freundin + war dort + Motiv? Alibi??
Unbekannt: mit dem/der Mörder/in noch nicht gesprochen + Motiv??

Während keine der Personen, mit denen sie bislang gesprochen hatten, ein stichhaltiges Alibi vorweisen konnte, war zugleich das Motiv die große Unbekannte – abgesehen von Simone Schnells Bruder und den Konkurrenten, die allesamt nicht traurig über das Ableben der Skikaiserin waren.

Aber reichen deren Beweggründe für einen Mord? Würde Andreas Schnell seine Schwester umbringen? Begeht eine erfolgreiche Geschäftsfrau ein Kapitalverbrechen und riskiert dabei, alles zu verlieren? Was kann ich Böck morgen sagen?

Brandner überlegte, welche Schritte als Nächstes erfolgen mussten. Während Elfriede Auer die Kleidung untersuchte, mussten sie Ricarda Sonnleitner, Franziska und Fred Bauer ins LKA für einen DNA-Abgleich einbestellen. Von allen drei Personen befanden sich aller Wahrscheinlichkeit nach Rückstände auf dem Kleid und der Schürze. Da dies durch die Umstände der Modenschau einfach zu erklären war, würden sie als Beweis vor Gericht keine Gültigkeit haben. Doch sie würden beim Ausschlussverfahren nützlich sein, sollten sich andere Spuren nachweisen lassen.

Wir müssen uns auch noch die Sportlerinnen vornehmen, mit denen Armin Schnell im Arkadenhof geredet hat. Und er wollte uns noch den Namen der Journalistin nennen, mit der seine Frau kurz vor ihrer Ermordung gesprochen hat. Vielleicht hat die Reporterin etwas mitbekommen.

Rasch notierte sich Brandner, dass sie unbedingt das Bildmaterial der TV-Sender sichten mussten. Da die Aussagen aller zu dem Tatabend vage blieben, würden die Aufzeichnungen hoffentlich bei der Prüfung der Alibis helfen. Und vielleicht entdeckten sie darüber hinaus etwas, das zur Lösung des Falls beitragen würde.

Immerhin, wir waren nicht untätig. Wie haben mehr als nichts … Böck sieht das womöglich anders.

Brandner seufzte, klappte das Notizbuch zu und stand auf. Während er nach draußen ging, dachte er kurz an Lindner, die anscheinend noch immer mit Ricarda Sonnleitner sprach, da sie sich noch nicht gemeldet hatte.

Hoffentlich meistert sie die Situation. War es ein Fehler, sie alleine dorthin zu schicken? Nein, selbst wenn Sonnleitner die Mörderin ist, wird sie Annika nichts tun. Dann wäre sie geliefert. Außerdem hat Annika eine Nahkampfausbildung, die lässt sich nicht überrumpeln.

Während er in seinen Audi einstieg, rief er Eva an, doch nur ihre Mobilbox ging ran. »Ich bin gerade mit etwas Besserem beschäftigt«, hörte er die gewohnte Ansage seiner Frau und legte auf, ohne eine Nachricht zu hinterlassen. Er startete den Motor.

19

**Lackenhof, Niederösterreich
Sonntag, 11. Mai**

Könnte mich Brandner sehen, würde er mir die Leviten lesen, und das zu Recht!

Lindner saß auf einem Drehstuhl ohne Lehne. Sie hielt ihren Rücken durchgestreckt. Der Raum war hell erleuchtet, eine Lampe strahlte seitlich direkt auf ihren Kopf.

»So entgeht mir nicht die kleinste Eigenheit, das kaum zu erkennende Grübchen, eine sich abzeichnende Falte, ich weiß, es ist etwas unangenehm, aber du wirst sehen, dass dir meine Zeichnung gerecht wird«, hatte Ricarda ihr zugeraunt. Währenddessen hatte sie Annikas Kopf leicht gedreht und ihr Kinn angehoben, bis sie zufrieden gewesen war. »So ist es perfekt!« Sie war mehrere Schritte zurückgetreten und hatte Annika mit Abstand begutachtet. »Ja, perfekt!«

Sie spielt mit der Eitelkeit der Menschen.

Annika saß still und wartete bereits eine geraume Zeit. Ricarda fertigte unterdessen Skizzen an. Nur das leicht kratzende Geräusch des Bleistifts auf dem Papier war zu hören.

Annika hatte versucht, ihre Befragung zu beginnen, doch das war von einem energischen »Nicht bewegen!« unterbunden worden.

»Aber wir wollten uns über den gestrigen Tag unterhalten«, hatte Annika entgegnet.

»Danach, wir reden danach! Du willst doch sicher auch, dass es perfekt wird, oder etwa nicht?«

Annika hatte genickt, sodass Ricarda herbeigeeilt war, um ihren Kopf wieder in die richtige Position zu bringen. Seither saß Annika stumm auf ihrem Hocker, ohne dass sie erkennen konnte, wie weit ihr Porträt fortgeschritten war. Mittlerweile schwitzte sie, ihre schwarze Bluse klebte ihr einmal mehr am Rücken.

Ich stinke sicherlich, so viel wie ich heute schwitze. In den Lunzer See hätte ich springen sollen und danach frische Kleidung anziehen. Wieder etwas, was Leopold kritisieren würde ...

»So, jetzt darfst du dich wieder bewegen.«

»Darf ich es sehen?«

»Ungern, es ist noch nicht einmal annähernd fertig.«

Annika stand auf. »Keine Widerrede, oder ich muss dich auf der Stelle verhaften!«

Ricarda grinste und streckte ihre beiden Hände entgegen. »Ich wollte schon immer einmal von einer Inspektorin Handschellen angelegt bekommen.«

Flirtet sie etwa tatsächlich mit mir? Ich muss hier wieder die Oberhand gewinnen, schließlich bin ich im Dienst!

»Lassen wir diese Geplänkel!«, erwiderte Annika. »Du hast mich lange genug hingehalten, jetzt reden wir über die Modenschau gestern!«

Ricarda klemmte sich ihren Bleistift hinter ihr Ohr. »Hingehalten? Davon kann wirklich keine Rede sein!« Sie zog einen Schmollmund. »Es könnte etwas Großes, etwas ganz Großes entstanden sein! Wer weiß, vielleicht wird das Gemälde einmal in Paris, London oder gar New York ausgestellt?«

Wohl eher wird es in deinem Flur hängen, wo es so schnell kein Kunstkritiker zu Gesicht kriegt ...

Annika merkte, dass sie wieder unruhig wurde.

Bin ich gemein, weil ich das denke? Wohl eher realistisch.

Sie trat von einem Fuß auf den anderen.

Zurück zum Fall.

»Mit der silbernen Schürze, die du gestern zum rosa Dirndl von ›Bauer Trachten‹ getragen hast, ist Simone Schnell erdrosselt worden. Was hast du dazu zu sagen?«

»Schrecklich! Es ist einfach nur schrecklich, aber mit dem Mord habe ich nichts zu tun.«

»Du kanntest sie, hast sie porträtiert, und jetzt ist sie tot, ermordet mit der Schürze, die du getragen hast!«

»Bei dir hört sich das so an, als wäre alles klar und ich sei die Mörderin.« Ricarda starrte sie entsetzt an. »Du glaubst doch nicht wirklich, ich hätte etwas damit zu tun?« Jetzt drehte sie das Porträt Annika zu, sodass sie es sehen konnte.

Gestochen scharfe Konturen, die schwarze Rose über ihrem Ohr und die Dornen am Stängel, jedes Detail hatte Ricarda in ihrer Skizze festgehalten. Annika fühlte sich mit einem Mal angreifbar wie kaum jemals zuvor. Als würde sie entblößt vor Ricarda stehen und die könnte tief in ihre Seele blicken.

So ist es nicht, sie hat nur gezeichnet, was jeder sehen kann.

Sie atmete bewusst aus.

Äußerlichkeiten, nicht mehr und nicht weniger.

»Was hat das damit zu tun? Dass du gut zeichnen kannst – sehr gut zugegebenermaßen –, spricht dich nicht von jeglichem Verdacht frei.«

»Ich bitte dich!« Ricarda drehte sich vor Annika im Kreis. »Sehen so etwa Mörder aus? Die müssen doch verschlagen ausschauen, fies. Eine Hakennase wäre nicht schlecht. Zumindest ist das in den Kriminalromanen, die ich lese, meist so.«

»Die Künstlerin, die als Model arbeitet, liest Krimis. Das ist ja sehr interessant«, bemerkte Annika.

»Erwischt!« Ricarda breitete lächelnd ihre Arme aus. »Wie die meisten Österreicher bevorzuge ich Spannendes als Lektüre. Da schlafe ich nicht sofort nach den ersten paar Sätzen ein.«

Noch habe ich nicht das Geringste herausgefunden. Will sie mir nichts verraten, oder ist das einfach ihre künstlerische Art der Kommunikation?

»Zurück zu gestern: Wie ist die Modenschau für dich abgelaufen?«, probierte es Annika erneut.

Ricarda zuckte mit den Achseln: »Mühsam ist wohl der beste Ausdruck dafür. Ich bin ja schon öfter für die Bauer gelaufen, sie war schon immer schwierig, aber gestern, da hat sie noch mal einen draufgesetzt.«

»Wie meinst du das?«

»Alles musste perfekt sein! Die Bauer war so nervös, hatte wohl etwas mit dem Gerücht zu tun, das seit einigen Wochen in der Branche kursiert.«

»Das da wäre?«

Ricarda zögerte. »Also, wenn ihr es noch nicht wisst, dann will ich jetzt nicht diejenige sein, die es euch auf die Nase bindet.«

»Raus mit der Sprache!«

»Du behältst es für dich?«

»Das kann ich nicht versprechen. Kommt darauf an, worum es sich handelt.«

»Dann sage ich nichts mehr dazu.«

Sie blockiert schon wieder. Ich muss mir etwas einfallen lassen.

»Wovor hast du Angst?«, fragte Annika. »Ich hatte den Eindruck, du seist unerschütterlich.«

»Ja, aber auch ich brauche Geld zum Leben. Ich bin auf die Modeljobs angewiesen.«

»Geht es um Franziska Bauer? Was, wenn ich dir zusage, dass sie nicht erfahren wird, woher ich es weiß – was auch immer es sein wird.«

Ricarda wiegte den Kopf.

Jetzt erzähl mir endlich etwas von Belang! Irgendetwas!

»Und was ist mit Fred, ihrem Sohn?«, hakte Ricarda nach.

»Der auch nicht.«

»Versprochen, du hältst mich da raus?«

»Versprochen«, bestätigte Annika.

Ricarda atmete einmal ein und wieder aus. »›Bauer Trachten‹ soll in ernster finanzieller Schieflage sein. Sie sollen ihre Bankkredite nur verzögert abbezahlen.«

»Das ist interessant«, bemerkte Annika. »Und wenn dann mit ›Schnell und Chic‹ auch noch ein ernst zu nehmender Konkurrent auftaucht …«

»… dann könnte das der endgültige Todesstoß sein«, vollendete Ricarda den Satz.

»Franziska Bauer hatte also ein handfestes Motiv.«

»Fred auch, der war mir noch nie geheuer.«

»Wie meinst du das jetzt?«

»Seine Aura … Er strahlt irgendwie etwas …«, Ricarda zögerte, »… etwas Böses aus.«

»Danke für den Hinweis. Jetzt aber zu dir. Erzähl mir mehr über das Dirndl und die Schürze, die als Tatwaffe verwendet wurde!«

»Glaubst du denn immer noch, dass ich damit etwas zu tun habe?«

»Das tut aktuell nichts zur Sache. Es geht mir um die Tracht, die für den Fall eine wesentliche Rolle spielt.«

»Nun gut, ich möchte dir ja helfen.« Sie lächelte Annika an, doch die war entschlossen, sich nicht mehr ablenken zu lassen. »Es war das letzte Modell, das ich vorgeführt habe«, fuhr Ricarda fort, als Annikas Reaktion ausblieb. »Zum Abschluss haben wir uns alle mit Franziska Bauer im Arkadenhof in einer Reihe aufgestellt und die Fotografen ihre Bilder knipsen lassen. Viel Zeit war dafür nicht, denn das gesamte Publikum hat schon auf ›Schnell und Chic‹ gewartet. Wir sind dann nach oben auf die Galerie in die Umkleide. Ich habe Dirndl und Schürze auf einem Kleiderhaken befestigt und den auf den Kleiderständer gehängt. Danach habe ich mir meine eigenen Klamotten angezogen und bin hintenrum wieder in den Hof hinuntergegangen, um mir Simones Modenschau anzusehen.«

»Du bist also noch geblieben?«

»Klar, ich wollte mir unbedingt Simones Kollektion reinziehen, die war aufsehenerregend, besser als die von ›Bauer-Trachten‹. Sie hat nicht ohne Grund die ganze Aufmerksamkeit auf sich gezogen. Ein Jammer, dass Simone mich nicht für die Modeschau besetzt hat.«

20

Wien
Montag, 12. Mai

Montagmorgen, für viele der erste Arbeitstag der Woche. Außer für mich.

Auch heute hatte Brandners Frau das Bett bereits vor ihm verlassen. Als er in die Küche trat, saß Eva bereits im dunkelblauen Businesskostüm vor ihrer Tasse Filterkaffee. Selina blockierte gerade das Bad, daher trug Brandner noch seinen Pyjama. Er hasste es, sich nicht sofort nach dem Aufstehen die Zähne putzen zu können, aber mit drei Frauen im selben Haushalt und nur einem gemeinsamen Badezimmer kam das öfter vor, als ihm lieb war.

»Guten Morgen, es ist noch Kaffee da«, begrüßte ihn Eva.

»Danke.« Brandner gab ihr einen Schmatzer auf den Mund, dann goss er sich den restlichen Filterkaffee aus der Kanne ein.

Wieder einmal musste er unwillkürlich über den Aufdruck auf seiner Tasse schmunzeln: »Der Kommissar geht um.« Seine drei Damen hatten sie ihm zu Weihnachten geschenkt, seither verwendete er sie regelmäßig.

»Neue Erkenntnisse?«, erkundigte sich Eva.

Brandner wollte wie meist mit einem einfachen »Nein« antworten. Das hatte sich in den vergangenen Jahren bewährt, denn er durfte seiner Frau keine Informationen über aktuelle Ermittlungen verraten. Doch er überlegte es sich diesmal anders.

»Wir haben das Model gefunden, das die Schürze während der Modenschau getragen hat.«

Eva schaute ihn überrascht an. Mit dieser Antwort hatte sie offensichtlich nicht gerechnet. »Ich nehme an, das darf ich nicht weitersagen?«

Brandner nickte. »Ist noch geheim.«

»War sie es?«

Brandner zuckte mit seinen Achseln. »Es wäre zu offensichtlich, ausgeschlossen ist es aber nicht.«

»Wer ist sie? Wie heißt sie?«

Klar, dass jetzt ihre Neugier geweckt wurde. Ist aber jetzt auch schon egal. Eva wird dichthalten.

»Ricarda Sonnleitner«, erwiderte Brandner.

»Du befragst sie dann heute im LKA?«

Er schüttelte den Kopf. »Das hat Annika bereits gestern Abend in Lackenhof erledigt.«

»Was ist dabei rausgekommen?«

»Weiß ich nicht.«

»Du hast noch nicht mit ihr geredet?«

»Wann denn?« Brandner nippte an seinem Kaffee, er war noch immer heiß, aber er verbrannte sich immerhin nicht die Zunge. Er stellte die Tasse wieder ab. »Als ich zu Bett gegangen bin, war Annika noch dort, und jetzt unterhalte ich mich mit meiner Frau, das geht natürlich vor.«

Eva lächelte. »Das freut mich, aber du kannst gerne deine Kollegin anrufen. Ich möchte ebenfalls wissen, wie diese Ricarda Sonnleitner so tickt!«

Brandner stand auf und drückte seiner Frau einen weiteren Kuss auf die Wange. Danach verließ er die Küche. Auch wenn es den Vorgaben widersprach, ihr selbst von den Ermittlungen zu berichten, war es immerhin besser, als wenn sie sein vertrauliches Telefonat mit Lindner belauschte.

Immerhin hatte er eine Vorbildfunktion inne, und wenn seine Kollegin Eva im Hintergrund hören würde, wäre das kein gutes Signal.

21

Lackenhof, Niederösterreich
Montag, 12. Mai

Das Geräusch störte, es hämmerte in Annikas Kopf. Irgendwie kam ihr das Surren bekannt vor, doch noch befand sich ihr Gehirn im Ruhemodus. Annika hielt die Augen fest geschlossen, trotzdem schien es bereits ungewöhnlich hell im Schlafzimmer zu sein.

Ist Ricarda bereits wach? Hat sie die Vorhänge zur Seite gezogen?

Annika blinzelte vorsichtig, bevor sie ihre Augen endgültig öffnete.

Wieso Ricarda? Wo bin ich?

Ruckartig setzte sich Annika auf und schaute sich im Raum um. Sie befand sich nicht in ihrer Wohnung. Da fiel ihr wieder ein, dass es gestern zu spät geworden war, um nach Hause zu fahren. Nach dem anstrengenden Vormittag, dem langwierigen Modellstehen und der zähen Befragung war sie zu müde gewesen, um zurück nach Sankt Pölten zu fahren. Und dann hatte Ricarda ihr noch ein Gläschen Aperol angeboten. Schließlich hatte sie sich dazu entschieden, sich in Lackenhof ein Hotelzimmer zu nehmen.

Das Klingeln war verstummt. Ihr Smartphone lag neben dem Bett auf dem Fußboden. Annika hob es auf. Ein verpasster Anruf von Brandner.

Klar, dass der wissen will, wie mein Gespräch mit Ricarda gelaufen ist. Ob er Verständnis dafür hat, dass ich einen Drink mit ihr hatte, statt mich bei ihm zu melden?

Annika verließ das Bett und schlurfte ins Bad.

Immerhin hab ich nicht bei ihr übernachtet! Ein Fortschritt! Das letzte Mal hat er es rausgekriegt und war richtig sauer. Was soll ich ihm jetzt sagen? Die Wahrheit oder soll ich ihn wieder im Unklaren lassen? Und dann ist da noch die Sache mit Armin Schnell …

Annika drehte die Dusche auf. Das Prasseln des Wassers beruhigte sie. Sie stellte sich unter den Strahl und fühlte sich gleich besser. Als sie ihre Kleidung von gestern wieder anzog, stieg ihr der leichte Geruch von Schweiß in die Nase. Sie bereute, keine Wechselklamotten mitgenommen zu haben. Dennoch fühlte sie sich nun gewappnet, um sich Brandner zu stellen.

»Guten Morgen, Leopold.«

»Guten Morgen, danke für den Rückruf. Wo bist du?«

Lindner atmete einmal aus. »Noch in Lackenhof. Es ist gestern spät geworden.«

»Okay, hast du dich deswegen nicht mehr gemeldet?«

Falsche Frage, Leopold!

»Genau, ich wollte dich nicht mehr stören.«

»Ist klar, danke! Wie ist es gelaufen? Hast du etwas herausgekriegt oder hat sich Sonnleitner verdächtig gemacht?«

»Ganz ausschließen kann ich es nicht, aber mein Gefühl sagt mir, dass sie es nicht gewesen ist.«

Annika erzählte Brandner, was sie erfahren hatte. »Sonnleitner hat wie alle anderen Models das Dirndl nach den Pressefotos im Obergeschoss an den Kleiderhaken gehängt«, berichtete sie abschließend. »Die Schürze war laut ihrer Aussage definitiv zu diesem Zeitpunkt da und wurde von ihr am Haken zurückgelassen.«

»Hat sie Simone Schnell gekannt? Beide stammen ja aus Lackenhof.«

Annika nickte. Erst nach einigen Augenblicken wurde ihr bewusst, dass Brandner die Kopfbewegung nicht sehen konnte. »Sie hat ein Porträt von Schnell gemalt. Es hängt im Gang ihrer Wohnung.«

Brandner entfuhr ein Zischen. Danach hörte Annika mehrere Sekunden keinen Ton. Sie konnte sich vorstellen, welche Gedanken im Kopf ihres Vorgesetzten kreisten: Die Schürze war in Ricardas Händen gewesen. Sie kannte das Opfer. Sie hat sie sogar gezeichnet. Jetzt brauchen wir nur noch ein Motiv, dann haben wir unsere Mörderin.

»Wie gesagt, ich glaube nicht, dass Ricarda etwas mit dem Mord zu tun hat«, warf sie ein, als Brandner immer noch stumm blieb.

»Du bist per Du mit ihr?«

Erwischt!

»Ähm, ja … Sie … Sie ist ungefähr in meinem Alter«, stammelte Annika. »Da hat sich das ergeben, war einfacher so.«

»Annika, Abstand halten zu den Verdächtigen! Sie nicht zu nah heranlassen, das ist eine der wichtigsten Regeln in unserem Beruf!«

Wenn Leopold wüsste, wie nah mir Ricarda gestern gekommen ist, dann würde er berechtigterweise auszucken.

Annika beschloss, dass es klüger war zu schweigen.

»Wir brauchen Sonnleitner für einen DNA-Abgleich im LKA«, übernahm Brandner nach einigen Sekunden der Stille. »Um ihre DNA auf der Schürze und vielleicht auch an der Leiche richtig zuordnen zu können. Als Beweis wäre es vollkommen nutzlos, da sie die Schürze ja zweifellos getragen hat, bevor Simone Schnell damit erdrosselt worden ist. Das gleiche Problem haben wir bei Franziska Bauer und ihrem Sohn.«

»Ist klar«, erwiderte Lindner. »Ich treffe mich nochmals mit Ricarda und bestelle sie ins LKA.«

»Gut, gib Bescheid, wenn du Hilfe brauchst.«

»Ich komme schon klar. Bis nachher!«

Annika ging nochmals ins Badezimmer, legte das Smartphone auf die Ablage neben dem Waschbecken und stellte den Wasserhahn an. Sie hielt ihre Handinnenflächen darunter und spritze sich kaltes Wasser ins Gesicht, bevor sie sich tiefer beugte und direkt vom Strahl trank. Im Anschluss sammelte sie ihre wenigen Sachen zusammen und verließ das Hotelzimmer.

22

Göstling, Niederösterreich
Montag, 12. Mai

»Birgit, zieh dir was Schönes an!«

Birgit Maderthaner war gerade erst aufgestanden und saß am Küchentisch im Haus ihrer Eltern. Ihr Vater rief sie aus dem Baumarkt an, in dem er arbeitete.

»Wie meinst du das?«, fragte sie verschlafen und nippte an ihrem Kaffee.

Um diese Jahreszeit hatte sie wenig Grund, früh ins Bett zu gehen, und noch weniger, zeitig aufzustehen.

»Herr Haider von der NÖ-Bank hat sich gerade bei mir gemeldet.«

Mit einem Mal war Birgit hellwach, ihr Herz klopfte schneller. »Ja?«

Sie spürte, wie ihre Knie weich wurden. Bedeutete es das, was sie erhoffte?

»Direktor Haider kommt extra heute in die Filiale in Göstling. Er meint, das bringt bessere PR, als wenn wir uns in der Hauptstadt treffen. Die Berge passen perfekt als Hintergrund für die Fotos und Fernsehaufnahmen. Ich habe ihm schon gesagt, dass du Zeit hast.«

»Papa, heißt das etwa …?«

»Ja, Schatz! Ich spreche gerade als dein Manager mit dir. Du unterschreibst heute um elf Uhr den Sponsorenvertrag mit der NÖ-Bank!«

Birgit legte ihr Smartphone mit zittrigen Fingern auf den

Küchentisch und schaltete den Lautsprecher ein. Dann ballte sie beide Hände zu Fäusten. Sie konnte die Tränen nicht mehr zurückhalten. All die Mühe würde sich endlich auch finanziell bezahlt machen. Ihre Eltern würden schuldenfrei sein! Das war am wichtigsten für Birgit. Wenn sie erst einmal unterzeichnet hatte, würden ihre Mutter und ihr Vater abgesichert sein – selbst wenn ihre Weltcupkarriere durch eine Verletzung vorzeitig beendet werden würde, was sie natürlich nicht hoffte. Eine tonnenschwere Last fiel von ihr ab.

»Birgit, bist du noch dran?«

»Ja, sicher, ich freue mich so!«

»Zieh was Schönes an, elegant, nicht zu aufreizend, sei kurz vor elf Uhr bei der Bank. Ich regle vorab alles.«

Okay, aber wie ich mich style, entscheide ich.

Was ihr Äußeres betraf, war ihr Vater wie die meisten Eltern: Er wollte, dass seine Tochter züchtig bekleidet war.

Nachdem sie ihr Gespräch beendet hatten, lief Birgit in ihr Zimmer zum Kleiderkasten. Sie schob die Schiebetür zur Seite und betrachtete die Auswahl.

Tue ich ihm den Gefallen oder sollte ich mehr meine männlichen Anhänger im Blick behalten? … Die Fans sind wichtig, das sagt auch Vater immer.

23

Lackenhof, Niederösterreich
Montag, 12. Mai

Annika stelle den Passat vor der Wohnung ab, die sie erst am Abend zuvor spät verlassen hatte. Sie nahm sich fest vor, dieses Mal Ricarda Sonnleitner auf Abstand zu halten.

Brandner macht mir die Hölle heiß, wenn ich nicht professionell bleibe. Und Nina wäre ebenfalls alles andere als entzückt.

Als ihr Ricarda nach weniger als zwölf Stunden wieder gegenübertrat, schien diese nicht überrascht, sondern eher erfreut. Sie trug einen roten kurzen Bademantel, der deutlich über ihren Knien endete. Ihre Haare schimmerten feucht, ebenso ihre Beine, offensichtlich kam sie frisch aus der Dusche.

Sie macht es mir wirklich nicht leicht!

»Wie schön! Komm rein, Annika, ich habe gerade Kaffee gemacht.«

Der Duft, der aus der Küche strömte, roch verführerisch. Der erste Schluck war ein Genuss und vertrieb den schalen Geschmack in Annikas Mund.

Ricarda blieb vor dem Tisch stehen. Während Annika sich setzte, legte sie den Kopf schräg und musterte sie. »Hast du Zeit für ein weiteres Porträt?«

»Tut mir leid, aber ich muss ein paar Dinge mit dir besprechen. Ich hab mit meinem Vorgesetzten telefoniert.«

»Es freut mich zu hören, dass es nicht dein Freund war.« Ricarda zwinkerte ihr zu.

Wenn, dann Freundin.

»Was wollte er denn so früh am Morgen?«, erkundigte sich Ricarda.

»Er hat sich erkundigt, wie es gestern Abend gelaufen ist.«

»Und? Was hast du ihm gesagt?«

»Die Wahrheit.«

»Und die wäre?«

»Das, was du mir erzählt hast. Oder hat das nicht gestimmt?«

Kurz huschte ein verlegenes Lächeln über Ricardas Gesicht. »Natürlich, es war alles genau so, wie ich es gesagt habe.«

Ich werde nicht schlau aus ihr. Ich könnte schwören, dass sie mich gerade angelogen hat! Aber ist sie deswegen die Mörderin?

Annika trank einen weiteren Schluck Kaffee, während sie das Model musterte.

»Hast du deinem Chef von dem Porträt erzählt?«

»Er muss nicht alles erfahren.«

»Verstehe. Dann weiß er auch nicht, dass wir zusammen was getrunken haben, nehme ich an.« Ricarda schaute sie herausfordernd an.

Annika entschied sich entgegen ihrem Naturell dazu, darauf nicht zu reagieren.

Schon das zweite Mal heute, und es ist noch nicht mal Mittag. Ich bin total durch den Wind!

»Du hast recht, Chefs müssen nicht alles mitkriegen«, fuhr Ricarda unbeirrt fort. »Es bleibt unser Geheimnis, eine Hand wäscht die andere, nicht wahr?«

Was will sie? Das kommt schon fast einer Erpressung gleich oder zumindest Einflussnahme … Hat sie doch Dreck am Stecken?

Annika beugte sich über den Tisch. »Was willst du?«

»Dass du nicht verrätst, woher du die Info über ›Bauer Trachten‹ hast. Und eine weitere Zeichnung von dir.«

Gratulation, Annika, das hast du dir selbst eingebrockt!

»Ich hab dir bereits zugesichert, dass Franziska und Fred Bauer nichts erfahren.«

»Dann sind wir uns ja einig. Und die Zeichnung wird wunderschön, das verspreche ich dir!« Ricarda setzte sich zu Annika an den Tisch und schenkte sich ebenfalls einen Kaffee ein. »Dein Chef scheint ja ein richtiger Griesgram zu sein.«

»Das kann ich nicht behaupten. Eigentlich ist er recht fair. Aber du kannst dir nachher dein eigenes Bild machen.«

»Was? Warum das denn?« Ricarda setzte sich aufrecht hin. Ihre dunklen Augen wirkten nun noch größer als ohnehin schon.

»Du musst mit ins LKA nach Sankt Pölten.«

»Wieso?«

»Für einen DNA-Abgleich.«

Ricarda schaute Annika verständnislos an.

»Reine Routine«, erklärte sie. »Deine DNA wird sich an der Schürze und damit höchstwahrscheinlich auch an der Toten nachweisen lassen, weil du das Kleidungsstück getragen hast.«

Das Model seufzte erleichtert. »Genau. Aufgrund dieses DNA-Abgleichs kann es also zu keiner Anklage gegen mich kommen?«

»Nein, und du streitest ja nicht ab, das Dirndl angehabt zu haben.«

Das Model lachte auf. »Es gibt zu viele Fotos von mir in der Tracht und sicher auch einen Mitschnitt fürs Fernsehen. Da zu lügen, wäre erst recht ein Schuldeingeständnis.«

24

Sankt Pölten, Niederösterreich
Montag, 12. Mai

Brandner stand im LKA im Büro des Direktors. Sein Vorgesetzter hatte sich hinter seinem Schreibtisch positioniert und beide Daumen hinter den dunkelroten Hosenträgern eingehakt. Der herbe Duft von Böcks Rasierwasser kitzelte in Brandners Nase, die sich auch nach all den Jahren noch nicht an den intensiven Geruch gewöhnt hatte.

»Die Pressekonferenz findet um 17 Uhr statt. Was haben wir?«, wollte Böck wissen.

Brandner erläuterte ihm den aktuellen Stand der Ermittlungen.

Nachdem er seinen Bericht beendet hatte, stellte der Direktor fest: »Den benachteiligten Bruder können wir nicht als möglichen Verdächtigen präsentieren, leider.«

»Laut Lindner ist dieser Andreas Schnell regelrecht ein Kotzbrocken«, merkte Brandner an. »Und sein Alibi ist nicht wasserdicht.«

»Trotzdem, solange es keine stichhaltigen Beweise gibt, existiert er in unseren Ermittlungen für die Presse nicht! Schon gar nicht, da er ein Familienmitglied ist. Wie sähe das denn aus? Das käme ja einer Majestätsbeleidigung gleich.« Böcks Mundwinkel zuckte. »Sie verstehen, oder? Wegen der Skikaiserin.«

Böck ist ausnahmsweise richtig vorsichtig! In diesem Fall hat er aber recht. Da müssen wir besonders aufpassen, was wir der Öffentlichkeit preisgeben, sonst riskieren wir noch einen Shitstorm. Trotz des Drucks findet er aber noch Gefallen an Witzchen, immerhin.

»Ich verstehe«, erwiderte Brandner. »Wer hält eigentlich die Pressekonferenz?«

»Sie natürlich! Als Chefermittler in diesem Mordfall ist das Ihre Aufgabe!«

Das ist vor allem meine Bürde, weil wir keinen ernst zu nehmenden Verdächtigen vorweisen können, sonst würde sich Böck den Auftritt nicht nehmen lassen. Wie schon so oft in der Vergangenheit.

»Natürlich dürfen wir auch die Konkurrenten nicht als mögliche Täter nennen, aber dass wir die Schürze einer der anderen Trachtenmodenfirmen zuordnen konnten, die an der Modenschau teilgenommen haben, das darf ich erwähnen, oder?«, erkundigte sich Brandner.

Böck ließ seine Hosenträger gegen seine Brust und den voluminösen Bauch schnalzen. »Eher nicht«, entgegnete er. »Die Information halten wir besser noch zurück.«

»Aber was soll ich dann bei der PK überhaupt sagen? Da bleibt nicht mehr viel übrig.«

»Einfach die Fakten zum Tathergang.«

»Die haben die Journalisten doch schon von uns erhalten, soweit der Hergang bisher rekonstruierbar ist.«

»Das muss reichen! Mehr äußern wir nicht. Sie machen das schon!« Böck stand von seinem Schreibtischsessel auf, trotzdem überragte Brandner seinen Vorgesetzten um einen Kopf. »Ich muss zu einer Besprechung«, erklärte der Direktor.

»Ich wollte noch mit Ihnen darüber reden, von welchen Personen wir DNA-Proben nehmen dürfen«, warf Brandner ein.

»Entscheiden Sie das!« Böck war um den Schreibtisch zur Tür gelaufen, an der er stoppte und sich zu Brandner drehte. »Die Landesfürstin hat mich einbestellt.«

»Wegen des Mordes an Simone Schnell?«

»Warum sonst?«

25

Sankt Pölten, Niederösterreich
Montag, 12. Mai

»Ricarda Sonnleitner, Major Brandner«, stellte Annika die beiden einander vor.

»Freut mich!« Die junge Frau schüttelte dem Major die Hand.

Für den Termin auf dem LKA hatte sie eine rosa Bluse und einen weißen Minirock gewählt, der ihre langen Beine zur Geltung brachte. Nachdem das Model seine Probe abgegeben hatte, hatte Brandner sie ins Besprechungszimmer gebeten.

»Angenehm«, entgegnete Brandner. »Danke, dass Sie sich so schnell Zeit genommen haben.«

»Das ist doch selbstverständlich! Wenn ich helfen kann, dann tue ich das natürlich! Außerdem hat mich Annika mit guten Argumenten überzeugt.«

Brandner zog die Augenbrauen nach oben. »Und die wären?«

Annikas Puls schnellte nach oben.

Jetzt sag ja nichts Falsches, Ricarda!

»Dass zu erwarten ist, dass sich meine DNA an der Schürze befindet, mit der Simone erdrosselt worden ist, schließlich habe ich sie kurz davor getragen«, erwiderte das Model.

»Ach so?« Brandner wollte mehr wissen.

»Klar, sie hat mir erklärt, dass ihr mir deswegen den Mord an Simone nicht in die Schuhe schieben könnt.«

Ricarda, das hättest du dir sparen können!

Brandner zog seine Mundwinkel nach oben. Es war ein gezwungenes Lächeln, das erkannte Annika sofort.

»In die Schuhe schieben wir grundsätzlich niemandem etwas!« Ihr Vorgesetzter wandte sich an Annika: »Das hast du Frau Sonnleitner doch dargelegt, oder etwa nicht?«

Annika fühlte sich von der Frage in Gegenwart der Zeugin überrumpelt, daher brachte sie kein Wort heraus.

»Natürlich hast du das!«, kam Ricarda ihr zu Hilfe und zwinkerte ihr zu.

Das hat Leopold sicher mitgekriegt. Jetzt wird er vollends davon überzeugt sein, dass ich mit der Zeugin zu vertraut bin. Sogar mit einer Verdächtigen! Schon das Duzen hat er beanstandet, und nun das …

»Ich habe wahrscheinlich zu viele Krimis gesehen und gelesen. Seit mir Annika gesagt hat, dass Simone mit der Schürze erdrosselt worden ist, die ich bei der Modenschau getragen habe, fürchte ich, verdächtigt zu werden, obwohl ich unschuldig bin! Ich sehe mich schon hinter Gittern, ein Albtraum!«

Brandner nickte. »Das kann ich verstehen. Und da Sie nun mal die Trägerin der Schürze sind, gehören Sie wirklich zum Kreis der Verdächtigen, da will ich Ihnen gar nichts vormachen.«

Ricarda keuchte auf, doch der Major ließ sich nicht beirren.

»Wir sind auf der Suche nach dem wahren Täter«, fuhr er fort. »Den Mörder zu überführen ist unser einziges Ziel! Wenn Sie es nicht gewesen sind, dann haben Sie nichts zu befürchten.«

Die junge Frau zeigte sich erleichtert. »Exakt das Gleiche hat mir Annika auch versichert. Aber es tut gut, es von Ihnen zu hören, Herr Major!«

Der Augenaufschlag hätte jetzt nicht sein müssen. Leopold hält schon bewusst Augenkontakt, um sich nicht angreifbar zu machen. Sicher nicht einfach bei Ricardas Outfit. Sie weiß sich und andere in Szene zu setzen, nur im Fall von Leopold wäre weniger besser.

»Jede Spur kann helfen«, erklärte Brandner jetzt. »Falls Ihnen etwas einfällt, sind wir für jeden Hinweis dankbar!«

Ricarda sah Annika unsicher an, bevor sie dem Chefermittler ein Lächeln schenkte. »Leider kann ich dazu nicht viel beitragen. Ich war nur als Model auf der Schallaburg. Was ich dort gesehen und getan habe, das hab ich Annika bereits erzählt.«

Annika schüttelte unmerklich ihren Kopf. Natürlich hatte sie Brandner bereits darüber informiert, dass Gerüchte über finanzielle Schwierigkeiten bei ›Bauer Trachten‹ kursierten. Und dass Ricarda Sonnleitner ihr davon berichtet hatte.

Der Major nickte stumm.

Nach einigen Augenblicken der Stille fragte Sonnleitner: »Darf ich jetzt gehen?«

»Natürlich!«, lautete Brandners Antwort. »Sie müssen nicht auf das Ergebnis des DNA-Abgleichs warten.«

26

Göstling, Niederösterreich
Montag, 12. Mai

Birgit Maderthaner trug ein blau-gelbes Sommerkleid, das perfekt zu den Farben des NÖ-Logos passte. Ihr Vater war bereits eine Stunde vor ihr bei der Bankfiliale eingetroffen. In aller Ruhe hatte er nochmals alle acht Seiten des eng beschriebenen Vertrags gelesen. Birgit schaute ihn fragend an.

»Passt alles!«, sagte er und strahlte sie an. »Wie wir es abgesprochen hatten.«

Birgit trat zwei Schritte auf Direktor Haider zu, sie schüttelten sich zur Begrüßung die Hände. Wie die paar Mal, die sie sich bereits begegnet waren, trug er einen dunklen Anzug und die obligatorische blau-gelb gestreifte Krawatte.

»Birgit, ich freue mich unglaublich über unsere Zusammenarbeit!«, beteuerte er überschwänglich und lächelte in die Kamera, die nur wenige Meter entfernt von einem Vertreter der Presse gehalten wurde. Sein Grinsen füllte sein feistes Gesicht aus.

Lügner! Noch vorgestern wolltest du mich trotz der Vorgespräche und deiner mündlichen Zusage fallen lassen!

Sie blickte ihm in die Augen und versuchte, sich ein Lächeln abzuringen. Ihre Gefühlswelt stand Kopf. Einerseits war Birgit überglücklich darüber, nun doch den heiß ersehnten Vertrag unterschreiben zu können, andererseits wollte sie Direktor Haider ins Gesicht spucken, da er sich in den vergangenen Tagen derart schäbig verhalten hatte.

Du hast meinen Vater und mich hingehalten, weil du knapp davor warst, eine bessere Stute zu ersteigern. Eine Olympiasiegerin, die noch dazu besser aussieht als ich, wäre ein Goldesel für deine Bank gewesen.

Birgits Magen zog sich zusammen.

Jetzt nur nicht die Nerven verlieren.

Sie atmete einmal tief ein und aus und setzte sich neben Direktor Haider an die eigens für diesen PR-Termin aufgebaute Tafel. Der Bankdirektor unterschrieb beide Exemplare des Vertrages, dann schob er die Mappe zu Birgit hinüber und reichte ihr den Kugelschreiber. Ein Fotograf drückte mehrmals auf den Auslöser seines Apparats. Neben ihm stand der Kameramann von NÖ-TV. Ganz Niederösterreich und auch Teile des restlichen Landes würden zu sehen bekommen, wie Birgit die Kooperation mit der Bank besiegelte.

Schon günstig, wenn der Hauptsponsor gleichzeitig auch einen TV-Sender betreibt.

Birgit unterschrieb zweimal. Zeitgleich mit Direktor Haider stand sie wieder auf. Sie schüttelten sich nochmals demonstrativ die Hände.

Arschloch! Ich freue mich, schon bald dein Geld auf meinem Konto zu haben.

»So, jetzt fahren wir noch aufs Hochkar, wo du mit dem Skisport begonnen hast, und machen oben noch ein paar schöne Aufnahmen!«

Obwohl sie möglichst wenig Zeit mit dem Banker verbringen wollte, stimmte sie zu. Sie wusste, dass das ab jetzt zu ihren Verpflichtungen gehörte.

27

Sankt Pölten, Niederösterreich
Montag, 12. Mai

»Annika, sieh dich vor!«

»Inwiefern?«

»Das weißt du ganz genau!«, entgegnete Brandner.

»Leopold, sprich es aus! Was stört dich?«

Sie provoziert mich! Sie will einen Streit.

»Ricarda und Annika, Annika und Ricarda! Ihr beide redet miteinander und übereinander, als ob ihr beste Freundinnen wärt.«

»Und?« Lindner trat einen Schritt näher. »Was wäre so schlimm daran?«

»Dann müsste ich dich von dem Fall abziehen. Sie zählt zu unseren Verdächtigen.«

»Dann ist es ja gut, dass wir keine Freundinnen sind! Wir haben uns erst gestern kennengelernt. Wir sind beide jung und duzen uns. Ich sehe da überhaupt kein Problem.«

»Mehr ist da nicht?«

»Nein!«

Lindner hatte mit ihrer Antwort allerdings einen Augenblick zu lang gezögert.

Das scheint nur die halbe Wahrheit zu sein.

»Halt dich bitte zurück«, sagte er, bemüht um einen versöhnlichen Ton. »Irgendetwas ist faul mit ihr. Sie hat mir gerade ins Gesicht gelogen.«

»Sie hat nur Angst um ihren Job bei ›Bauer Trachten‹«, erwiderte Lindner. »Ich denke, wir sollten uns zunächst auf die Inhaberin konzentrieren. Immerhin haben schon zwei Zeugen von Konflikten zwischen ihr und Simone Schnell berichtet.

»Die knöpfen wir uns jetzt auch vor«, erwiderte Brandner.

Da Sonnleitner vor über fünf Minuten gegangen war, konnte er Franziska und Fred Bauer nun einbestellen. Er führte ein kurzes Telefonat, damit die Kollegen das Mutter-Sohn-Duo ins Besprechungszimmer geleiten würden. Bei der DNA-Probenentnahme hätten sich die drei natürlich begegnen können, was offiziell auch kein Problem darstellte, aber Brandner war um eine möglichst neutrale Befragungssituation bemüht. Immerhin hatte Fred Bauer den Hinweis zu Sonnleitner gegeben. Und die Bauers sollten nicht den Eindruck gewinnen, Brandner würde von der Aussage des Models geleitet werden. Und umgekehrt.

Kurze Zeit später klopfte es an der Tür, und ein Polizist ließ Franziska und Fred Bauer eintreten.

»Interessante Frisur! Fantastische Tätowierung«, merkte die Unternehmerin gleich an, nachdem Brandner Lindner vorgestellt hatte. »Wenn Sie sich Geld dazuverdienen wollen, ich würde Sie für eine Modenschau buchen. Sie sehen zwar blass aus und Ihre dunkle Kleidung steht Ihnen so gar nicht. Aber mit der richtigen Schminke würden Sie sich gut genug für den Laufsteg oder moderne Fashion-Aufnahmen eignen.«

»Damit ich dann mit meiner Schürze erdrosselt werde? Ich verzichte!«

Annika! Warum hast du das Angebot nicht einfach höflich abgelehnt?

Franziska Bauer rang sichtlich um Worte. Der Angriff Lindners hatte die abgebrühte Geschäftsfrau aus der Fassung gebracht.

Dafür verdient Annika fast meinen Respekt, aber ob das gleich zu Beginn so schlau war?

»Zur Tracht passt ohnehin weder die Frisur noch die Figur, nicht wahr, Mama?«, sprang Fred Bauer seiner Mutter zur Seite. Er deutete mit den Händen auf seine Brust. »Ich habe da so meine Zweifel, dass genug vorhanden ist, um ein Dirndl auszufüllen.«

»Du hast recht!«, griff Franziska Bauer die Steilvorlage ihres Sohnes dankbar auf.

»Dann sind wir uns ja einig«, brummte Lindner. »Wie

man hört, könnten Sie sich ohnehin keine weiteren Models mehr leisten.«

Jetzt gibt sie ihr den Rest. In dem Fall hat sie meinen Segen.

»Wie bitte?«, empörte sich Frau Bauer.

»Sie sind pleite. Bankrott!«

»Unkonventionell, aber dank deiner Befragungstechnik wissen wir jetzt, dass die Bauers ein handfestes Motiv hatten, Simone Schnell zu ermorden.«

War das ein Lob? Na ja, das würde sich wohl anders anhören, aber was erwarte ich eigentlich von Leopold? Immerhin hat er mich nicht noch einmal auf Ricarda angesprochen!

Annika saß neben Brandner im leeren Besprechungsraum und wartete auf Armin Schnell, nachdem Franziska Bauer und ihr Schoßhund gegangen waren. Nachdem sie die beiden mit ihrer desolaten finanziellen Lage konfrontiert hatte, war die Mutter vollkommen ausgezuckt. Wie eine Furie war sie auf Annika losgegangen. Brandner hatte sich vor sie gestellt. Das hatte gutgetan, jemanden zu haben, der ihr den Rücken stärkte.

»Frau Bauer«, hatte Brandner nachgehakt. »Ist da etwas dran? Bevor Sie etwas sagen, überlegen Sie es sich gut. Wir sind von der Kriminalpolizei, wir haben Mittel und Wege, die Wahrheit herauszufinden. Das ist Ihnen hoffentlich bewusst!«

Franziska Bauer hatte die Ermittler daraufhin abwechselnd angestarrt, unfähig, etwas zu erwidern. Annika konnte deutlich erkennen, wie die Frau mögliche Antworten in Gedanken durchspielte, soweit ihr aufgewühlter Zustand dies zuließ. Doch anscheinend fiel ihr nichts ein, was sie nicht in Teufels Küche gebracht hätte. Zumindest deutete Annika ihre Unentschlossenheit so.

»Pleite sind wir nicht, aber unser Cashflow bereitet uns Kopfzerbrechen«, räumte schließlich ihr Sohn ein.

»Sei still!«, verwies seine Mutter ihn sofort in seine Schranken.

»Aber sie finden es sowieso heraus, der Herr Major hat recht.«

»Still, habe ich gesagt!«

Nach diesem Machtwort hatten die beiden die Aussage ohne einen Anwalt verweigert. Und da sie weder gegen die Mutter noch gegen den Sohn etwas in der Hand hatten, hatten sie das Duo gehen lassen müssen.

In dem Moment öffnete sich die Tür und Armin Schnell betrat den Raum, begleitet von einem Polizisten.

»Major Brandner!«, rief Schnell. »Endlich sind Sie frei, ich warte schon eine geschlagene Stunde!«

»Herr Schnell, entschuldigen Sie die Wartezeit«, erwiderte Brandner. »Wir wollten nach dem DNA-Abgleich noch kurz mit Ihnen reden. Danke, dass Sie es einrichten konnten.«

Brandner deutete mit der Hand auf Annika. Schnell nickte ihr kurz zu, doch sein Blick glitt umgehend wieder zu ihrem Vorgesetzten.

Okay, er hat seine Frau verloren, aber ignorieren braucht er mich deswegen nicht. Nicht besonders höflich!

»Guten Tag, Herr Schnell«, ergriff Annika das Wort. »Setzen Sie sich doch bitte.«

»Guten Tag, Frau Inspektor!« Schnell lächelte gezwungen.

Er weiß nicht mehr, wie ich heiße. Kann schon passieren, Leopolds Namen hatte er aber parat.

»Ich wollte Sie wissen lassen, dass die Kollegen mit den Rennläuferinnen gesprochen haben, die sie uns genannt hatten. Sie haben die Unterhaltung nach der Modenschau mit Ihnen bestätigt«, begann Brandner.

»Das freut mich zu hören«, erwiderte Schnell.

Ändert nichts daran, dass sein Alibi lückenhaft ist. Immerhin hat er den Burghof kurz verlassen. Ob er wirklich auf der Toilette war, bleibt abzuwarten.

Annika schaute kurz zu ihrem Vorgesetzten, der ihrem Blick offen begegnete. Offensichtlich war er sich dieses Umstands bewusst, wollte aber den Witwer in Sicherheit wiegen.

Leopolds Fragetechnik ist eben etwas behutsamer als meine …

»Ich wollte mich zudem erkundigen, ob Sie den Namen der Journalistin bereits herausgefunden haben?«, fuhr er fort.

Welche Journalistin?

Brandner musste ihre Unwissenheit bemerkt haben, obwohl sie um ein Pokerface bemüht war. Er zog kaum merklich eine Augenbraue in die Höhe, bevor er ergänzte: »Diejenige, mit der Simone kurz vor ihrer Ermordung im Arkadenhof gesprochen hat.«

Stimmt! Konzentriere dich, Annika!

»Ja, das habe ich«, antwortete der Witwer, die Augen fest auf den Major gerichtet. »Silvia Schöngeist.«

»Sie nimmt sich Zeit. Es ist nicht weit, ich fahre da hin.«

»Ist das wirklich eine gute Idee? Um 17 Uhr sollst du die Pressekonferenz leiten. Wäre es nicht besser, ich rede mit Silvia Schöngeist?«, schlug Lindner vor.

Annika verbringt ihre Zeit auch lieber außerhalb vom LKA. Da sind wir uns ähnlich. Im Prinzip hätte sie recht mit ihrem Vorschlag, aber ich muss unbedingt weg von hier, sonst macht mich Böck vor der PK noch unnötig nervös.

»Danke für das Angebot, aber ich rede selbst mit ihr. Du kümmerst dich weiter um die DNA-Proben. Simone Schnells Geschäftspartnerinnen und Familie stehen noch aus. Es müssten auch bald die Aufnahmen von der Fernsehstation eintreffen, die vorgestern auf der Schallaburg gefilmt hat.«

Für die DNA-Abgleiche hat mir Böck freie Hand gegeben. Wenn er mitbekommt, dass ich alle aus dem sozialen Umfeld der Toten vorgeladen habe, die wir bislang kennen, bereut er das sicher. Obwohl kein richterlicher Beschluss vorliegt, haben alle eingewilligt. Vermutlich will keiner verdächtig erscheinen.

Lindners Gesicht hatte sich kurzfristig verdunkelt. »Okay, die Aufzeichnungen werde ich mir anschauen, mit dem Bruder will ich aber nicht mehr allein reden!«

Der Gedanke an ihn wühlt sie sichtlich auf. Ich muss wegen Sonnleitner und Andreas Schnell noch mal nachfühlen.

»Brauchst du nicht!«, beruhigte Brandner sie. »Er wird nur für die DNA-Abgabe da sein. Nach dem, wie du ihn beschrieben hast, wird er nicht von sich aus das Gespräch suchen. Normalweise sollten uns alle meiden, die heute herkommen, außer wir bestellen sie ein.«

»Gut, soll ich die Geschäftspartnerinnen noch mal in die Mangel nehmen?«

»Gerne, aber vielleicht etwas behutsamer als vorhin die Bauer.«

Brandner zwinkerte seiner jungen Kollegin zu und verließ den Raum. Aus dem Augenwinkel sah er noch, wie Lindner den Mund zu einem Grinsen verzog.

28

Traisen, Niederösterreich
Montag, 12. Mai

Schon während der Fahrt verspürte er einen richtigen Heißhunger.

Vor der Konferenz muss ich unbedingt noch etwas essen! Sonst vergeige ich es noch.

Er rief über die Freisprechanlage Silvia Schöngeist an und schlug ihr vor, ihren Termin in ein Restaurant zu verlegen.

»Ich habe zwar schon gegessen, aber treffen wir uns doch einfach in der ›Casa Italia‹, die haben ganztags warme Küche, und es ist nicht zu übersehen, gleich rechts an der Hauptstraße. Ich bin in der Nähe und kann gleich da sein.«

Brandner stimmte zu und erreichte kurz darauf Traisen. Nachdem er die Ortstafel passiert hatte, entdeckte er schon am Straßenrand die Pizzeria und parkte seinen Audi davor.

Im Lokal roch es angenehm nach Teig, Basilikum und Oregano. Eine Frau im beigen Kostüm, die Brandner zwischen 40 und 50 Jahre alt schätzte, winkte ihm von einem der Tische. Neben ihr hielt sich nur noch der Kellner in der Gaststube auf.

»Frau Schöngeist nehme ich an.«

»Richtig.«

»Major Brandner, LKA Niederösterreich.« Er zückte seinen Ausweis.

Die Journalistin warf einen kurzen Blick darauf, bevor sie sagte: »Sie bestellen besser sofort, das mit der durchgängigen Küche stimmt leider nicht mehr. Der Koch wollte gerade Pause machen. Ich habe darum gebeten, noch kurz zu warten.«

»Ich danke Ihnen!«

Brandner griff nach der Speisekarte und entschied sich für eine Pizza Diavolo. Wie Schöngeist orderte er dazu einen Apfelsaft, gespritzt mit Leitungswasser.

Nachdem der Kellner die Bestellung aufgenommen hatte, wandte sich Brandner der Reporterin zu. »Frau Schöngeist, Sie waren am Samstagabend auf der Schallaburg und haben nach der Modenschau länger mit Simone Schnell gesprochen.«

»Richtig.«

»Worum ging es in dem Gespräch?«

»Ich habe ihr zur gelungenen Modenschau gratuliert.«

Das ist doch hoffentlich nicht alles gewesen. Ich bin extra hierhergefahren, für den Aufwand muss mehr herausschauen!

»Worüber haben Sie sich noch unterhalten?«

»Ich habe gefragt, wo sie Urlaub machen wird.«

Die Frau Journalistin stellt selbst gerne Fragen, aber wenn sie Antworten geben soll, bleibt sie recht einsilbig.

»Was hat Frau Schnell daraufhin gesagt?«

»Wieder am Gardasee.«

Brandner beugte sich nach vorne. »Warum betonen Sie das Wort ›wieder‹?«

»Als Simone noch aktive Skirennläuferin war, ist sie mit Armin jeden Sommer an den Gardasee gefahren.«

Kein Wunder, die Gegend ist als Paradies für Sportler bekannt.

»Um im Sommer dort zu trainieren und Kraft zu tanken, damit sie für die Saison fit ist«, mutmaßte Brandner.

»Richtig.« Die Journalistin zog herausfordernd die Augenbrauen nach oben.

»Warum wollte sie dann diesen Sommer wieder dorthin? Sie hätte überallhin reisen können, wo sie bisher nicht gewesen ist.«

Schöngeist nickte zufrieden. »Genau das wollte ich auch von ihr wissen.«

»Was hat sie geantwortet?«

Die Frau machte eine kunstvolle Pause. Erstmals lächelte sie. »Simone hatte ein Comeback geplant. Noch im nächsten Winter!«

Brandner verschlug es für einen Moment die Sprache.

Das ist einmal eine Neuigkeit! Dafür hat sich die Fahrt gelohnt.

»Wer wusste davon?«

Schöngeist zuckte mit ihren Achseln. »Keine Ahnung, sicher Armin Schnell. Ihr Mann war ja auch ihr Trainer. Der wird mit ihr alles vorbereitet haben.«

Warum hat er uns nichts davon erzählt?

»Und sonst wusste niemand Bescheid?«

Die erneute Sportkarriere hätte sicherlich Einfluss auf Schnells gemeinsame Unternehmung mit Lanz und Herzog gehabt …

»Das weiß ich wirklich nicht.«

»Bitte schön, der Apfelsaft gespritzt!«, unterbrach der Kellner.

»Danke!«

»Die Pizza kommt gleich.«

Ist auch höchste Zeit, ich muss bald zurück und mich für die Pressekonferenz vorbereiten.

»Das ist eigentlich alles, was ich beitragen kann«, stellte Schöngeist fest und trank von ihrem Apfelsaft.

»Ist Ihnen sonst etwas an dem Abend aufgefallen, etwas Verdächtiges?«

Schöngeist schüttelte ihren Kopf. »Nein, alle waren einfach sehr aufgeregt. Es ist rund gegangen, jeder wollte mit Simone reden. Sie schien mit einem Mal ziemlich gestresst und meinte, sie müsse mal kurz allein sein. Wir haben uns verabschiedet, dann habe ich sie nicht mehr gesehen.«

»Danke für die Information.«

»Ich müsste dann an meinem Artikel weiterschreiben.«

»Ich halte Sie nicht auf.«

Kurz nachdem sich Brandner von der Journalistin verabschiedet hatte, servierte der Kellner die Pizza Diavolo.

29

Sankt Pölten, Niederösterreich
Montag, 12. Mai

Alexandra Lanz hatte ihre langen, schwarzen Haare zu einem Pferdeschwanz zusammengebunden. Die Geschäftsführerin von ›Schnell und Chic‹ trug diesmal keines ihrer

Dirndl, sondern einen dunkelblauen Hosenanzug und dazu eine weiße Bluse.

So könnte sie auch als leitende Angestellte in einem Industriebetrieb durchgehen.

Annika bot ihr einen Stuhl im Besprechungszimmer an.

»Ich hatte heute Vormittag einen Termin bei unserer Bank und mit dem Notar. Wir mussten das mit den Vollmachten neu regeln«, erklärte Lanz, während sie Platz nahm.

Ich bin anscheinend ein offenes Buch für sie. Sie beantwortet Fragen, die ich gar nicht gestellt habe.

»Danke, dass Sie zur DNA-Abgabe und jetzt zu einem Gespräch bereit waren! Ist Ihnen noch etwas eingefallen, was uns bei der Klärung des Falls weiterhelfen könnte?«, begann Annika.

»Die Schürze, ich bin mir nun ziemlich sicher, dass sie von einem Model von ›Bauer Trachten‹ bei der Modenschau vorgeführt worden ist.«

Soll ich ihr verraten, dass ihre Erinnerung sie nicht trügt? Verrate ich damit zu viel?

»Danke für den Hinweis. Wir haben die Schürze mittlerweile zuordnen können«, erwiderte Annika schließlich.

»Und? Gehört sie zu ›Bauer Trachten‹?«

»Das kann ich Ihnen nicht sagen.«

»Sie gehört zu ›Bauer Trachten‹«, entschied Lanz daraufhin.

Mist, sie liest tatsächlich meine Gedanken! Ruhig bleiben und an Leopolds Worte denken: behutsam vorgehen.

»Gibt es vielleicht sonst noch etwas, was wir wissen sollten?«, fragte Annika.

»Simones Bruder, Andreas … Von ihm hat Ihnen Martina ja schon erzählt. Haben Sie mit ihm schon gesprochen?«, erkundigte sich Lanz.

»Habe ich.«

Bei der Erinnerung an den Bruder zog sich ihr Magen erneut zusammen.

»Ein richtiges Scheusal, oder?«

Annika ging nicht darauf ein.

Wieder einmal. Wo ist meine Schlagfertigkeit hin?

Lanz lächelte wissend. »Wenn Sie ihn hinter Gitter bringen, wird die Welt ein bisschen besser.«

Da hat sie wohl recht.

»Glauben Sie, Andreas Schnell hat seine eigene Schwester erdrosselt?«

Kehren wir doch zu meiner Befragungstechnik zurück. War immerhin vorhin recht effizient.

Lanz hob abwehrend die Hände und sog scharf Luft ein.

»Sagen Sie es mir!«

»Ich weiß es nicht.«

»Ich auch nicht.« Die Geschäftsfrau erhob sich. »Sind wir dann fertig?«

Annika nickte. »Natürlich, Sie dürfen gehen. Sind Sie zufällig zusammen mit Frau Herzog hier?«

»Ja.«

»Dann schicken Sie doch bitte Ihre Kollegin zu mir.«

Lanz verließ den Besprechungsraum.

Bei Lanz hat die direkte Art nicht so recht funktioniert.

Es dauerte etwas über eine Minute, bevor es an der Tür klopfte und Martina Herzog eintrat. Die Designerin von ›Schnell und Chic‹ trug ein dunkelblaues, fast ins Schwarz gehendes Dirndl, dazu eine rotgoldene Schürze.

Nach der Begrüßung ergriff Herzog das Wort: »Die Mordschürze stammt also von ›Bauer Trachten‹.«

Ah, Frau Lanz hat demnach die vergangene Minute gut genutzt.

Die Designerin fuhr fort: »Vielleicht ist es doch nicht Andreas Schnell gewesen. Der wäre ziemlich schwer an die Schürze herangekommen. Was meint denn Franziska zu der Sache? Oder Fred, ihr Sohn?« Sie machte eine Pause und musterte Annika. »Haben Sie schon jemanden festgenommen?«

»Nein.«

Herzog schüttelte ihren Kopf. »Was für eine dumme Frage! Hätten Sie den Täter schon, bräuchten Sie ja keine DNA-Proben mehr von uns.«

Die ist heute aber forsch.

Annika verschränkte ihre Arme vor der Brust. »Über den Ermittlungsstand kann ich Ihnen nichts sagen, aber heute um fünf Uhr gibt es eine Pressekonferenz.«

Ihr Gegenüber zog einen Schmollmund. »Aber wir sind doch nicht irgendjemand! Simone war unsere Freundin.«

Will sie mich etwa manipulieren?

Annika beugte sich nach vorne. »Ich erkläre Ihnen jetzt, wie das läuft. Ich stelle die Fragen und Sie antworten!«

Herzog lehnte sich daraufhin demonstrativ zurück und faltete ihre Hände im Schoß. »Bitte, dann fangen Sie an!«

»Ist Ihnen noch etwas eingefallen, das von Belang sein könnte?«

»Nein«, erwiderte die Designerin leise, aber bestimmt.

Mist, sie schaltet auf stur, weil ich ihr drübergefahren bin.

»Sind Sie sich sicher? Es können auch Kleinigkeiten sein, die uns weiterhelfen?«, bemühte sich Annika, die Wogen zu glätten.

»Hören Sie, Frau Inspektor, ich unterstütze, wo ich kann. Aber alles, was ich weiß, habe ich Ihnen bereits auf der Schallaburg gesagt.«

Annika schaute auf die Uhr an der Wand.

In einer halben Stunde beginnt die Pressekonferenz. Leopold ist noch immer nicht zurück.

»Darf ich gehen?«, erkundigte sich Herzog.

Langsam nickte Annika und erhob sich. »Danke für Ihre Zeit!«, verabschiedete sie sich betont höflich.

»Gerne!«, erwiderte Herzog. Ihr Gesicht blieb ernst.

Nachdem sie den Raum verlassen hatte, rief Annika ihren Vorgesetzten an.

Hoffentlich kommt er noch, sonst schiebt mich Böck vor, und ich habe nichts zu berichten. Würden die beiden mich als Frischling opfern? … Der Direktor vielleicht, ihn kann ich noch nicht richtig einschätzen, aber Leopold niemals! Der wird mich nicht hängen lassen.

Ausnahmsweise war Brandner froh über den für ihn reservierten Parkplatz direkt vor dem LKA-Gebäude, denn die anderen Stellplätze waren alle besetzt. Der Auflauf an Medienvertretern überraschte ihn nicht. Mit Simone Schnell war die Ski- und neue Modekaiserin ermordet worden. Ganz Österreich wollte wissen, wer die Nationalheldin getötet hatte.

Und ich habe keine Antwort darauf, aber ich weiß, dass sie ein Comeback als Rennläuferin geplant hatte. Das kann ich allerdings noch nicht bekannt machen, denn es könnte für den Fall eine Rolle spielen, die sich mir noch nicht erschließt.

Brandner lief zum Eingang und passierte die Sicherheitskontrolle. Vor dem Raum, in dem die Pressekonferenz stattfinden würde, wartete bereits Lindner. Sie wirkte erleichtert, auch wenn sie kurz zuvor telefoniert hatten und er seine rechtzeitige Ankunft garantiert hatte.

»Ich ziehe mir nur schnell was Frisches an«, ließ er sie wissen.

»Wo wollen Sie hin?« Böck kam ihm entgegen. »Die PK beginnt in einer Viertelstunde!«

»Neues Hemd und Krawatte, dann bin ich bereit«, erwiderte er.

Der Direktor stellte sich auf seine Zehenballen und hakte die Daumen hinter seine Hosenträger ein. »Ihnen ist klar, was Sie zu sagen haben?«

»Das, was wir am Morgen besprochen haben.«

»Gut, gehen Sie, ich bin in meinem Büro und schaue mir an, wie Ihr Auftritt auf dem Bildschirm wirkt.« Böck ließ seine Hosenträger gegen seine Brust schnalzen.

Bring dich ruhig in Sicherheit. Die Lorbeeren hamsterst du dann später wieder ein.

Brandner lief im Eilschritt in sein Büro. Dort bewahrte er stets ein frisch gebügeltes Hemd und seine silberne Krawatte auf. Auch bei hohen Temperaturen musste es immer langärmelig sein. Diesmal war es ein hellblaues. Brandner band den Krawattenknoten und schlüpfte in das schwarze Sakko.

Brandner drehte sich zu Lindner, die an der Tür wartete. »Sitzt alles?«

Seine Kollegin trat zwei Schritte auf ihn zu und richtete den Kragen des Sakkos. »Jetzt passt es!«

»Danke! Was täte ich mittlerweile ohne dich?«

»Du kämst schon zurecht.«

»Willst du mit ins Rampenlicht?«

Lindner schaute an sich hinunter. Wie fast immer trug sie heute schwarze Kleidung.

»Bin nicht richtig angezogen«, stellte sie fest.

»Wenn wir den Mörder haben, bekommst du gebührend Aufmerksamkeit, dafür sorge ich!«

Lindners Augen glänzten vor Freude.

Letzten Endes wird darüber Böck entscheiden, aber der wird sich schon nicht querlegen. Motivation der Mitarbeiter ist wichtig. Und Annika braucht offensichtlich eine kleine Aufmunterung.

»Auf geht's!«, sagte Brandner. »Halt mir den Rücken frei, wenn ich vor der Meute fliehen muss.« Er nahm seine Unterlagen vom Schreibtisch und verließ den Raum.

Um Punkt 17 Uhr trat er hinter das Rednerpult. Mit einem Mal fühlte sich sein Hals ausgetrocknet an. Er räusperte sich, dann griff er zu dem Glas Wasser, das jemand für ihn dankenswerterweise bereitgestellt hatte. Nachdem er einen Schluck getrunken hatte, begrüßte er die Anwesenden. Schon kurz nachdem er mit der Erklärung begonnen hatte, merkte er, wie er sich entspannte. Ruhig legte er den Journalisten dar, was passiert war, und erläuterte den mutmaßlichen Tathergang. Nur die Zigarette, die Simone Schnell geraucht hatte, erwähnte er nicht, obwohl sie den Stummel und das Handy, das neben der Leiche gelegen hatte, eindeutig der Skikaiserin zuordnen hatten können.

»Wir suchen Zeugen!«, startete er zum Schluss den öffentlichen Aufruf. »Es befanden sich viele Gäste auf der Schallaburg am Tatabend. Wir hoffen, dass sich jemand im Burggarten aufgehalten hat, vielleicht zur selben Zeit, als Simone Schnell auf ihren späteren Mörder traf.« Er blickte direkt in die Kameras. »Sollten Sie dort gewesen sein, bitte melden Sie sich! Jeder Hinweis kann helfen. Vielen Dank!«

Damit hatte er seine Pflicht erfüllt. Wenn es nach ihm ging, würde Brandner jetzt den Raum verlassen, doch er musste sich den Journalisten stellen. Daran führte kein Weg vorbei. Nacheinander riefen sie ihm ihre Fragen zu, doch er konnte kaum eine zur Zufriedenheit der Pressevertreter beantworten. Ihre Kommentare wurden zunehmend angriffiger. Es war heiß im Raum, die auf ihn gerichteten Scheinwerfer brachten ihn zum Schwitzen, und Brandner fühlte sich mit jeder Minute unwohler in seiner Haut.

»Sie haben nichts!«, schleuderte ihm der Reporter von NÖ-TV entgegen. »Und je länger die Tat zurückliegt, desto kälter werden die Spuren und desto unwahrscheinlicher wird die Aufklärung des Verbrechens! Was haben Sie dazu zu sagen?«

Brandner räusperte sich. »Es sind erst zwei Tage vergangen«, antwortete er dann. »Wir werten gerade sämtliche DNA-Proben aus. Ich bin zuversichtlich, dass wir danach mehr wissen.« Er stand auf. Noch immer zeigten mehr als zehn Hände nach oben. »Keine weiteren Fragen, danke!«

Brandner lief zur Tür aus dem Raum. Hinter ihm hörte er entrüstetes Gemurmel. Obwohl er sein Hemd nur eine Stunde getragen hatte, würde es am Abend in der Waschmaschine landen, so viel stand fest.

30

Göstling, Niederösterreich
Montag, 12. Mai

Die meisten jungen Mädels würden an meiner Stelle jetzt vor dem Fernseher sitzen, aber ich muss trainieren. Das tut mir gut, das brauche ich!

Birgit Maderthaner absolvierte eine weitere Trainingseinheit im Solebad. Die PR-Aktion am Hochkar hatte sie um einiges mehr Energie gekostet, als sie erwartet hatte. Mit jedem Schwimmzug fühlte sie sich wieder stärker. Ihre Lebensgeister kehrten zurück. Der Geschmack von Salz auf ihren Lippen ließ sie vergessen, wie sehr ihr die Präsenz von Direktor Haider zuwider gewesen war. Wenn sie ehrlich zu sich selbst war, verabscheute sie alles, wofür er und seine Bank standen. Sie rühmten sich, benachteiligte Mitglieder der Gesellschaft zu unterstützen, ihre Träume zu verwirklichen. Und natürlich tat das Unternehmen etwas für junge Sportler und deren Familien. Doch im Grunde war es eine reine PR-Masche. Während andauernd die Hilfe der Bank in den Fokus gerückt wurde, interessierte niemanden, wie hart man arbeiten musste, um der Bank das geliehene Geld samt Zinsen zurückzuzahlen.

Nicht daran denken! Linker Arm, atmen, rechter Arm.

Damit ihre Gedanken nicht zu düster wurden, zwang sie sich, sich auf ihre Kraultechnik zu konzentrieren, obwohl sie sie aus dem Effeff beherrschte. Ihre Strategie ging auf: Nach zwanzig Minuten war sie außer Atem und hielt sich am Beckenrand fest.

Eine Minute später stieg sie aus dem Wasser, trocknete sich ab, griff nach ihrer Tasche und dem Bademantel, den sie diesmal extra mitgebracht hatte, und ging in den Saunabereich. Bevor sie ein Dampfbad nehmen würde, wollte sie ihrem Puls die Zeit geben, sich zu normalisieren. Sie stellte ihre Tasche unter eine der Liegen, die entlang der vorderen Glasfront noch frei waren, und legte den Bademantel darauf. Dann zog sie das Bikinioberteil und ihre Badehose aus und hängte beides zum Trocknen über die Lehne. Sie lief nackt die paar Schritte zu den Stufen, die ins Außenbecken führten, stieg ins Wasser und schwamm gemächlich hinaus ins Freie zu den Düsen, die auf einer Seite des Pools sprudelten. Sie ließ Rücken, Po und Beine sanft vom Wasser massieren. Sie liebte es, das Wasser auf ihrer Haut zu spüren.

Papa und Direktor Haider wären wenig begeistert, mich so zu sehen.

»Birgit, gratuliere zum Vertrag!«

Sie schaute nach links. Zwei ältere Männer, natürlich ebenfalls unbekleidet, lächelten sie an. Beide streckten ihr erhobene Daumen entgegen.

»Danke schön!«, erwiderte sie. »Hat NÖ-TV den Beitrag schon ausgestrahlt?«

»Ja, hast richtig gut ausgesehen in dem gelb-blauen Kleid!«, erwiderte der eine.

»Aber so wie jetzt ist es natürlich deutlich besser!«, fügte der andere hinzu und zwinkerte.

Birgit war danach, unterzutauchen, aber sie hielt den Blicken der beiden stand. »Danke!«, sagte sie zu dem einen. »Und danke für das Kompliment!«, zum anderen.

Dann lehnte sie sich zurück und schloss die Augen. Hin und wieder blinzelte sie und bemerkte, dass die beiden Männer immer wieder zu ihr herüberschielten. Kurz überlegte sie, aus dem Wasser zu steigen, doch sie entschied sich dagegen. Mit einem Mal fühlte sie sich stark und nahezu unverwundbar.

Sie sind ebenfalls entblößt und können keine Aufnahmen machen. Im schlimmsten Fall werden sie mit der Begegnung am Stammtisch prahlen. Was könnte da schon geschehen? Was soll mir jetzt ohnehin noch passieren? Der Vertrag ist unterschrieben.

31

Sankt Pölten, Niederösterreich
Montag, 12. Mai

»Wie war es bei Böck?«, erkundigte sich Annika.

Es war bereits weit nach 19 Uhr. Brandner war nach der Pressekonferenz ins Büro des Direktors zitiert worden. Ihr Vorgesetzter wirkte zerknirscht.

»Er war nicht gerade glücklich darüber, dass ich die PK derart abrupt beendet und vor allem den Presseleuten die Möglichkeit verwehrt habe, ihre Fragerunde fortzusetzen.«

Brandner ließ sich in seinen Sessel hinter dem Schreibtisch fallen.

Annika blieb stehen. »Aber du hast doch die meisten zu Wort kommen lassen!«

Der Major ließ die Schultern hängen. »Trotzdem, es haben noch viele Arme nach oben gezeigt, als ich gegangen bin, da hat er schon recht.«

»Du durftest aber ohnehin nichts von Relevanz erwähnen. Das hat Böck selbst vorgegeben.«

Brandner nickte. »Das stimmt. Er hat das sogar zugegeben, unter vier Augen wohlgemerkt, das wiederholt er sicher nicht, wenn er andere Zuhörer hat. Außerdem hatte er gleich nach der PK die Landesfürstin am Apparat.«

»Schon wieder? Er war ja erst bei ihr!«

»Ja, sie misst dem Fall wirklich viel Bedeutung zu. Daher lässt sie Böck keine Ruhe.«

»Und er dir nicht.«

»Und ich dir nicht«, stellte er fest. Erstmals lächelte er, seit er das Rednerpult verlassen hatte.

»Halb so wild, etwas Druck halte ich schon aus«, erwiderte Annika. Als ihr Vorgesetzter sie mit Skepsis anschaute, beeilte sie sich zu sagen: »Viel schlimmer ist, dass wir nicht vorwärtskommen.«

»So würde ich das nicht ausdrücken.« Erneut huschte ein Lächeln über Brandners Lippen. »Ich habe nämlich in Traisen etwas Bemerkenswertes erfahren.«

»Und was?«

»Simone Schnell hatte ein Comeback im Skizirkus geplant.«

»Was? Das ändert alles! … Oder vielleicht nicht?«

»Weiß ich noch nicht«, antwortete Brandner, »aber es ist äußerst interessant, dass uns bisher niemand davon erzählt hat. Armin Schnell muss es gewusst haben, immerhin war er ihr Trainer.«

»Vor dem sie ihre Schwäche für Glimmstängel geheim gehalten hat.«

»Mit ihm müssen wir uns noch mal unterhalten. Aber auch mit Lanz und Herzog. Es wird Auswirkung auf ihr gemeinsames Label gehabt haben. Ich bin schon gespannt, was die dazu sagen.«

Hoffentlich mehr als heute Nachmittag.

Annikas Smartphone begann zu vibrieren.

Eine neue Nachricht.

Sie tippte sie an.

Endlich!

»Die Videos von NÖ-TV stehen zum Download in der Cloud zur Verfügung«, informierte sie ihren Vorgesetzten. »Willst du sie dir heute noch anschauen?«

Brandner rang sichtlich mit sich.

Verantwortungsbewusstsein oder Selbstfürsorge, was gewinnt die Oberhand?

»Wir schauen uns das morgen Vormittag an«, entschied er.

»Passt! Ich lade die Dateien noch herunter, fahr du schon nach Hause, dein Weg ist länger!«

»Okay, danke! Dann morgen um neun Uhr, frisch und munter!«

Letzteres kann ich nicht garantieren, mal sehen, was Nina für heute noch geplant hat, nachdem ich die letzten beide Abende im Dienst war … mehr oder weniger.

Nachdem sich der Major verabschiedet hatte, lief Annika zu einem der Schreibtische im Großraumbüro. Während der Computer hochfuhr, rief sie ihre Freundin an.

32

Wien
Dienstag, 13. Mai

»Armer Papa!« Seine Tochter Selina umarmte ihn.

Eva lächelte. »Genau, unterstütze deinen Vater!«

Es tat gut, Zuspruch von seiner Familie zu erfahren. So ließ sich der Morgen gleich mit einem viel besseren Gefühl beginnen. Trotzdem graute Brandner schon vor den nächsten Tagen. Wenn sie nicht bald einen Verdächtigen präsentieren konnten, der aufgrund von stichhaltigen Beweisen auch angeklagt und verurteilt werden würde, würde der öffentliche Druck noch zunehmen.

»Heute streiche einmal ich dein Nutellabrot«, bot Selina an.

Eva stand auf. »Und ich richte dir den Kaffee her.«

Derart umsorgt werde ich nicht einmal, wenn ich krank bin.

Am Vorabend hatte Brandner auf dem Rückweg nach Wien mit seiner Frau telefoniert und ihr sein Leid geklagt, dass ihn Böck hart kritisiert hatte und die Ermittlungen ins Stocken geraten waren. Es war nicht so, dass er keine Verdächtigen hatte, nein, es waren sogar relativ viele, doch es zeichnete sich keine konkrete Spur ab, auf die er seine Ermittlungen konzentrieren konnte. Der man folgen und währenddessen Beweise sammeln konnte, um das Puzzle zu vervollständigen.

Hoffentlich liefern uns die Videoaufzeichnungen einen entscheidenden Hinweis.

Mit einem Mal konnte es Brandner kaum erwarten, ins LKA zu fahren, doch Selina reichte ihm gerade das extradick bestrichene Nutellabrot.

»Danke!« Brandner biss hinein, sofort breitete sich der so geliebte Geschmack auf seiner Zunge aus.

»Hier, dein Kaffee, frisch von der Espressomaschine!«

Brandner hatte aus den Augenwinkeln bereits gesehen, dass ihm seine Frau nicht den üblichen Filterkaffee in die Tasse gefüllt hatte. Er nahm vorsichtig einen Schluck von dem heißen Getränk. Die herbe Würze verband sich mit der Süße der Nutella zu einem köstlichen Aroma. Jetzt war er mehr als bereit, den Täter zu jagen!

Er hörte, wie im Vorraum eine Tür geschlossen wurde. Einige Augenblicke später trat Isabella, seine älteste Tochter, in die Küche. Sie trug Jeans und ein rotes Shirt. Sie war bereits geschminkt und offensichtlich kurz davor, das Haus zu verlassen.

»War wohl ein Schuss ins Knie, deine Pressekonferenz gestern«, bemerkte Isabella trocken und gesellte sich zu ihnen an den Tisch.

Das gute Gefühl, das er für kurze Zeit verspürt hatte, löste sich in Luft auf.

33

Sankt Pölten, Niederösterreich
Dienstag, 13. Mai

»Schlafmütze! Aufstehen!«

Annika rührte sich nicht, sie hielt ihre Augen geschlossen, gab vor, nichts gehört zu haben. Wie sie es auch früher als kleines Kind praktiziert hatte. Leise Schritte entfernten sich, etwas raschelte, bevor die Schritte sich wieder näherten. Die Bettdecke, sie bewegte sich Richtung Fußende, Annika versuchte, sie festzuhalten, doch mit einem Mal war sie weg.

»So, nicht bewegen!«

Was? Was macht sie?

Annika blinzelte.

»Nicht bewegen, habe ich gesagt!«

Nichts leichter als das.

Annika blieb still liegen, hin und wieder hörte sie ein kratzendes Geräusch.

»So, fertig!«

Nina kam ans Bett, Annika öffnete die Augen.

Hab ich es mir doch gedacht!

»Was sagst du? Ein Porträt von dir kann ich auch zeichnen, wie dein Dirndlmodel.«

Annika richtete sich auf. Ihre Freundin hatte sie tatsächlich gut getroffen.

»Es ist perfekt! Danke!« Sie küsste Nina auf den Mund.

»So, jetzt ab unter die Dusche!«, forderte die. »Die Verbrecher sperren sich nicht von selbst hinter Gitter!«

Da hat sie leider recht.

Annika warf einen Blick auf die Zeitanzeige ihres Smartphones. Wenn sie es bis neun Uhr ins LKA schaffen wollte, musste sie sich sputen.

»Du errätst nie, was ich heute Vormittag tun werde!«, rief sie auf dem Weg ins Bad, wo sie sich rasch mit kaltem Wasser wusch.

»Was denn?«

»Fernsehen!«

»Haha, sehr witzig!«

»Ist aber so!«

Annika kehrte mit der Zahnbürste in der Hand zurück ins Schlafzimmer. »Wieso muss ich aufstehen und du liegst wieder im Bett?«

Nina rekelte sich genüsslich auf dem Bett. »Meine Vorlesungen finden erst am Nachmittag statt. Aber auf dich, mein Schatz, muss ich aufpassen.«

Annika verschluckte sich fast an der Zahnpasta, die in ihrem Mund schäumte.

»Sonst verschläfst du noch!«, fügte ihre Freundin augenzwinkernd hinzu.

Annika grinste und lief zurück ins Bad, spülte sich den Mund aus und zog sich rasch an. Sie drückte Nina zum Abschied einen Kuss auf den Mund und verließ die Wohnung. Beschwingt stieg sie in ihr Auto.

Heute geht es mir schon viel besser. Nina hab ich alles erzählt, sogar den Traum von Ricarda, und sie hat, wie gehofft, verständnisvoll reagiert. Und Leopold werde ich bei Gelegenheit auch alles berichten. Heute wird ein richtig guter Tag, da bin ich mir sicher!

Kurze Zeit später traf sie zeitgleich mit Brandner beim LKA ein. Zur Abwechslung war er heute derjenige, der niedergeschlagen wirkte. Annika überlegte, ob sie ihren Vorgesetzten irgendwie aufbauen sollte, kam aber zu dem Schluss, dass er eine Bemerkung in der Hinsicht eventuell unpassend finden würde. Schließlich war sie seine Mitarbeiterin und nicht er ihrer.

Es ist Böcks Aufgabe, ihm seine Unterstützung zuzusagen.

»Die Filmdateien habe ich heruntergeladen, wir können jederzeit mit dem Fernsehen beginnen«, sagte Lindner und schenkte ihrem Chef ein aufmunterndes Lächeln.

Er nickte und schaute nach, ob das Besprechungszimmer mit dem großen Flachbildschirm an der Wand frei war. »Dann ist es wirklich fast wie im Heimkino«, meinte er grinsend. »Und wir erkennen sicherlich mehr als auf dem kleinen Computermonitor. Ich blocke den Raum gleich für den ganzen Vormittag.«

Als Brandner wieder in den Besprechungsraum zurückkehrte, hielt er zwei Tassen in seinen Händen. »Hier, so wie du ihn magst.« Er reichte Annika einen Kaffee. »So, dann können wir anfangen. Ich bin schon gespannt, was wir zu sehen bekommen.«

»Mit etwas Glück wie Simone Schnell mit jemandem gemeinsam den Innenhof verlässt.«

Das wäre tatsächlich ein riesiger Sprung vorwärts in unseren Ermittlungen!

Brandner nickte nachdenklich. »Das wäre ein Volltreffer, aber versprich dir lieber nicht zu viel davon. Im besten Fall können wir den Kreis der Verdächtigen enger ziehen, sollten die Videoaufzeichnungen jemandem ein Alibi bescheren.«

»Wir hätten sie schon viel früher kriegen müssen!«, empörte sie sich. »Vielleicht hätten wir dann bereits eine heiße Spur.«

Brandner wiegte leicht seinen Kopf. »Kann sein, muss aber nicht.«

»Etwas mehr Optimismus bitte!«

Annika erschrak über sich selbst. Sie hatten den Gedanken tatsächlich laut ausgesprochen.

Ihr Vorgesetzter lächelte nachsichtig. »Ich werde mich bemühen.«

»Dann los, gehen wir es an!«

34

Göstling, Niederösterreich
Dienstag, 13. Mai

Birgit Maderthaner liebte diesen Mai! Noch vor drei Tagen hatte sie ihn gehasst, doch alles hatte sich zum Guten gewendet. Jetzt saß sie im Kaffeehaus und hatte ausgiebig gefrühstückt. Seit gestern gab es keinen Grund mehr zu sparen. Zumindest bei derart kleinen Ausgaben brauchte sie nicht mehr zu überlegen, ob sie sich diese leisten konnte. Selbst größere Anschaffungen wie ein Auto oder gar eine Wohnung waren plötzlich kein Ding der Unmöglichkeit mehr. Neben den Preisgeldern, die sie im kommenden Winter einfahren würde, deren Höhe aber stark von ihrem Erfolg abhing, würde jeden Monat ein Fixbetrag von der NÖ-Bank auf ihr Konto fließen.

»Stimmt so!«, sagte sie zur Kellnerin, als sie bezahlte. Endlich konnte sie auch ein sattes Trinkgeld geben.

»Danke!« Die Frau strahlte sie an. »Herzliche Gratulation zum Sponsorenvertrag! Das hast du dir verdient!«

»Danke!«

Anscheinend hatten sämtliche Einwohner Göstlings den gestrigen Fernsehbeitrag gesehen. Nachdem Birgit spätabends ins Haus ihrer Eltern zurückgekehrt war, hatte sie nicht mehr widerstehen können und ihn selbst online abgerufen. Sie war mit ihrem Auftritt durchaus zufrieden. Wie meist war sie etwas hölzern rübergekommen und natürlich hatte sie nicht die ebenmäßigen Züge einer Simone Schnell, auch nicht ihre vollen Lippen, aber sie hatte im Rahmen ihrer Möglichkeiten das Beste herausgeholt. Bei dem Gedanken daran musste sie seufzen.

Was soll's? Simone wird zwar zur Legende werden, aber ich lebe! Ich bin diejenige, der eine goldene Zukunft bevorsteht. Sportlich kann ich noch alles erreichen, was sie auch geschafft hat. Olympiasiegerin, das wäre doch was! Oder besser: Doppelolympiasiegerin!

»Schönen Tag noch!«, verabschiedete sie sich und verließ das Kaffeehaus.

Sie lief am Gehsteig zum Wohnhaus ihrer Eltern, das nur wenige Minuten zu Fuß entfernt war. Mehrmals wurde sie freundlich von Einheimischen gegrüßt.

Als sie das Haus betrat, war niemand außer ihr da. Scheinbar hatte der Briefträger jedoch bereits seine Arbeit erledigt, denn ihre Eltern hatten ein weißes Kuvert auf dem Küchentisch hinterlassen, auf dem ihr Name in Blockbuchstaben geschrieben stand. Eine Adresse fehlte allerdings. Sie drehte den Umschlag um, aber ein Absender war auch nicht angegeben.

Vielleicht eine Einladung zu einer Geburtstagsfeier …

Kurz entschlossen riss sie den Brief auf. Ein Foto und ein zusammengefalteter weißer Zettel kamen zum Vorschein. Als Birgit einen Blick auf das Bild warf, gaben ihre Knie nach. Darauf war sie mit Simone Schnell am Spielplatz unterhalb des Burggartens der Schallaburg zu sehen. Unverkennbar hatten die beiden Frauen eine heftige Auseinandersetzung.

Sie ließ sich auf einen der Sessel am Küchentisch fallen. Mit zittrigen Fingern faltete sie den Zettel auseinander, auf dem stand:

Du hast dich mit Simone gestritten.
Kurz danach war sie tot.
Wenn das Foto nicht bei der Polizei landen soll, besorge 100.000 EURO in bar.
Bis übermorgen.
Instruktionen zur Geldübergabe folgen.
Keine Polizei!

35

Sankt Pölten, Niederösterreich
Dienstag, 13. Mai

Um etwas mehr Optimismus hat Annika gebeten. Scheinbar verbreite ich schlechte Stimmung. Aber die Aufnahmen haben bislang wirklich nichts Neues zutage gebracht, allerdings muss sich das ändern! Ich muss was ändern!

Brandner und Lindner starrten nun schon seit zwei Stunden auf den Bildschirm. Gerade liefen die letzten Models von ›Schnell und Chic‹ über die Stufen in den Arkadenhof der Schallaburg hinunter. Brandner kam das alles bereits bekannt vor, immerhin hatte er unzählige Fotos der Modenschau mit Beate Holzknecht gesichtet.

»Gleich wird Simone Schnell auftauchen«, informierte er Lindner.

Er nahm sich einen der Haferkekse, die Annika besorgt hatte, als sie nach der ersten Stunde eine kurze Pause eingelegt hatten. Er benötigte unbedingt Energiezufuhr, um aufmerksam zu bleiben.

Mit einem Mal erschien sie auf der Bildfläche, die Ski- und Modekaiserin. Oben am Ende der Stiege. Die Kamera zoomte heran, zuerst sah man ihren Körper, denn natürlich führte auch sie ein Dirndl von ›Schnell und Chic‹ vor. Dasselbe, in dem sie später tot im Burggarten gefunden worden war. Im Anschluss folgte eine Nahaufnahme ihres Gesichts. Glück, Stolz und vielleicht auch ein Hauch von Unsicherheit zeichneten sich darauf ab.

»Sie war so vom Glück gesegnet!«, raunte Lindner.

»Wie meinst du das?«

»Ihre Gene müssen mehr als gut gewesen sein! Schau sie dir an! Sie war eine Spitzensportlerin, hat aber auch als Model eine gute Figur gemacht. Ihre Gesichtszüge, edel, eine wahre Schönheit.«

»Du hast auch schon ein Angebot zum Modeln bekommen …«

»Das war eine Frechheit! Sagt der Junior doch glatt, mein Busen wäre zu klein.« Lindner schürzte die Lippen, bevor sie mit dem Finger auf den Fernseher zeigte. »Achtung, jetzt betreten Lanz und Herzog die Bühne.«

Nachdem Schnells Kolleginnen die Stufen hinuntergestiegen waren, lächelten alle drei nebeneinander in die Kamera, wobei die sich schnell wieder auf die Skikaiserin konzentrierte, als sie die Fragen der Journalisten beantwortete. Dabei drehte sich alles natürlich um Trachtenmode und die aktuelle Kollektion.

Der Mann von NÖ-TV wollte schließlich wissen: »Frau Schnell, werden Sie statt auf dem Laufsteg vielleicht bald wieder als aktive Rennläuferin im Schnee zu sehen sein? Was sagen Sie dazu?«

Täusche ich mich oder weiß der Reporter von den Comeback-Plänen?

Simone Schnell zögerte einen Augenblick, bevor sie erwiderte: »Heute wollen wir über ›Schnell und Chic‹ reden! Zudem steht der Sommer vor der Tür, da denke ich wie die meisten Österreicherinnen und Österreichern mehr ans Baden als an Schnee.«

Gelächter ertönte im Publikum.

»Sie hat ein Comeback nicht ausgeschlossen«, bemerkte Lindner.

»Stimmt, später hätte man ihr nicht vorwerfen können, dass sie gelogen hat. Noch interessanter finde ich allerdings, dass der Mann von NÖ-TV diese Frage überhaupt gestellt hat?«

Lindner zuckte mit ihren Achseln. »Weil er Bescheid wusste.«

»Aber woher?«

»Der Sender gehört doch zur NÖ-Bank. Da werden sicherlich Infos fließen. Und die Bank war der Hauptsponsor von Schnell.«

»Genau!« Brandner fiel die penetrante Radiowerbung ein, der er sich nicht immer hatte entziehen können, und die großen Reklameplakate am Straßenrand. »Wahrscheinlich wollten sie die Zusammenarbeit fortsetzen.«

Auf dem Mitschnitt nahmen die Interviews mit Simone Schnell ein Ende. Die Kamera folgte nun dem Reporter von NÖ-TV, der sich auf der Suche nach interessanten Gesprächspartnern unter das Publikum mischte. Er stieß auf dankbare Lokalpolitiker, die sich im Rampenlicht sonnten. Brandner achtete nicht darauf, was sie sagten, sondern konzentrierte sich stattdessen auf das Geschehen im Hintergrund. Simone Schnell, Lanz und Herzog stießen mit Sektflöten an. Auch Armin Schnell gesellte sich dazu, wandte sich aber bald mehreren jungen Frauen zu.

»Das sind sicherlich die jungen Skirennläuferinnen«, erläuterte Brandner.

Die Gesichter sagten ihm nichts, doch das war nicht weiter verwunderlich, da er in den vergangenen Jahren den Skisport kaum verfolgt hatte und daher nur die Topstars wie Simone Schnell kannte.

»Schau mal, ist das nicht Ricarda Sonnleitner?«, warf er ein. »Sie hat sich bereits umgezogen.«

»Aha, sie unterhält sich mit Andreas Schnell, dem Scheusal!«, presste Lindner hervor. »Mir wird gleich übel, wenn ich ihn sehe!«

Aufmerksam musterte Brandner seine Kollegin.

Die Reaktion ist heftig. Mir darf das nicht durchrutschen, da nachzuhaken. Jetzt aber müssen wir uns auf die Aufnahmen konzentrieren.

»Wusstest du, dass sie sich kennen?«

»Nein, aber immerhin wohnen beide in Lackenhof.«

Das könnte eine Erklärung sein.

Er blickte wieder auf den Bildschirm, wo das Model und Schnells Bruder miteinander sprachen. »Die Schürze sehe ich jedenfalls nirgends.«

»Ricarda trägt eine Handtasche, siehst du? Da passt die Schürze locker rein!«

Beruhigend, dass Annika sie nicht ganz als Täterin ausschließt, so vertraut wie die waren.

»Andreas Schnell hat auch einen Rucksack umgehängt«, ergänzte Brandner. »Herzog und Lanz haben auch Handtaschen, und schau mal da hinten!«

Fred Bauer huschte im Hintergrund nahe der Mauer durchs Bild. Er schien gezielt auf den Ausgang zuzugehen.

»Sollte der nicht oben in der Umkleide sein und sich um die Kleider kümmern?«, fragte Lindner.

»Vielleicht hatte er zu dem Zeitpunkt schon alles erledigt. Der Lauf von ›Bauer Trachten‹ war da schon länger vorbei.«

Immer wieder fiel sein Blick auf Franziska Bauer, die grazil von einem Gesprächspartner zum nächsten tänzelte, wie sie ausgesagt hatte. Auch sie trug eine Handtasche, in der Platz für die Schürze gewesen wäre.

»Jetzt redet Simone Schnell mit Silvia Schöngeist, der

Journalistin, die ich in Traisen getroffen habe«, bemerkte Brandner.

Das Gespräch dauerte ein paar Minuten, dann verabschiedeten sich die beiden und Simone Schnell verschwand aus dem Sichtfeld der Kamera.

»Das ist ja interessant«, murmelte Lindner.

»Was?«

»Deine Journalistin, sie redet jetzt mit einer der jungen Frauen, um die Armin Schnell vorher herumgeschwänzelt ist. Eine der Skirennläuferinnen … Schau, sie ist gar nicht begeistert, von dem, was die Schöngeist sagt. Die ist ja total außer sich!« Lindner richtete sich ruckartig auf. »Jetzt verschwindet sie in dieselbe Richtung wie Simone Schnell!«

»Gut aufgepasst! Wir müssen herausfinden, wer das ist«, stellte Brandner fest und stoppte den Film. »Einer vom Team muss wegen Armin Schnell schon Kontakt zu ihr gehabt haben. Den Namen sollten wir rasch herauskriegen.« Er griff nach seinem Notizblock. »Jetzt spulen wir erst mal zurück bis zu dem Zeitpunkt, an dem Simone Schnell verschwindet. Mutmaßlich ist das der Moment, in dem sie in den Burggarten gegangen ist, um eine Zigarette zu rauchen. Und wir schreiben mit, wann wer in den darauffolgenden Minuten im Bild zu sehen ist.«

Er notierte die Namen der Personen, die sie im Blick behalten mussten:

Franziska Bauer
Fred Bauer
Ricarda Sonnleitner
Andreas Schnell
Armin Schnell
Alexandra Lanz

Martina Herzog
Junge Skifahrerin

Er überlegte, dann fügte er Silvia Schöngeist der Liste hinzu, da ihm deren Verhalten auffällig erschien.

Sie hat mir nichts von diesem Gespräch mit der Rennläuferin erzählt. Das wird ihr nicht einfach entfallen sein. Was immer sie beredet haben, es hat die junge Frau aufgewühlt.

Er richtete die Fernbedienung wieder auf den Fernseher. »Wir schauen uns die Sequenz mehrmals an und fokussieren uns auf die einzelnen Personen. Später schauen wir, was uns sonst noch ins Auge sticht«, erklärte Brandner.

Lindner nickte. »Gute Idee, so machen wir es.« Sie klappte ihren Laptop auf. »Ich halte das aber gleich hier fest, dann erhalten wir das Ergebnis gleich als Zeitbalken dargestellt. Ist einfacher, und wir haben alles auf einen Blick.«

»Natürlich.«

Ich schreibe nur gerne per Hand mit, weil ich so besser denken und mich hineinfühlen kann …

Annikas Augen tränten und im Hinterkopf spürte sie ein leichtes Pochen. Sie stand auf, streckte sich und drehte ihren Kopf mehrmals nach links und rechts.

»Anstrengender Tag heute.« Brandner erhob sich und bewegte seinen Kopf ebenfalls. Annika hörte seine Halswirbelsäule knacksen.

Sie schaute auf das Balkendiagramm auf dem Laptop. »Die Übung war zwar notwendig …«

»… aber sie bringt uns nicht wirklich weiter«, vervollständigte ihr Vorgesetzter den Satz.

»Es sind einfach zu viele Lücken im Diagramm«, bestätigte Annika. »Praktisch hatte jede und jeder unserer Verdächtigen genug Zeit, in den Burggarten zu gehen, Simone Schnell zu erdrosseln und wieder zurückzukehren.«

»Silvia Schöngeist können wir allerdings als Verdächtige wieder streichen«, stellte Brandner fest.

Die Journalistin ist als Einzige von 18.21 Uhr, als Simone Schnell den Arkadenhof verlassen hat, bis 18.42 Uhr, als sie tot aufgefunden worden ist, immer auf den Aufnahmen zu sehen. Die hat sich wahrscheinlich bewusst vor der Kamera positioniert, nicht ahnend, dass ihr das später bei einem Mordfall zugutekommen wird.

»Die junge Sportlerin, mit der sie gesprochen hat, sollten wir uns als Erstes vorknöpfen«, schlug Annika vor. »Sie war aufgebracht und ist kurz nach dem Opfer von der Bildfläche verschwunden.«

Brandner nickte. »Ich hol mal die Liste der Namen, die uns Armin Schnell notiert hat.«

Ihr Vorgesetzter eilte in sein Büro und kehrte nur wenige Minuten später mit einem Zettel zurück. »Das Problem ist, dass die Kollegen die Sportlerinnen abtelefoniert haben. Der ÖSV hat die Telefonnummern bereitgestellt.« Nachdenklich kratzte er sich am Kopf. »Wir wissen also nicht, welches Gesicht zu welchem Namen gehört … Moment mal!« Er griff nach dem Telefon, das auf dem Tisch im Besprechungsraum stand.

Jetzt bin ich aber neugierig, wen er anruft.

»Hallo, du verfolgst doch die Skirennen, oder?«, erkundigte sich Brandner.

Annika konnte die Antwort nicht verstehen. Sie hörte kaum die Stimme und konnte sie daher nicht zuordnen.

»Sehr gut, dann kannst du uns sicher weiterhelfen«, fuhr

Brandner fort. »Komm doch bitte kurz in den Besprechungsraum, danke!«

Kurz darauf betrat Elfriede Auer den Raum.

»Gibt es etwa schon Ergebnisse von den DNA-Proben?«, fragte Annika.

Auer schüttelte ihren Kopf. »Das dauert noch.«

»Du interessierst dich also für Skisport!«, schlussfolgerte Annika.

Die Kriminaltechnikerin nickte. »Ich fahre selbst und schaue mir die Rennen gerne an. Worum geht's?«

Brandner spulte die Aufzeichnungen an die Stelle zurück, an der sich Silvia Schöngeist mit der jungen Frau unterhielt. »Weißt du, wer das ist?«

»Also die Frau links kenne ich nicht«, antwortete Auer, »aber das rechts ist Birgit Maderthaner, unsere Nachwuchshoffnung aus Niederösterreich! Warum?«

»Sieh selbst.«

Brandner ließ den Film weiterlaufen.

»Sie wirkt aufgebracht«, bemerkte Auer fest. »Oh, sie stapft davon.«

»Kurz danach ist Simone Schnell tot«, merkte Annika an.

Auer nickte. »Wir brauchen also auch von ihr eine DNA-Probe.«

36

Göstling, Niederösterreich
Dienstag, 13. Mai

Birgit Maderthaner lag in ihrem Zimmer auf dem Bett.

Das sieht nicht gut aus! Das sieht gar nicht gut aus!

Immer wieder betrachtete sie das Foto von Simone und sich auf dem Spielplatz der Schallaburg. Den Streit zwischen ihnen würde sie nicht abstreiten können. Die Aufnahme ließ daran keinen Zweifel.

Nur wenige Meter entfernt liegt der Tatort. Und kurz darauf war Simone tot. Wenn das Foto an die Öffentlichkeit gelangt, bin ich geliefert.

Sie konnte nicht anders, sie war wütend und prügelte voller Zorn auf die Matratze ein. »Warum? Warum musste das passieren?«, schrie sie ihre Verzweiflung heraus.

Noch ein paarmal schlug sie zu, danach fühlte sie sich tatsächlich ein wenig besser. Ihre Gedanken drehten sich jedoch weiterhin im Kreis. Was sollte sie tun? Bisher hatte sie mit niemandem über das Erpresserschreiben gesprochen. Auch nicht mit ihrem Vater. Was würde er wohl dazu sagen? Und erst Direktor Haider?

Gibt es eine Ausstiegsklausel für die Bank, sodass sie mir die Sponsorengelder vorenthalten könnten?

Birgit Maderthaner wurde bewusst, dass sie auch darauf keine Antwort kannte, denn mit dem Kleingedruckten im Vertrag hatte sie sich nicht auseinandergesetzt. »Alles Standard«, hatte ihr Vater beteuert, und sie hatte sich auf sein Urteilsvermögen verlassen.

Das darf nicht alles umsonst gewesen sein! Das kann ich nicht zulassen! Ich muss mich mit dem Erpresser auseinandersetzen. Wie komme ich an 100.000 Euro? Falls ich überhaupt zahlen werde …

Sie brauchte einen klaren Kopf, um sich die nächsten Schritte zurechtzulegen.

Bewegung! Bewegung tut mir gut. Siebenhütten, mit dem Bike!

Birgit merkte, dass sie ruhiger wurde. Es half, einen Entschluss zu fassen und nicht untätig herumzusitzen. Sie würde nicht die folgenden Stunden mit Grübeln verbringen und auch nicht zur NÖ-Bankfiliale pilgern, um Bargeld zu erbetteln. Sie lief zum Kasten und suchte sich ihre Fahrradkleidung. Schon immer hatte sie es geliebt, im Frühling und Sommer die umliegenden Berge mit dem Mountainbike zu erklimmen. Aus eigener Kraft die Hänge zu bezwingen. Es war ein erhabenes Gefühl, wenn sie den Gipfel erreichte, alleine, unabhängig. Dann fühlte sie sich so lebendig wie sonst kaum. Und ihr Kopf wurde frei.

37

Sankt Pölten, Niederösterreich
Dienstag, 13. Mai

»Schau dir das an!« Annika hielt ihr Smartphone Brandner vor das Gesicht, der hinter seinem Schreibtisch saß.

»Wann wurde das aufgenommen?«, wollte er wissen.

»Gestern!«

»Schwer vorstellbar, dass das ein Zufall ist.«

»Sehe ich genau so.«

Brandner war in sein Büro gegangen, um Birgit Maderthaners Adresse beim ÖSV zu erfragen. Annika hatte in der Zwischenzeit den Namen der Sportlerin in die Suchmaschine ihres Browsers eingegeben und sich die Nachrichten anzeigen lassen. Ein Meer von Artikeln war erschienen, selbst als sie den Zeitraum auf den letzten Monat eingegrenzt hatte. Ganz oben auf der Trefferliste war der Beitrag von NÖ-TV aufgetaucht.

Auf dem Video unterzeichnete Maderthaner einen Sponsorenvertrag mit der NÖ-Bank, Simone Schnells einstigem Kooperationspartner, der offensichtlich in ihre Comeback-Pläne eingeweiht gewesen war. Die junge Frau schüttelte die Hand des Bankdirektors. Bilder von der Skirennläuferin am Hochkar folgten.

»Das neue Aushängeschild der NÖ-Bank ist in Göstling zu Hause und wohnt derzeit noch bei den Eltern«, lautete der Kommentar. »Bald wird sie sich eine eigene Wohnung leisten können. Herzliche Gratulation und viel Erfolg!« Damit endete der Beitrag.

»Lust auf eine Autofahrt?«, erkundigte sich Brandner. »Eine nette Dame beim ÖSV hat mir die Adresse gegeben.«

»Auf gut Glück?«, lautete Annikas Gegenfrage.

Brandner nickte. »Ich möchte ihre Reaktion sehen, wenn wir vor ihrer Tür stehen.«

»Das wird ein langer Tag.«

»Hast du was Besseres vor?«

Annika schüttelte ihren Kopf. »Nein, das lasse ich mir nicht entgehen! Ich gebe nur Nina Bescheid.«

»Und ich Eva.«

Annika grinste. »Unsere beiden Frauen müssen wieder einmal ohne uns auskommen. Einen Moment, ich nehme gleich die Vorladung für Maderthaner zur DNA-Abgabe mit.« Sie holte den Ausdruck des Beschlusses von ihrem Schreibtisch und verstaute ihn in ihrer Laptoptasche.

»Jetzt aber los!«, forderte Brandner. »Wir telefonieren aus dem Auto mit unseren Damen.«

38

Göstling, Niederösterreich
Dienstag, 13. Mai

Birgit Maderthaner genoss die verdutzten Gesichter, wenn sie an anderen vorbeiradelte, während die keuchten, als litten sie an schwerem Asthma. Immer wieder waren insbesondere Männer überrascht, von einer Frau am Berg überholt zu werden. Obwohl sich immer mehr Vertreterinnen ihres Geschlechts fürs Mountainbiken begeisterten, schien es immer noch ein Kuriosum, wenn sich eine ohne E-Antrieb auf den Sattel schwang.

»Das ist die Maderthaner Birgit!«, hörte sie eine männliche Stimme hinter sich.

»Ach so!«, erwiderte der andere.

Birgits Grinsen konnten die beiden Herren nicht sehen. *Damit können sie gut leben, dass sie von einer Profisportlerin überholt worden sind. Das verkraftet ihr Ego.*

Die Forststraße wurde etwas flacher. Birgit betätigte die Gangschaltung, sodass sie schneller vorankam. Ihre Uhr zeigte einen Puls konstant zwischen 110 und 120. Es war heiß, eine Fliege verfolgte sie, gab aber schließlich auf. Die Bäume spendeten jetzt Schatten, dann lichtete sich der Wald, und sie erreichte ihr Ziel. Sie lehnte ihr Bike gegen einen der Holztische und setzte sich auf eine Bank, trank von ihrer Trinkflasche und aß ihren Müsliriegel.

Nach fünf Minuten erreichten die beiden Männer, die sie überholt hatte, ebenfalls den Rastplatz.

»Ist bei dir noch ein Platzerl frei?«, erkundigte sich der eine.

Sie bejahte und die beiden setzten sich auf die Bank gegenüber von ihr.

»Darf ich dich um ein Autogramm bitten?«, fragte der andere.

Seit sie für den ÖSV im Weltcup startete, trug sie immer Autogrammkarten bei sich. Sie griff in ihren Rucksack und reichte ihnen jeweils eine.

»Danke!«

Birgit stand auf. »Gerne, jetzt muss ich aber weiter!«

»Viel Erfolg im Winter!«

»Danke schön!«

Sie schnallte sich den Rucksack um, stieg aufs Rad und folgte der Forststraße zurück. Sie betätigte immer wieder beide Bremshebel und drosselte die Geschwindigkeit mehr, als nötig gewesen wäre. Im Gegensatz zum Skifahren ging es ihr beim Mountainbiken darum, zügig nach oben zu kommen, nicht, so schnell wie möglich hinunter. Birgit war konzentriert, den Blick immer auf den Boden vor sich gerichtet. Auch wenn sie langsam fuhr, konnte sie jeder größere Stein zu Fall bringen.

Schließlich erreichte sie die asphaltierte Straße. Sie trat energisch in die Pedale und schaltete in den höchsten Gang, nur vor den Kehren bremste sie stark ab. Unten im Tal jauchzte sie vor Freude. Ihre Entscheidung war goldrichtig gewesen. Kaum einmal während der gesamten Tour hatte sie an den Erpresserbrief gedacht.

Ich krieg das geregelt, wie alles andere bisher auch. Immer die Ruhe bewahren.

Sie bog zum Haus ihrer Eltern ein. Davor parkte ein silberner Audi. Ein Mann mittleren Alters und eine junge

Frau standen bei ihrem Vater. Er war gut gekleidet, während sie vollständig Schwarz trug. Ein auffälliges Tattoo seitlich über dem Ohr stach Birgit ins Auge. Wer dieses ungleiche Duo wohl sein mochte? Sie schauten ihr ernst entgegen, und auch ihr Vater machte einen betrübten Eindruck.

Birgit stoppte vor der Gruppe, sprang vom Rad und hielt es mit einer Hand am Lenker fest. »Hallo, ist was passiert?«

»Brandner, Kriminalpolizei, LKA Niederösterreich«, stellte sich der Mann vor. »Das ist meine Kollegin, Inspektorin Lindner.«

Mit einem Mal war die Anspannung zurück. Ein Kloß bildete sich in Birgits Hals. »Ja? Sie wollen zu mir?«

»Es geht um den Mord an Simone Schnell.«

Sie fühlte, wie ihre Beine weich wurden.

Was wollen die von mir? Warum kommen sie unangemeldet vorbei? … Beruhige dich! Zeit, ich brauche Zeit, um nachzudenken …

»Einen Moment bitte, ich stelle nur mein Fahrrad ab.«

Was für Oberschenkel, beeindruckend!

Annika verfolgte, wie Birgit Maderthaner ihr Mountainbike in der Garage ihrer Eltern seitlich des VW Golfs abstellte, der offensichtlich als Familienfahrzeug diente.

Sie wirkt überrascht von unserem Besuch, wenn nicht gar geschockt. Leopold hat sein Ziel erreicht.

»Wir setzen uns am besten in den Garten«, schlug der Vater, Josef Maderthaner, vor. »Möchten Sie etwas trinken?«

Bei der Hitze sollten wir das Angebot nicht ausschlagen.

»Ein Glas Wasser wäre nett, wenn es nicht zu große Umstände macht«, antwortete Annika.

»Für mich bitte auch Wasser!«, schloss Brandner sich an.

»Kein Problem«, erwiderte der Vater. »Birgit, geht ihr schon mal vor! Ich komme gleich nach!«

Dich brauchen wir eigentlich nicht.

Annika ersparte sich den Kommentar, der ihr auf der Zunge lag, da es sich Josef Maderthaner sicher nicht nehmen lassen würde, bei dem Gespräch anwesend zu sein.

Er ist so etwas wie ihr Manager, wenn ich das richtig verstanden habe. Uns gegenüber hat er sich wie der Anwalt seiner Tochter verhalten.

»Hier entlang!« Birgit Maderthaner lief auf Waschbetonplatten die Hausmauer entlang und bog um die Ecke. Annika und Brandner folgten ihr. Hinter dem Gebäude befand sich ein grünes Fleckchen mit mehreren alten Obstbäumen. Unter einen Kirschbaum stand eine Gartengarnitur aus Holz.

»Bitte, nehmen Sie Platz. Solange wir nichts Süßes essen oder trinken, lassen uns die Wespen in Ruhe«, sagte die Skirennläuferin und setzte sich.

Sie hatte ihre Flasche und den Rucksack mit in den Garten genommen. Den Rucksack stellte sie neben sich auf die Bank, dann trank sie einen Schluck. »Also, was kann ich für Sie tun?«

Brandner räusperte sich. »Simone Schnell war eine Konkurrentin von Ihnen.«

»Sie war ein Vorbild, ein Idol«, korrigierte ihn Maderthaner.

»Das mag mal so gewesen sein, aber spätestens seit auch Sie als Rennläuferin im Weltcup aktiv sind, standen sie innerhalb des Teams in Konkurrenz mit Schnell«, entgegnete Annika.

Maderthaner schüttelte energisch ihren Kopf. »Es ist doch allgemein bekannt, dass sie vor einem Jahr zurückgetreten ist. Sie hatte ihre aktive Laufbahn beendet!«

»Bitte schön, das Wasser!« Josef Maderthaner stellte ein Glas vor Annika und eines vor Brandner auf den Tisch. »Es stimmt, was Birgit sagt«, merkte er an, während er neben seiner Tochter Platz nahm. »Die Schnell hat sich der Trachtenmode gewidmet, die hatte mit dem Rennsport nichts mehr am Hut!«

Brandner trank einen Schluck, unterdessen setzte Annika das Gespräch fort: »Schnells Mann ist immer noch Trainer beim ÖSV, da gab es also weiterhin jede Menge Verbindungen zum Skisport.«

Birgit Maderthaner nickte. »Armin ist auch mein Trainer, aber, wie gesagt, die Simone hat sich voll und ganz auf ihr neues Unternehmen konzentriert.«

Soll ich?

Annika schaute Brandner fragend an.

»Zeig es ihr ruhig«, brummte ihr Vorgesetzter.

Die Sportlerin starrte sie aus großen Augen an.

Annika holte ihren Laptop aus der Tasche und schaltete ihn an. Sie rief die Aufzeichnung des Tatabends von NÖ-TV auf. Sie bewegte den Zeitbalken bis zu der Stelle, an der sich die Skirennläuferin mit der Journalistin unterhielt. Dann drehte sie den Bildschirm so, dass Birgit und Josef Maderthaner die Szene sehen konnten.

»Worum ging es in dem Gespräch?«, wollte Brandner wissen.

Birgit Maderthaner zuckte mit ihren Achseln. »Kann mich nicht erinnern.«

»Frau Schöngeist hatte Ihnen gerade erklärt, dass Simone Schnell ein Comeback plante«, mutmaßte Annika. »War es nicht so?«

»Sie haben meine Tochter gehört! Sie kann sich nicht erinnern.«

»Ich … ich …«, stotterte die Sportlerin.

»Du sagst nichts mehr!« Josef Maderthaner wandte sich dem Ermittler zu. »Sie haben vielleicht Nerven! Sie kommen hierher, genießen unsere Gastfreundschaft und schleudern meiner Tochter haltlose Verdächtigungen entgegen! Einfach so! Simone Schnell war nur mehr an Trachtenmode interessiert, an sonst nichts! Basta!«

»Papa!«

»Still! Kein Wort!«

»Herr Maderthaner, wir wissen, dass Frau Schnell wieder in den Profisport zurückkehren wollte«, entgegnete Brandner ruhig.

»Wer behauptet das?«

»Die Quelle können wir nicht preisgeben.«

»Papa!«

»Du sagst nichts mehr«, zischte ihr Vater, bevor er sich wieder zum Major drehte. »Haben Sie einen Haftbefehl gegen meine Tochter?«

»Das nicht …«

»Dann gehen Sie jetzt!«

Ja, eindeutig die Allüren eines Anwalts!

Josef Maderthaner stand auf, Brandner und Annika folgten seinem Beispiel, nur Birgit Maderthaner blieb auf der Gartenbank sitzen.

Annika schob ihren Laptop wieder in die Tasche und griff nach dem vorbereiteten Papier. »Wir haben keinen Haftbefehl, noch nicht, aber eine Vorladung zur Abgabe einer DNA-Probe.«

Sie legte den Ausdruck vor der jungen Frau auf den Tisch. »Morgen, zehn Uhr. Seien Sie pünktlich.«

Birgit Maderthaner stand neben ihrem Vater. Beide beobachteten den Major vom LKA dabei, wie der seinen Audi ausparkte. Die schwarz gekleidete junge Inspektorin mit der Tätowierung am Kopf warf ihr einen letzten Blick zu, der sie erschaudern ließ.

»Wir müssen reden«, verkündete ihr Vater.

Nicht jetzt!

»Ich muss duschen!«

Sie wartete die Antwort erst gar nicht ab, sondern lief ohne ein weiteres Wort ins Haus. In ihrem Zimmer holte sie ihr Smartphone aus dem Rucksack und wischte über das Display. Sie tippte auf Silvia Schöngeists Kontakt. Die Verbindung wurde aufgebaut. Birgit biss sich unterdessen nervös auf die Unterlippe. Endlich meldete sich die Journalistin.

»Was hast du der Polizei erzählt?« Birgit merkte, wie sich ihre Stimme überschlug.

»Ich wünsche dir auch einen guten Tag und erkundige mich gerne, wie es dir geht«, entgegnete Schöngeist.

»Silvia, lass das! Mir geht es beschissen! Das ist dir doch sicher klar!«

»Nein, warum? Ich dachte, du wärst glücklich. Du hast doch gerade den Sponsorenvertrag unterschrieben! Also, was ist dein Problem?«

Wo mein Problem ist? So eine Frechheit!

»Die haben uns auf Video!«

»Uns?«, fragte Schöngeist spitz nach. »Meinst du meinen Niklas und dich? Das ist nicht meine Baustelle, was ihr da hinter geschlossener Tür für Filmchen gedreht habt.«

Die stellt sich dumm, die blöde Kuh!

»Ich meine, die Polizei hat ein Video von dir und mir, wie wir uns auf der Schallaburg unterhalten haben, kurz bevor die Simone ermordet worden ist.«

»Und?«

»Es schaut so aus, als ob mich das Gespräch aufgewühlt hat!«

»Kein Wunder, du warst ja auch aufgebracht.«

Ja, weil ich endlich erfahren habe, warum die NÖ-Bank mit dem Vertragsabschluss gezögert hat.

»Die glauben, du hättest mir davon erzählt, dass die Schnell ein Comeback feiern würde.«

»Was hast du gesagt?«

»Dass ich mich nicht erinnere, worüber wir gesprochen haben.«

Schöngeist blieb stumm.

»Silvia, bist du noch dran?«

»Ja.«

»Was ist?«

»Das war nicht durchdacht.«

»Was hätte ich ihnen denn sagen sollen? Ich hatte keine Ahnung, was sie von dir bereits wissen. Was hast *du* ihnen gesagt?«

»Nichts. Nichts über unser Gespräch, und doch alles. Alles über das geplante Comeback von Simone Schnell.«

»Mist, ich bin geliefert!«

»Du warst es doch nicht, oder?«

»Nein! Was glaubst du denn von mir?«

Wie gut kennen wir uns überhaupt? Wieso sollte ich ihr vertrauen? Am Ende stammt das Erpresserschreiben von ihr …

»Dann wird dir auch nichts passieren.«

Birgit blieb stumm. In ihrem Kopf rasten die Gedanken. Sie hatte sich in eine schwierige Lage gebracht und musste sich aus der alleine wieder befreien.

»Birgit, ich habe der Polizei bisher nichts von unserem Gespräch erzählt, habe es nicht mal erwähnt, aber ich habe ihnen mitgeteilt, dass mir Schnell von ihren Comeback-Plänen berichtet hat. Wenn sie mich fragen, worüber wir geredet haben, werde ich die Wahrheit sagen.«

Das wirst du nicht!

»Tu das nicht.«

»Ich habe keine andere Wahl.«

»Bitte! Tu es für Niklas!«

»Lass meinen Sohn aus dem Spiel! Wage es ja nicht, ihn da mit hineinzuziehen. Er hat wegen dir genug gelitten und tut es immer noch!«

Er ist nicht über mich hinweg?... Er ist nicht über mich hinweg!

»Wenn du schweigst, gebe ich ihm noch eine Chance.«

Stille.

»Vergiss es!«, zischte Schöngeist schließlich. Dann unterbrach sie die Verbindung.

Scheiße!

39

Sankt Pölten, Niederösterreich
Mittwoch, 14. Mai

»Und, habt ihr gestern Fortschritte gemacht?«, erkundigte sich Nina beim Frühstück.

»Darf ich dir eigentlich nicht verraten«, antwortete Annika.

»Eigentlich!« Nina pickte sich das Wort heraus, das Annika nicht hätte erwähnen sollen.

Erwischt!

Das kommt davon, wenn die Geliebte hellwach und man selbst noch hundemüde ist.

»Ich werde schweigen wie ein Grab!«

Was soll's!

»Du darfst aber wirklich niemandem davon erzählen!«

Nina lächelte und nickte. »Versprochen!«

»Birgit Maderthaner hat gestern bei der Befragung eigenartig reagiert. Ich weiß zwar nicht, ob sie die Schnell ermordet hat, aber irgendetwas verschweigt sie.«

Nina beugte sich nach vorne. »Was genau war eigenartig?«

»Sie hatte erst am vergangenen Wochenende ein Gespräch mit einer Journalistin. Wir haben es auf Band, aber keinen Ton dazu. Die Maderthaner war sehr aufgebracht.« Annika stand vom Tisch auf, währenddessen fuhr sie fort: »Sie behauptet, sie könne sich nicht daran erinnern, worüber sie geredet haben.«

»Das ist nicht nur eigenartig, sondern verdächtig, würde ich als Laie behaupten.« Nina erhob sich ebenfalls.

»Wir haben sie zur DNA-Abnahme vorgeladen.«

»Schnapp sie dir!«

»Wenn sie es war …«

»Willst du dir nicht heute ausnahmsweise etwas von meinen Klamotten anziehen?«, fragte Nina.

»Was hast du gegen mein Outfit?«

»Etwas eintönig. Im Frühling trägt man mehr Farbe.«

»Wie ein bunter Vogel will ich nicht daherkommen!«

Nina grinste. »Jetzt schaust du aber aus wie eine Krähe.«

»Wenn schon, dann wie ein Amselmännchen! Und dabei bleibt es heute!«, entgegnete Annika.

»Gut, bleibst du halt eine ausgesprochen hübsche Amsel, ist auch okay.«

Jetzt war es Annika, die lächelte. »Danke!«

Die beiden küssten sich zum Abschied, bevor Annika das Haus verließ.

Während der Fahrt ging sie in Gedanken nochmals die Geschehnisse des gestrigen Abends durch. Nachdem Brandner und sie bei den Maderthaners aufgebrochen waren, hatten sie das auffällige Verhalten der Sportlerin besprochen. Und danach hatte Annika endlich den Mut gefunden, ihrem Vorgesetzten von der Belästigung durch Andreas Schnell zu berichten. Er war derart in Rage geraten, dass Annika kurz überlegte, das Steuer zu übernehmen. Sie hatte Brandner bislang nur sehr selten aufgebracht erlebt. Doch fast genauso schnell hatte er sich wieder beruhigt und ihr anschließend sachlich die Möglichkeiten dargelegt, gegen den Bruder des Mordopfers vorzugehen. Leider waren diese begrenzt, solange Aussage gegen Aussage stand. Doch es hatte gutgetan, mit jemandem zu reden. Und Rückendeckung zu erfahren. Brandner würde Andreas Schnell im Auge behalten, und der würde beim kleinsten Fehltritt geliefert sein, da war sie sich sicher.

Als sie das LKA erreichte, stand der Audi ihres Chefs bereits auf dem für ihn reservierten Stellplatz.

Leopold kann nicht viel geschlafen haben.

Annika war froh, in Sankt Pölten zu wohnen und nicht wie ihr Vorgesetzter jeden Tag von Wien hierher- und zurückfahren zu müssen.

Sie betrat das Büro und Brandner erkundigte sich sofort nach ihrem Wohlbefinden.

Hoffentlich fasst er mich jetzt nicht mit Samthandschuhen an. Er meint es gut, aber mich würde es trotzdem nerven.

Annika erwiderte, dass sie müde, aber guter Laune sei, und erkundigte sich im Anschluss: »Wie gehen wir heute vor?«

»Ich werde mit Armin Schnell reden wegen des Comebacks seiner Frau. Dann noch mit Herzog und Lanz. Du bleibst hier und nimmst Birgit Maderthaner in Empfang!«

»Kann ich nicht mitkommen?« Annika hatte keine Lust, im LKA zu versauern.

»Nein, wir trennen uns heute, aber du kannst nachher der Schöngeist einen Besuch abstatten und sie zum Gespräch mit Maderthaner befragen.«

Jawohl! Zumindest kurz außer Haus!

40

Ybbs, Niederösterreich
Mittwoch, 14. Mai

Armin Schnell lebte in der Altstadt von Ybbs. Brandner wunderte sich darüber, denn das nächste Skigebiet lag einige Kilometer weit entfernt. Er stellte seinen Audi ab und zog ein Parkticket. Dann stieg er das Stiegenhaus bis zur Dachgeschosswohnung hinauf.

»Wir sind erst vergangenen Sommer hierhergezogen. Simone wollte das. Nachdem sie ihre aktive Karriere beendet hatte, wollte sie von den Bergen und vom Wintersport nichts mehr wissen«, erklärte Armin Schnell, als er Brandner ins Wohnzimmer führte. »Außerdem ist Amstetten schnell zu erreichen, dort befindet sich das Geschäft mit den Büros von ›Schnell und Chic‹.«

Und von ›Bauer Trachten‹.

Brandner setzte sich auf die Ledercouch. Die moderne Einrichtung passte irgendwie nicht zu dem Altbau, aber ihm musste sie ja nicht gefallen. Schnell ließ sich in den Sessel fallen, der quer zur Couch platziert war.

Er bietet mir nichts an, nicht einmal ein Glas Wasser. Offensichtlich will er das Gespräch kurz halten.

»Ihre Frau hat ja aber ihre Einstellung zum Skirennsport nochmals geändert«, stellte Brandner fest.

»Wie meinen Sie das?«

»Sie hatte ein Comeback geplant.«

»Mit wem hat Simone darüber gesprochen?«

»Stimmt es oder nicht?«

»Sie hat darüber nachgedacht.«

»Es schien recht konkret zu sein.«

»Wie gesagt, es war nicht fix.«

»Ihre Frau hat kurz vor ihrem Tod mit einer Journalistin gesprochen. Ihr gegenüber hat sie ihr Comeback zweifelsfrei bestätigt. Sie wollte kommende Saison wieder an den Start gehen.«

Armin Schnell wiegte seinen Kopf. »Dann hatte sie sich also endgültig entschieden.«

»Sie waren doch ihr Trainer und ihr Mann! Soll ich wirklich glauben, sie hätte einer Journalistin zuerst davon erzählt statt Ihnen?«

Sein Gegenüber nickte nachdenklich. »Durchaus. So war Simone eben. Sie muss den Entschluss kurz vor der Modenschau gefasst haben – oder sogar erst währenddessen. Vielleicht hat sie auf dem Laufsteg gemerkt, dass sie das Scheinwerferlicht vermisst. Sicher hätte sie mich am Abend damit überrascht.«

»Sie hätten es befürwortet?«

»Sicher! Ich bin als Trainer nach wie vor den ganzen Winter unterwegs. Es hätte nichts Schöneres für mich gegeben, als wieder gemeinsam mit Simone von einem Rennen zum nächsten zu fahren!« Er stützte seinen Kopf mit beiden Händen ab. »Aber daraus wird jetzt nichts. Nie mehr.«

»Herr Schnell, wer wusste sonst noch vom Comeback Ihrer Frau?«

Einige Sekunden blieb der Witwer still. »Ich habe Gespräche mit Direktor Haider von der NÖ-Bank geführt«, sagte er dann. »Die waren über Jahre Simones Hauptsponsor. Ich habe mich erkundigt, ob sie wieder an einer Zusammenarbeit interessiert wären. Ich wollte vorbereitet sein, falls Simone sich dafür entschieden hätte.«

»Und, war die Bank interessiert?«

»Sehr sogar.«

»Die Geschäftspartnerinnen Ihrer Frau ...«

»Alexandra und Martina, was ist mit ihnen?«

»Wussten sie von den Plänen Ihrer Frau?«

Schnell dachte kurz nach, dann zuckte er mit den Achseln. »Keine Ahnung, das müssen sie die beiden selber fragen.«

»Das werde ich.«

Eigenartig, dass er das angeblich nicht weiß. Am Tatabend schienen die drei sehr vertraut miteinander umzugehen.

41

Sankt Pölten, Niederösterreich
Mittwoch, 14. Mai

»Werden die etwas finden?« Die Augen ihres Vaters waren auf die Straße gerichtet. Er lenkte den VW Golf durch den

Stadtverkehr und folgte den Anweisungen des Navigationssystems.

Birgit zögerte. »Nein«, antwortete sie schließlich.

»Sicher nicht?«, hakte er nach.

Wieso kannst du es nicht einfach darauf beruhen lassen?

Sie war die ganze Nacht wach gelegen. Immer und immer wieder hatte sie in Gedanken ihren Streit mit Simone auf der Schallaburg durchgespielt. Simone hatte Abstand zwischen sie bringen wollen, doch sie hatte das nicht zugelassen. Birgit hatte sie festgehalten, sie aufgehalten, hatte sie verzweifelt davon überzeugen wollen, dass nun ihre Zeit gekommen war und Simone sich mit vollem Einsatz um ihre neue Aufgabe in der Modewelt kümmern müsse. Die Skikaiserin sollte endlich abtreten, im Hintergrund bleiben und der nächsten Generation eine Chance zu geben!

»Das muss ich mir nicht bieten lassen!«, hatte Simone sie angefaucht und sich losgerissen.

Sie war davongelaufen. Vor ihr. Birgit hatte überlegt, ihrer Konkurrentin in den Burggarten hinaufzufolgen, doch sie hatte sich dagegen entschieden.

Hätte ich es getan, würde Simone wahrscheinlich noch leben. Und ich hätte dann keinen Vertrag mit der NÖ-Bank. Aber ich wäre keine Mordverdächtige.

»Sicher nicht?«, wiederholte ihr Vater seine Frage. »Antworte mir, wenn ich mit dir rede!«

Ich muss ihm von der Erpressung erzählen. Aber nicht jetzt, unmittelbar bevor wir im LKA ankommen ... Aber was, wenn sie meine DNA an Simone finden? Ich habe sie kurz festgehalten.

»Sicher nicht«, erwiderte sie, obwohl Zweifel blieben.

Ihr Vater nickte zufrieden und bog auf den Parkplatz vor dem LKA ein.

Hat der Erpresser etwas mit dem Mord zu tun?! Wäre dann jetzt nicht der richtige Zeitpunkt auszupacken?

Birgit führte das Erpresserschreiben mitsamt dem Foto mit sich in ihrer Handtasche. Noch war sie sich nicht sicher, ob sie es dem Major zeigen würde oder nicht.

Papa wäre vor den Kopf gestoßen, wenn er nicht als Erstes davon erfährt. Ja, das wäre er! Aber damit muss er leben.

Sie stiegen aus, meldeten sich an und passierten die Sicherheitskontrolle. Sie wurde bereits erwartet. Ein Polizist übernahm die Aufgabe, den DNA-Abstrich durchzuführen.

»Inspektorin Lindner will Sie noch sprechen!«, informierte die Kriminaltechnikerin, die sich als Frau Auer vorgestellt hatte und das Vorgehen im Hintergrund beobachtete.

Damit habe ich gerechnet.

Sie nickte, und der Uniformierte begleitete Birgit und ihren Vater in ein Besprechungszimmer.

»Darf ich Ihnen ein Glas Wasser anbieten?« Inspektorin Lindner lächelte sie süffisant an. »Mit einem Kirschbaum und einer Gartengarnitur kann ich leider nicht dienen. Ich hoffe, es ist trotzdem gastfreundlich genug.« Ihr Tonfall triefte vor Sarkasmus.

Vater hat sie gestern brüskiert. Das sind ja keine guten Voraussetzungen. Die Frau hat mich auf dem Kieker.

»Ist Major Brandner heute nicht bei unserem Gespräch anwesend?«, erkundigte sich ihr Vater.

»Nein, heute müssen Sie mit mir vorliebnehmen. Ist das ein Problem?«

»Kein Problem!«, erwiderte er rasch.

Doch, das ist es sehr wohl! Sie wird mir nicht glauben! Kein Wort! Es wäre glatter Irrsinn, ihr das Erpresserschreiben zu zeigen! Möglichst schnell von hier weg, das ist die Devise.

42

Amstetten, Niederösterreich
Mittwoch, 14. Mai

Kein Wunder, dass Franziska Bauer unglücklich über die Konkurrenz ist. Die haben ihr das neue Label quasi direkt vor die Nase gesetzt.

Brandner fuhr am Geschäft von ›Bauer Trachten‹ vorbei, wo er erst kürzlich die eigenwillige Unternehmerin und ihren Sohn kennengelernt hatte. Knapp hundert Meter weiter informierte ihn sein Navi, dass er das Ziel erreicht hatte.

›Schnell und Chic‹ stand groß in moderner Schrift auf der Fassade des Gebäudes an der linken Straßenseite. Neben der Abbildung von Simone Schnell im Rennanzug hing eine schwarze Fahne. Am Boden davor waren Blumenkränze niedergelegt worden, und unzählige Kerzen brannten zum Gedenken an die verstorbene Sportlerin. In den Schaufenstern standen Puppen in Trachten. Jede war mit einer schwarzen Armbinde ausstaffiert worden. Brandner musste sich eingestehen, nicht viel Ahnung von Mode und schon gar nicht von Trachten zu haben, aber die ausgestellten Ensembles schienen ihm um einen Hauch edler und moderner als die von ›Bauer Trachten‹. Die Preise allerdings ähnelten sich.

Alexandra Lanz und Martina Herzog erwarteten ihn bereits. Sie führten ihn in den hinteren Bereich des Geschäfts in ein ansprechend eingerichtetes Büro und ließen die junge Verkäuferin zurück, die gerade eine Kundin beim Dirndlkauf beriet.

»Möchten Sie etwas trinken? Einen Kaffee vielleicht?«, fragte Herzog.

Die beiden Frauen trugen grüne Kostüme, die lediglich traditionell anmuteten und sich leicht im Farbton unterschieden. Der Stoff von Lanz' Kostüm war um eine Nuance heller.

»Ein Espresso wäre nett, danke«, ging Brandner auf das Angebot ein.

Die Designerin bediente eine Kaffeemaschine, die rechts an der Wand auf einem Regal platziert war.

Lanz setzte sich unterdessen hinter den Schreibtisch. »Nehmen Sie doch Platz!« Die Geschäftsführerin zeigte auf einen der beiden Sessel gegenüber von ihr. »Hier haben wir uns immer beraten. Simone saß rechts und Martina links.«

Brandner zögerte. Sollte er sich wirklich auf den Platz der Ermordeten setzen?

Herzog kam mit dem Espresso an den Tisch. »Sie können meinen Stuhl haben! Ich nehme den von Simone.« Sie stellte die Tasse vor dem ihm zugewiesenen Platz ab und setzte sich daneben.

»Danke.«

Brandner ließ sich auf dem Sessel nieder. Auf die Untertasse hatte Herzog in Papier gewickelte Zuckerwürfel gelegt, daneben stand ein kleines Kännchen Milch. Er ignorierte beides und nippte am schwarzen Kaffee. Der angenehm bittere Geschmack breitete sich in seinem Mund aus.

»Sie wollten noch einmal mit uns reden«, begann Lanz. »Was wollen Sie wissen? Entschuldigen Sie, wenn ich Druck mache, aber seit Simones Tod haste ich von einem Termin zum nächsten.« Sie schaute auf ihre Armbanduhr. »In zwanzig Minuten muss ich los.«

»Alexandra!«, unterbrach Herzog. »Es geht darum, den Mord an Simone aufzuklären! Wen auch immer du triffst, das jetzt ist wichtiger!«

Lanz seufzte. »Du hast leicht reden, die aktuelle Kollektion steht, deine Arbeit ist getan, aber ich muss jetzt den Vertrieb ankurbeln, und das ohne die Unterstützung von Simone!«

Herzog verdrehte ihre Augen. »Die Teile verkaufen sich doch jetzt von selbst! Bei dem Design und der Gratis-PR aktuell …«

Die Geschäftsführerin seufzte und blickte Brandner auffordernd an.

Herzog wandte sich ihm ebenfalls zu. »Sie haben meine Kollegin gehört, also tun wir ihr bitte den Gefallen und bringen es schnell hinter uns.«

Brandner nickte, bevor er seinen Espresso austrank. Er stellte die Tasse zurück auf die Untertasse. »Wussten Sie, dass Frau Schnell ein Comeback im Skizirkus geplant hatte?«

Die Designerin starrte ihn mehrere Sekunden stumm an. »Nein«, antwortete sie schließlich. Dann drehte sie ihren Kopf zu Lanz, die bislang nicht reagiert hatte. »Mir ist das neu. Alexandra?«

Die Unternehmerin schüttelte energisch ihren Kopf. »Nein, davon habe ich noch nie etwas gehört! Ich kann es auch nicht glauben! Simone hat uns letzten Herbst versichert, dass das Kapitel für sie endgültig abgeschlossen ist. Nur deshalb haben wir uns entschieden, unsere gesamte Energie und vor allem unser ganzes Geld ins Label hineinzustecken!«

Herzog biss sich auf die Lippen. »Stimmt«, bestätigte sie leise. »Das wäre ein immenser Vertrauensbruch gewesen.«

Interessant. Tut sich da ein Mordmotiv auf? Andererseits waren die beiden gerade sehr freimütig mir gegenüber.

43

Traisental, Niederösterreich
Mittwoch, 14. Mai

Aus Birgit Maderthaner wurde Annika nicht schlau. Während sie den Passat aus dem LKA-Fuhrpark durch das Traisental steuerte, sinnierte sie über das vorangegangene Gespräch mit der Skirennläuferin. Wobei sie eigentlich nicht wirklich miteinander geredet hatten. Die junge Frau hatte abgeblockt, wollte ihr rein gar nichts erzählen. Als Annika sich erkundigte hatte, ob sie sich mittlerweile an die Unterhaltung mit der Journalistin auf der Schallaburg erinnern konnte, war Maderthaner unsicher geworden. Annika hatte bemerkt, wie sie kurz davor gewesen war, etwas zu äußern. Doch gleichzeitig hatte ihr Vater ihr die Hand auf den Arm gelegt, um sie zurückzuhalten. Die Sportlerin hatte den Mund wieder geschlossen und stattdessen ihren Kopf geschüttelt.

»Meine Tochter kann dazu nichts sagen, das hat sie gestern schon klar und deutlich gemacht! Sparen Sie sich diese Frage in Zukunft!«, hatte Josef Maderthaner geblafft.

Bei Leopold hätte er sich das nicht getraut. Aber ich werde die Maderthaner schon noch kriegen! Mal hören, was mir Silvia Schöngeist gleich erzählt.

Annika parkte das Auto vor der Pizzeria ein. Die Journalistin hatte dasselbe Lokal vorgeschlagen, in dem sie sich mit Brandner getroffen hatte. Da es auf den Mittag zuging, hatte Annika zugestimmt. Als sie das Restaurant betrat, waren mehrere Tische bereits besetzt. Sie sah sich um, schließlich entdeckte sie Schöngeist an der Theke. Sie saß auf einem der Barhocker und war in ein Gespräch mit einem jungen Mann vertieft.

Annika überlegte, wie sie vorgehen sollte. Die Frau war zweifelsohne die Journalistin, mit der sie verabredet war. Annika hatte das Video von NÖ-TV derart oft gesehen, dass sie sie sofort erkannt hatte. Allerdings irritierte sie, dass noch jemand anwesend war. Annika wollte die Befragung unter vier Augen führen.

Nicht zu viel nachdenken, Annika! Wir sind verabredet, das weiß die Schöngeist, und der Typ muss einfach gehen. Basta.

Entschlossen trat Annika zu den beiden und stellte sich vor. Sowohl die Journalistin als auch der junge Mann starrten sie erstaunt an.

Eine derart junge Inspektorin habt ihr wohl nicht erwartet. Schon gar nicht mit einer Tätowierung am Schädel.

Annika hatte gelernt, mit den unterschiedlichen Reaktionen ihrer Mitmenschen umzugehen, wenn sie sie zum ersten Mal trafen. Je nach Stimmung handhabte sie die Situationen aber unterschiedlich. Diesmal ignorierte sie die irritierten Blicke einfach.

»Wollen wir beide uns an einen der Tische setzen und etwas zu essen bestellen?«, schlug sie Schöngeist vor.

»Wir drei essen gemeinsam«, entgegnete die Journalistin. »Mein Sohn Niklas kann ruhig hören, was ich zu sagen habe. Er muss es sogar.«

Der junge Mann zog die Augenbrauen hoch, doch seine Mutter hielt den Blick auf Annika gerichtet.

Ihr Sohn? Okay, das könnte interessant werden.

Sie ließen sich vom Kellner zu einem freien Tisch führen. Niklas bestellte eine Rusticana, Silvia Schöngeist eine Pizza Hawaii und Annika eine Veggie-Pizza.

»Sie möchten also noch einmal über den Abend auf der Schallaburg reden?«, stellte die Journalistin fest.

»Ja, und zwar über ihr Gespräch mit Birgit Maderthaner.«

»Birgit, was ist mir ihr? Du hast mir ihr geredet?«

Aha, er kennt sie also …

»Ja«, bestätigte Schöngeist. »Wir haben über dich gesprochen.«

»Was hast du gesagt?«

»Dass du nicht über sie hinweg bist.«

»Dazu hattest du kein Recht!«, zischte der Sohn.

»Sie hat dir das Herz gebrochen. Das darf sie ruhig wissen.«

Niklas traten Tränen in die Augen, er zitterte am ganzen Körper. Er schaute Annika unsicher an. Sie hob abwehrend die Hände.

Ich werde einen Teufel tun, mich da einzumischen!

»Was hat sie dazu gesagt?«, wandte er sich wieder an seine Mutter.

»Es hat sie ziemlich aufgewühlt. Zuerst hat sie sich angegriffen gefühlt. Sie hat behauptet, ihr sei nicht bewusst gewesen, wie stark deine Zuneigung für sie war.«

»Und weiter? Was ist dann passiert?«

»Dann schien sie eher traurig. Ich habe ihr vorgeschlagen, dass ihr euch nochmals treffen solltet, um euch auszusprechen.«

Annika sah Hoffnung in Niklas' Augen schimmern. »Wie hat sie reagiert?«

Seine Gefühle für Birgit Maderthaner sind echt.

»Sie meinte, sie könne sich jetzt nicht entscheiden, müsse darüber nachdenken. Ich wollte sie zurückhalten, aber sie ist vollkommen aufgelöst davongelaufen.«

Enttäuscht ließ Niklas den Kopf sinken.

Warum hatte ihm seine Mutter nicht vorher davon erzählt? Wieso hat sie ihn in meiner Gegenwart ins offene Messer laufen lassen …

»Ihr Gespräch mit Birgit Maderthaner war also rein privater Natur?«, hakte Annika nach.

»Ja«, erwiderte die Journalistin knapp.

Und das hast du mir soeben anschaulich demonstriert. Chapeau, reife Leistung. Die Maderthaner muss sie gewarnt haben, sonst hätte sie das nicht planen können.

»Warum haben Sie sie ausgerechnet auf der Schallaburg damit konfrontiert«, erkundigte sich Annika.

»Seitdem sie sich von Niklas getrennt hat, haben wir uns nicht mehr gesehen. Bei der Modenschau sind wir uns zufällig begegnet, und ich habe die Gelegenheit beim Schopf gepackt.«

Nur, wenn es wirklich so gewesen ist, warum hat uns das die Maderthaner nicht gleich erzählt? Sie kann sich nicht erinnern, hat sie behauptet. So ein Blödsinn! Das kann sie nicht vergessen haben. Irgendetwas stimmt doch da nicht! Eine der Frauen lügt. Aber welche? Oder beide? Und warum?

Annika musterte die Journalistin, die in Seelenruhe aß, während Niklas betrübt auf einem Stück seiner Pizza kaute. Schöngeist legte tröstend eine Hand auf den Arm ihres Sohnes.

Vielleicht hat Leopold eine Idee …

44

Göstling, Niederösterreich
Mittwoch, 14. Mai

Birgit war allein in ihrem Zimmer. Sie riss den Umschlag auf und holte den Zettel und ein Foto hervor.

> *Morgen um 16 Uhr*
> *Auf dem Weg zur Kitzhütte*
> *100.000 Euro in einer Plastiktüte*
> *Die in den Mülleimer auf dem Bild stecken!*
> *Keine Polizei!*

Die Aufnahme zeigte eine Holzbank, die neben der Forststraße an einem Aussichtspunkt platziert war. Birgit

Maderthaner kannte sie gut. Unzählige Male war sie bereits mit dem Mountainbike von Hollenstein die Strecke gefahren und an dieser Stelle vorbeigekommen. Manchmal hatte sie dort sogar eine Pause eingelegt.

Was mache ich jetzt?

Noch hatte sie nicht mit ihrem Vater über die Erpressung gesprochen. Nach wie vor hatte sie keinen Plan, wie sie das Geld ohne größeres Aufsehen besorgen sollte. Sie merkte, wie Panik sie ergriff. Ihre Hand mit dem Brief in der Hand begann, unkontrolliert zu zittern.

In dem Moment klingelte ihr Telefon.

»Die Kripo war heute bei mir«, meldete sich Silvia Schöngeist.

»Sicher diese Lindner. Eine junge Frau mit Tätowierung.«

»Ja, schrecklich, wie die aussieht.«

»Was wollte sie?«

»Sie hat das Gespräch zwischen uns auf der Schallaburg angesprochen, wie du es befürchtet hattest.«

Birgit schluckte. »Was hast du ihr erzählt?«

Schöngeist blieb stumm.

»Sag schon! Spann mich nicht so auf die Folter!«

»Dein Angebot gilt doch noch?«

»Was meinst du?«

»Dass du Niklas nochmals eine Chance gibst.«

Sie hat gelogen!

Birgit spürte, wie ihr ein Stein vom Herzen fiel. Doch im nächsten Moment holte sie die Realität zurück auf den Boden der Tatsachen.

Ich muss mich mit Niklas treffen. Das wollte ich eigentlich nie mehr! Selber schuld, immerhin war es mein Vorschlag.

»Ja, das Angebot steht«, bestätigte Birgit.

»Gut, dann ist ja alles klar.«

Schöngeist berichtete, wie sie die Inspektorin an der Nase herumgeführt hatte, mit tatkräftiger Unterstützung ihres Sohnes, allerdings ohne dessen Wissen. »Aber es ist in seinem Sinne«, war die Mutter überzeugt. »Niklas wird sich dann in Kürze bei dir melden.« Sie legte auf.

Das Problem ist gelöst. Jetzt muss ich nur mehr das mit dem Erpresser klären.

Wieder riss sie das Klingeln ihres Smartphones aus ihren düsteren Gedanken.

Niklas. Das ging ja schnell.

Sie seufzte.

Es hilft nichts, bringen wir es hinter uns.

45

Sankt Pölten, Niederösterreich
Mittwoch, 14. Mai

Elfriede Auer hatte die ersten Ergebnisse der DNA-Analyse digital übermittelt und hatte anschließend gleich persönlich in seinem Büro vorbeigeschaut. Brandner war gerade von

Amstetten ins LKA zurückgekehrt und saß neben Lindner, die den Bericht ebenfalls am Bildschirm las.

»Birgit Maderthaners Abgleich fehlt«, bemerkte seine junge Kollegin.

»Stimmt, bei den Ergebnissen sind alle Proben berücksichtigt, die wir bis inklusive gestern erhalten haben.«

»Wann bekommen wir das Resultat von Maderthaner?«

»Spätestens morgen Nachmittag.«

»Wir benötigen es so bald wie möglich.« Lindner berichtete in der Folge von ihrem Gespräch mit Schöngeist und deren Sohn. »Irgendwie kommt mir das Ganze eigenartig vor«, stellte sie abschließend fest.

»Stimmt, das ist die passende Beschreibung dafür.« Brandner scrollte durch Auers Bericht und wandte sich dann an die Kriminaltechnikerin: »An der Mordschürze befindet sich also die DNA von Simone Schnell, von Franziska und Fred Bauer und von Ricarda Sonnleitner, richtig?«

»Ja«, bestätigte Auer. »Es gibt noch weitere, die konnten wir aber nicht zuordnen.«

»An Schnells eigenem Dirndl sind Spuren von Lanz, Herzog, ihrem Mann und sogar von ihrem Bruder?«

»Ja, auch mit Andreas Schnell hat sie offensichtlich engen Kontakt gehabt.«

Lindner räusperte sich. »Ich habe mir das Zeit-Wegdiagramm angeschaut. Also, wenn er flott gefahren ist, dann kann er seine Schwester erdrosselt und es dennoch rechtzeitig ins Hotel geschafft haben.« Sie schluckte einmal, bevor sie ergänzte: »Andreas Schnell hatte auch Kontakt mit Ricarda Sonnleitner, wie wir auf dem Video gesehen haben. Die beiden kennen sich offensichtlich näher. Ricarda hat das Dirndl mit der Mordschürze bei der Modenschau vorgeführt. Mal angenommen, die beiden sind ein Paar und wollen vielleicht sogar heiraten. Bumm! – Dann hätte Ricarda das gleiche Motiv wie Andreas Schnell!«

Den Namen des Bruders würgte Lindner förmlich hervor. Brandner erkannte, dass seiner Kollegin die Erinnerung an dessen Belästigung noch immer zusetzte.

»Ist eine Theorie«, stimmte Brandner zu. »Wir warten auf das Ergebnis von Birgit Maderthaner, dann bespreche ich mit Böck, wie wir weiter vorgehen.«

»Noch haben wir allerdings weiterhin keine heiße Spur«, gab Lindner zu bedenken.

»Stimmt. Alle, deren DNA auf der Tatwaffe oder der Kleidung des Opfers nachweisbar war, können diesen Umstand mehr oder weniger plausibel erklären. Vor allem die Spuren von den Bauers und Sonnleitner helfen uns nicht weiter. Die haben die Schürze ja anfassen müssen!«

»Tut mir leid«, meinte die Kriminaltechnikerin, »dass die Spurenlage nicht eindeutig ist.«

Brandner zuckte mit den Achseln. »Kann man nichts machen.«

Nach einer kurzen Pause fragte Lindner: »Habt ihr Lust, etwas trinken zu gehen?«

»Ich bin mit Eva verabredet. Balotelli, unser Italiener«, entschuldigte sich Brandner.

»Aber ich bin dabei!«, erwiderte Auer.

»Super! Ich rufe Nina an, und wir machen uns einen Mädelsabend!« Lindner strahlte fast, so sehr schien sie sich zu freuen. »Außer du willst einen Freund mitnehmen, was natürlich auch okay ist!«

»Nein, Mädelsabend passt perfekt!«

46

Amstetten, Niederösterreich
Mittwoch, 14. Mai

Birgit war früh dran, viel zu früh. Sie hatte sich den Golf ihrer Eltern geliehen, um nach Amstetten zu fahren. Das Treffen mit Niklas sollte auf neutralem Boden stattfinden. Die Bezirkshauptstadt war für beide relativ gut zu erreichen, und es gab mehrere Restaurants, Cafés und Pubs. Je nachdem wie die Begegnung verlief, konnten sie den Abend ausklingen lassen. Oder gleich den Rückweg antreten.

Es war kurz vor 18 Uhr, die Geschäfte waren alle noch geöffnet. Sie war mit Niklas erst in einer Stunde verabredet, sie hatte also noch genügend Zeit, um durch die Stadt zu bummeln. Das Auto parkte sie gegenüber vom Hotel, dann lief sie durch die Fußgängerzone. Rechter Hand befand sich ein Kaffeehaus, weiter dahinter die große Buchhandlung. Birgit ging am Brunnen vorbei, sie überquerte die Straße, bewunderte kurz die Wolfsskulptur und spazierte schließlich weiter. An einem Schaufenster blieb sie abrupt stehen: »Bauer Trachten«.

Sie überlegte, ob eines der Modelle in der Auslage auch auf der Schallaburg vorgeführt worden war, konnte es aber nicht mit Sicherheit sagen. Sie erkannte die Frau im Ladeninneren, die sich am Ende der Modenschau auf dem Laufsteg als Inhaberin des Labels gezeigt hatte. Ein junger Mann in Lederhose und Trachtenhemd und eine noch jüngere Frau im Dirndl standen neben ihr. Sie verabschiedeten gerade eine ältere Dame, die in beiden Händen prall gefüllte Einkaufstaschen hielt.

Die Chefin von ›Bauer Trachten‹ stutzte kurz, als sie Birgit erblickte. Der Mann lächelte ihr hingegen zu und nickte leicht. Birgit winkte den beiden verlegen zu, bevor sie ihren Weg fortsetzte. Das Geschäft war nämlich nicht ihr Ziel. Sie überquerte die Straße am Zebrastreifen.

Schon von Weitem erkannte sie das Gebäude. Die schwarze Fahne, das Poster von Simone im Rennanzug, die Blumen und unzählige Kerzen am Boden davor. Birgit hatte auch eine mitgebracht. Sie ging in die Hocke, stellte die Kerze ab und zündete den Docht mit einem Feuerzeug an.

»Es ist so ergreifend, wie viele Menschen Simone bewegt hat!«, hörte Birgit eine Frau neben sich.

»Ja, schau nur! Die vielen Kerzen!«, ertönte eine weitere weibliche Stimme.

Birgit erhob sich und schaute nach rechts zum Ladeneingang.

Simones Geschäftspartnerinnen.

Die beiden Frauen sahen zu ihr herüber. Birgit hielt kurz den Blickkontakt, dann drehte sie sich um und schritt in Richtung des Kaffeehauses davon, wo sie sich mit Niklas verabredet hatte.

47

Wien
Mittwoch, 14. Mai

Wie die Zeit vergeht! Gerade waren sie noch klein und unschuldig, und jetzt …

Brandner hatte es zwar gewundert, dass Isabella und Selina darauf beharrt hatten, Eva und ihn zu begleiten, aber er hatte natürlich nichts dagegen, sondern freute sich vielmehr darüber. Auch ihr Stammitaliener hatte zwar so wie alle anderen die Preise saftig erhöht, aber er, Major beim LKA, konnte es sich selbstverständlich noch immer leisten, seine Familie zum Essen auszuführen.

Und irgendwann einmal in der Zukunft werden die beide ihre Männer mitnehmen. Auch dann werde ich mir es nicht nehmen lassen.

Noch vor wenigen Jahren war diese Vorstellung für ihn fast unerträglich gewesen. Mittlerweile hatte Isabella bereits mehrere Kurzbeziehungen hinter sich und er sich damit abgefunden, dass er nicht mehr der wichtigste Mann in ihrem Leben war. Selina, die Jüngere, war die ruhigere der beiden, aber auch bei ihr würde es nicht mehr lange dauern, bis sie eine Partnerschaft eingehen würde.

Das wird hart. Selina braucht einen ganz Lieben, der es ernst meint. Natürlich wünsche ich mir das auch für Isabella, aber sie scheint aktuell wenig an einer festen Verbindung interessiert zu sein.

Brandner schüttelte sich bei den Gedanken.

»Was ist los?«, erkundigte sich Eva.

»Ist dir kalt Papa? Kannst meine Weste haben!«, bot Selina an.

»Nein, das ist es nicht!«, entgegnete Brandner rasch. »Ich habe nur darüber nachgedacht, wie oft wir noch so wie heute zusammensitzen werden.« Demonstrativ verzog er das Gesicht. »Vielleicht ist es das letzte Mal. Bald seid ihr erwachsen.«

»Ich bin erwachsen!«, widersprach Isabella energisch.

»Stimmt, du bist erwachsen! Was ich sagen will, ist …«

»Wir werden auch in Zukunft mit euch essen, versprochen!«, unterbrach ihn Selina. »Jetzt lasst uns bestellen, und dann reden wir über Simone Schnell! Was gibt's Neues?«

»Ja! Wie ist der Stand?«, hakte Isabella nach.

Deswegen sind sie also mitgekommen. Jetzt ist alles klar! Die wollen Informationen, um vor ihren Freunden angeben zu können.

Er schaute zu Eva. Die hob entschuldigend ihre Arme. »Ich habe damit nichts zu tun!«

Brandners Smartphone vibrierte.

Böck! Das darf doch nicht wahr sein!

An diesem Abend hatte er keine Bereitschaft. Er zeigte Eva und seinen Töchtern das Display, dann schob er es mit einem Lächeln auf den Lippen zurück in seine Hosentasche.

»Der Direktor erfährt heute genauso viel wie ihr über den Fall«, sagte er und winkte dem Kellner.

48

Amstetten, Niederösterreich
Mittwoch, 14. Mai

Birgit bemühte sich wirklich. Sie saß Niklas gegenüber, schlürfte an ihrem Sekt Orange und hörte ihm zu. Seine Pläne klangen allerdings absurd. Er wollte Kriminalromane für Kinder schreiben, hatte aber selber natürlich keine und auch in seiner Verwandtschaft gab es keinerlei Nachwuchs. Auch nicht in seinem Bekanntenkreis.

»Du weißt doch gar nicht, was die Kids von heute beschäftigt«, brachte sie vorsichtig ihre Bedenken zum Ausdruck.

»So lange ist es auch wieder nicht her, dass ich ein Bub war!«, erwiderte er überzeugt.

»War« ist vielleicht der falsche Ausdruck. Könnte sein, dass du nie erwachsen wirst … Birgit, reiß dich zusammen! Zeige Interesse! Seine Mutter hat dir aus der Patsche geholfen, dafür kannst du dich doch etwas bemühen!

»Wenn du willst, lese ich einmal etwas von dir«, schlug sie vor.

Niklas schaute sie entgeistert an. »Aber du gehörst nicht zur Zielgruppe! Du hast doch keine Ahnung, was bei Kindern ankommt!«

Durchatmen, ruhig bleiben.

»Weißt du was: Eine Cousine von mir ist zehn Jahre alt. Sie liest viel! Ihr könnte ich deine Geschichte zum Lesen geben.«

»Welche Geschichte?«, fragte er.

»Na, eine von denen, die du für Kinder geschrieben hast. Eine, die du veröffentlichen willst.«

»Ich habe doch noch keine geschrieben! Aber es befindet sich alles hier drinnen.« Er tippte auf seinen Kopf.

»Aber … aber …«, stotterte sie, bevor sie ausrief: »Ich dachte, du willst davon leben, jetzt!«

»Ja, schon.«

»Wie stellst du dir das vor?«

Niklas zuckte mit seinen Achseln. »Die Verlage zahlen doch einen Vorschuss, den kassier ich ein, und dann lege ich los.«

»Was meint deine Mutter dazu? Die ist doch Journalistin und versteht was vom Schreiben.«

»Mit der habe ich noch nicht darüber gesprochen.«

Das gibt's doch nicht!

Birgit kramte in ihrer Handtasche nach ihrer Geldbörse. Sie nahm einen Zehneuroschein und legte ihn auf den Tisch.

»Das war eine blöde Idee«, murmelte sie.

»Was tust du?«

»Wonach sieht es denn aus?« Birgit stand auf.

»Was machst du?« Jetzt klang er verzweifelt.

»Gehen.«

»Nein! Bleib!«

»Nein!«

»Warum nicht?«

»Wir … Wir sind so weit auseinander mit unseren Leben … Deine Pläne, ich weiß nicht, was ich dazu sagen soll!«

»Das stimmt nicht! Wir sind füreinander bestimmt! Ich fühle es!«

Birgit dachte an ihren Sponsorenvertrag und an das Erpresserschreiben.

»Doch, glaub mir, wir haben nichts gemeinsam!«, beharrte sie, bevor sie aus dem Lokal stürmte.

»Birgit, bleib!«

Er kam ihr hinterher.

Ich muss weg!

Sie sprintete los.

49

Amstetten, Niederösterreich
Donnerstag, 15. Mai

Martina Herzog war müde. Es waren anstrengende Tage gewesen.

Nervenaufreibend, ja, das trifft es eher.

Die Eingangstür war noch versperrt, daher entriegelte sie sie mit ihrem Schlüssel und stieß sie auf. Mit ihren Fingern fuhr sie über die Kleider, als sie zurück in den hinteren Bereich des Geschäfts ging. Manche waren glatt wie Seide, andere weich wie Samt. Sie atmete tief ein. Für sie gab es nichts Schöneres als den Geruch von frisch verarbeitetem Stoff.

Nein, das stimmt nicht ganz.

Nur Rosen rochen besser. Mit ihrem Duft verband sie ihre erste große Liebe. David hatte ihr immer wieder eine einzelne Blume geschenkt, einen ganzen Strauß hatte er sich nicht leisten können, aber sie hatte ihn für diese Aufmerksamkeiten geliebt. Leider war aus ihm nicht der Mann geworden, den sie irgendwann einmal hätte heiraten können.

Würde sie überhaupt jemals heiraten?

Nein, auch ihren derzeitigen Favoriten würde sie so schnell nicht ehelichen, aber sie hegte tiefe Gefühle für ihn, trotz aller seiner Fehler. Und die waren durchaus vielzählig.

»Guten Morgen!« Natascha, eine der Verkäuferinnen bei ›Schnell und Chic‹, betrat den Laden und zerstörte endgültig den melancholischen Augenblick.

»Guten Morgen«, erwiderte Martina.

Die ersten Tage nach Simones Tod hatte das gesamte Team zur Begrüßung nur ein »Morgen« genuschelt. »Gut« hatten alle in stiller Übereinkunft weggelassen. Jetzt hatte Natascha dieses Wort allerdings wieder hinzugefügt, und zwar noch bevor sie Simone begraben hatten. Bald würde Armin die Beerdigung organisieren können, denn gestern hatte er die Nachricht erhalten, dass der Leichnam von den Behörden freigegeben worden war.

Der Klingelton ihres Smartphones ließ sie zusammenzucken. Sie holte es aus ihrer Handtasche hervor.

»Hallo, Daniel!«, grüßte sie.

»Ist Alexandra schon im Geschäft?«

»Nein, hier ist sie nicht.«

»Ich kann sie nicht erreichen!«

»Ihr ist sicher nur der Akku ausgegangen.«

»Du weißt, wie Alexandra ist.«

»Stimmt, trotzdem, auch ihr kann das einmal passieren.«

»Martina, ich komme erst am Abend zurück …«

»Ich weiß. Alexandra hat mir gestern gesagt, dass du noch in London bist.«

»Wenn ich nicht weiß, ob es ihr gut geht, kann ich mich nicht konzentrieren«, erklärte er. »Und ich muss ganz bei der Sache sein, wenn ich das Geschäft abschließen will.«

»Du möchtest, dass ich nach ihr sehe, stimmt es?«

»Bitte, ja! Ich mache mir sicher unnötig Sorgen, aber ich muss immerzu an Simone denken.«

»Okay!«, erwiderte sie. »Du hast recht, jemand sollte nach Alexandra schauen.«

»Du meinst also auch …?«

»Ich meine gar nichts, beruhige dich! Ich gehe jetzt zu eurer Wohnung, dann melde ich mich wieder.«

»Danke!«

»Du brauchst mir nicht zu danken. Das würde jede andere Freundin genauso machen. Das ist selbstverständlich!«

»Trotzdem.«

»Bis gleich.«

50

Sankt Pölten, Niederösterreich
Donnerstag, 15. Mai

»Ich muss zu Böck!«

»Guten Morgen!«, rief ihm Lindner hinterher.

Brandner blieb stehen.

So viel Zeit muss sein!

»Entschuldige! Annika, ich wünsche dir natürlich auch einen guten Morgen!«

Sie lächelte. »Du musst dich nicht entschuldigen. Solange du zu Böck musst und nicht ich, ist für mich alles in Ordnung!«

»Es ist nicht alles in Ordnung!«, erwiderte Brandner zerknirscht.

»Okay, du hast ja recht!«, räumte Lindner ein. »Solange wir den Mörder nicht haben, ist wirklich nichts in Ordnung.«

Sie hat es verstanden.

»Genau. Ich muss jetzt aber wirklich weiter, Böck wird schnell ungeduldig.« Er ging im Eilschritt zum Büro des Direktors.

»Er erwartet Sie schon!«, begrüßte ihn dessen Assistentin im Vorzimmer.

Brandner wollte gerade die Tür öffnen, da vibrierte sein Smartphone.

Martina Herzog. Was kann sie wollen?

Brandner drehte sich weg. Sein Vorgesetzter würde noch etwas länger ausharren müssen.

Als er das Telefonat annahm, hörte er zuerst nur Schluchzen. Nach einigen Sekunden schaffte es Herzog, einigermaßen verständliche Laute von sich zu geben.

»Alexandra! Alexandra!«, hörte Brandner sie wimmern.

»Beruhigen Sie sich! Was ist mit Frau Lanz?«, wollte er wissen.

»Sie … Sie ist tot!« Wieder erklang nur mehr ihr Weinen.

»Frau Herzog, wo sind Sie?«

»In Alexandras Wohnung, in Amstetten«, presste Herzog schließlich hervor.

»Okay, bleiben Sie dort, fassen Sie nichts an. Ich schicke eine Polizeistreife vorbei.«

Während er der Designerin am Telefon Anweisungen gab, lief er zurück in die Richtung, aus der er gerade gekommen war. Im Großraumbüro bedeutete er Lindner mit der Hand, ihm in sein Büro zu folgen. Dort schaltete er den Lautsprecher ein, sodass seine Kollegin mithören konnte.

»Wie lautet die Adresse?«, wandte er sich wieder an Herzog.

Nach mehreren erfolglosen Anläufen nannte die aufgelöste Frau schließlich den Straßennamen und die Hausnummer.

»Wir rufen jetzt die örtliche Polizei an«, informierte Brandner. »Sie bleiben so lange am Telefon, bis die Beamten bei Ihnen sind. In Ordnung?«

»In Ordnung«, schluchzte Herzog.

51

Göstling, Niederösterreich
Donnerstag, 15. Mai

Was für ein verrückter Abend!

Sie dachte an Niklas und sein unmögliches Verhalten. Birgit hatte kaum geschlafen. Sie wusste, es war noch nicht vorbei. Ein weiterer schwerer Tag stand ihr bevor. Sie zog ihre Laufschuhe an, packte ihren Personalausweis, die Geldbörse und den Schlüssel in ihre Umhängetasche und joggte in Richtung NÖ-Bankfiliale. An diesem Frühlingsmorgen war es bereits ungewöhnlich warm, Birgit reduzierte daher ihr Tempo, denn sie wollte nicht schwitzen. Als sie letztendlich das kühle Foyer des Geldinstituts betrat, hatte sich trotzdem ein dünner Schweißfilm auf ihrer Haut gebildet.

»Birgit, welch eine Ehre! Was können wir für dich tun?« Der Filialleiter trat auf sie zu und schüttelte ihr energisch die Hand.

»Wie funktioniert das eigentlich«, erwiderte sie ohne Umschweife, »wenn ich einen größeren Betrag in bar abheben will?«

»Überhaupt kein Problem! Wie viel hättest du denn gerne? 2.000 Euro oder gar 3.000?«, fragte der Direktor.

»Nein, nein«, stammelte Birgit. »2.000 sollten fürs Erste reichen.«

»Gerne! Dann komm doch gleich mit!«

Fünf Minuten später verließ Birgit die Bank mit 2.072 Euro

und 50 Cent in ihrer Geldbörse. Die 72 Euro und 50 Cent hatten sich schon vorher darin befunden.

Das hast du ja gut hingekriegt! Jetzt noch fünfzig Mal die gleiche Aktion, und du hast die 100.000 Euro beisammen! So wird das nichts!

Birgit lief los, diesmal deutlich schneller als zuvor. Dadurch bekam sie einen klaren Kopf. Mehr und mehr kristallisierte sich ein Plan heraus, den sie am Nachmittag in die Tat umsetzen wollte.

Ist zwar nicht ungefährlich, aber so mache ich es!

Als sie die Eingangstür zum Haus ihrer Eltern aufschloss, dachte sie kurz an ihren Vater und fragte sich, ob der ihr Vorgehen gutheißen würde. Höchstwahrscheinlich nicht.

52

Sankt Pölten, Niederösterreich
Donnerstag, 15. Mai

»Warum sind Sie gestern Abend nicht ans Telefon gegangen?«

»Ich hatte Feierabend«, antwortete Brandner. Dann presste er mit Daumen und Zeigefinger seine Nasenflügel zusammen, um den Niesreiz zu unterdrücken, den Böcks herbes Parfum auslöste.

»Wir haben nie wirklich Feierabend, wenn ein Mörder frei herumläuft!«, entgegnete der Direktor.

Oder wenn die Landesfürstin Ermittlungsergebnisse aus erster Hand fordert.

Brandner erwiderte darauf nichts, denn natürlich hatten auch die Beamten des Landeskriminalamtes ein Recht auf Privatleben. Außerdem gab es immer irgendwo einen Verbrecher, der noch nicht gefasst worden war. Doch dies war nicht der richtige Zeitpunkt, um das mit Böck zu diskutieren, denn in diesem Fall hatte der Täter offensichtlich ein zweites Mal zugeschlagen, während Brandner mit seiner Familie einen schönen Abend beim Italiener genossen hatte.

Allerdings hätte ein Telefonat mit Böck daran auch nichts geändert. Doch hätten wir eine heiße Spur gefunden, hätten wir den Mord vielleicht verhindern können …

Brandner schob seine düsteren Gedanken beiseite. Ein schlechtes Gewissen würde ihm bei den Ermittlungen nicht helfen, unter Umständen sogar hinderlich sein.

»Die Tote in Amstetten«, wechselte er das Thema, »ist Alexandra Lanz. Ich würde gerne sofort mit Lindner zum Tatort fahren.«

Der Direktor wiegte seinen Kopf. »Ich habe noch nicht entschieden, ob ich Ihnen auch diesen Fall übertrage.«

Was? Das darf doch nicht wahr sein!

»Aber Alexandra Lanz war die Geschäftspartnerin von Simone Schnell!«

»Und?« Böck hakte seine Daumen hinter seine blauen Hosenträger ein und starrte Brandner fragend an.

»Die beiden Morde hängen definitiv zusammen! Daher müssen Lindner und ich auch diesen Fall übernehmen.«

Sein Vorgesetzter dehnte die Hosenträger und ließ sie wieder einmal gegen Bauch und Brust schnalzen. »Bei der Schnell kommt ihr nur sehr schleppend voran«, stellte er dann bedauernd fest.

Ruhig bleiben, nicht aufregen.

»Das stimmt so nicht. Wir haben jede Menge Verdächtige«, erwiderte Brandner.

»Aber ihr hattet bisher keinen Durchbruch, oder ist mir da etwas entgangen? Eine eindeutige Spur! Die brauche ich, und zwar bald!«

»Durch den zweiten Mord, so traurig es ist, werden wir den Kreis der Verdächtigen eingrenzen können.«

Der Direktor nickte selbstgefällig und brachte dadurch zum ersten Mal seine Zustimmung zum Ausdruck, seit Brandner sein Büro betreten hatte. »Major Brandner!«, erklärte er feierlich. »Lindner und Sie kriegen den Fall, aber Sie sind für mich rund um die Uhr erreichbar, verstanden?«

Böck ist wirklich mächtig unter Druck. Und den gibt er ohne Zögern weiter an mich.

»Okay«, stimmte Brandner zu und erhob sich. »Aber nur solange der Fall Schnell nicht gelöst ist.«

»Gut, dann sind wir uns einig. Dann brechen Sie jetzt nach Amstetten auf!«

Nachdem er die Tür hinter sich geschlossen hatte, fragte sich Brandner, ob er nicht einen schweren Fehler begangen hatte.

Was, wenn wir den Mörder nie überführen?... Das wird nicht passieren. Das darf nicht geschehen!

Als Annika zu Brandner in dessen Audi gestiegen war, hatte sie sofort bemerkt, dass ihrem Vorgesetzten etwas auf der Seele brannte, und zwar nicht ausschließlich der neue Mordfall. Er steuerte seinen Wagen auf der linken Spur der Autobahn in Fahrtrichtung Salzburg und war wie immer konzentriert, aber Annika bemerkte seinen düsteren Gesichtsausdruck. Doch er versuchte, seine Gedanken zu verbergen, und führte stattdessen die üblichen Telefonate über die Freisprechanlage mit Elfriede Auer und mit Doktor Heiß, die beide vor ihnen am Tatort eintreffen würden.

Und das obwohl Martina Herzog zuerst Leopold angerufen hat. Das Gespräch mit dem Direktor hat länger gedauert, als es hätte sein müssen. Irgendetwas ist da vorgefallen.

»Was war bei Böck los?«, fragte sie.

»Nichts.«

»Komm schon! Ich bin deine Kollegin! Wir arbeiten zusammen. Keine Geheimnisse zwischen uns! Das hast du selbst gesagt, als ich dir von dem Ekel Schnell berichtet hab.«

Wenn ich da nicht zu stark auftrage! Von meinem Deal mit Ricarda habe ich Leopold immer noch nichts erzählt. Aber spielt das überhaupt noch eine Rolle? Wobei, vielleicht mehr denn je ...

Brandner seufzte neben ihr. »Ich wollte dir das einfach ersparen«, antwortete er schließlich. »Böck ist unzufrieden, wie wir im Fall Schnell vorankommen.«

»Ist für ihn wohl alles andere als schnell …«

Ein Lächeln ob ihres kleinen Wortspiels huschte über Brandners Lippen, verschwand jedoch sofort wieder. »Böck hat ernsthaft darüber nachgedacht, uns den Fall Lanz nicht zu geben.«

»Er hat was?« Annika merkte, wie ihre eigene Stimme sich fast überschlug.

Ihr Vorgesetzter beließ es bei einem stummen Nicken.

»Tickt der nicht mehr richtig?« Sie atmete mehrmals aus und wieder ein. »So ein Arsch!«

»Am besten vergisst du es gleich wieder«, entgegnete Brandner. »Ich wollte es dir eigentlich nicht sagen. Vielleicht war es ein Fehler, dass ich so offen war.«

Er setzte den Blinker und verließ bei Amstetten-West die Autobahn.

»So ein Blödsinn!«, widersprach Annika. Vor ihr tauchten die Birnenskulpturen der Stadt auf. »Natürlich will ich wissen, was der Boss von unserer Arbeit hält!«

Brandner lenkte den Audi aus dem Kreisverkehr in Richtung Zentrum. »Wenn wir den Täter überführen, ist er zufrieden und die Wogen sind wieder geglättet.«

»Und ich darf dann mit ins Rampenlicht.«

Annika erkannte ein leichtes Zucken in Brandners Gesicht. *Er hat es versprochen, aus der Nummer kommt er nicht mehr raus.*

53

Amstetten, Niederösterreich
Donnerstag, 15. Mai

Brandner erwiderte nichts auf Lindners Bemerkung.

Warum habe ich ihr nur zugesagt, sie mit auf die Bühne zu nehmen? Was, wenn Böck dagegen ist? Wird er aber nicht … hoffentlich.

Er musste sich auf den Verkehr konzentrieren, der nun, da sie sich dem Stadtzentrum näherten, stark zunahm. Sein Navi lotste ihn an ›Bauer Trachten‹ vorbei. Bevor sie die Schaufenster von ›Schnell und Chic‹ erreichten, wurde er instruiert, links abzubiegen. Brandner folgte den Anweisungen, und nach nur wenigen Metern die Querstraße entlang sahen sie bereits die Polizeiautos sowie die Fahrzeuge der Kriminaltechnik und der Gerichtsmedizinerin. Das Gebäude, vor dem die Einsatzwagen parkten, war ein Altbau, dem offenbar erst kürzlich ein frischer Anstrich verpasst worden war. Kaum ein grauer Schatten aus Staub war wie sonst üblich an der Fassade zu erkennen. Das Haus erstrahlte in leuchtend reinen Farben.

Im Innern hast du vergangene Nacht deine Unschuld verloren.

Die Eingangstür wurde aufgestoßen. Der Polizist, der ins Freie trat, war ein alter Bekannter.

»Major Brandner, freut mich ungemein, Sie endlich wieder einmal zu sehen!« Sepp Reitbauer schüttelte ihm energisch die Hand.

»Freut mich auch«, murmelte Brandner. Dann straffte er seine Schultern und stellte dem Inspektionsleiter von Amstetten seine Kollegin vor.

Reitbauers Mund blieb lange offen stehen, zu lange.

»Was ist?«, blaffte Lindner. »Noch nie eine Frau gesehen oder noch nie eine Rose?«

»Doch, doch«, stammelte Reitbauer. »Aber noch nie beides zusammen.«

»Dann sollten Sie einmal Ihrer Herzdame einen Strauß Rosen schenken! Glauben Sie mir, das wirkt wahre Wunder!«

»So … So habe ich das nicht gemeint! Ich …« Reitbauers Mund stand erneut offen, während er um Worte rang.

Wieder zu lange. Er ist Annika verbal nicht gewachsen.

Lindners Blick ruhte herausfordernd auf dem Inspektionsleiter.

Mit dem Geplänkel lösen wir keinen Mordfall.

»Können wir dann reingehen?«, ging Brandner dazwischen. »Ich würde die Leiche gerne noch sehen, bevor sie abtransportiert wird.«

Reitbauer nickte und schloss gleichzeitig seinen Mund. »Sicher! Hier entlang.«

Der Inspektionsleiter führte sie ins Gebäude zur Wohnung von Alexandra Lanz. Die Einrichtung wirkte edel, aber nicht protzig. Die Möbel im Eingangsbereich waren aus dunklem Holz gefertigt, der Boden aus hellgrauen, fast weißen Fliesen, sodass der fensterlose Raum freundlich wirkte. Mehrere Fotos auf der Kommode neben der Wohnungstür zeigten das Opfer mit einem attraktiven Mann mit dunklen Haaren und gebräunter Haut, der ungefähr im gleichen Alter sein musste wie Lanz. Neben den Schuhen der Hausherrin registrierte Brandner zwei Paar Männerschuhe.

»War Alexandra Lanz verheiratet?«, erkundigte er sich bei Reitbauer.

»Ja, mit David Lanz.«

»Ist er anwesend?«

»Nein, er befindet sich auf dem Rückflug von London. Er war dort auf Geschäftsreise. Martina Herzog hat ihn über den Tod seiner Frau informiert.«

Der Polizist führte Brandner und Lindner ins Wohnzimmer. Auf dem hellbraunen Parkettboden vor dem Couchtisch lag die Tote. Sie war barfuß, leger in Jeans und einem blauen T-Shirt gekleidet. Ihre Augen zeigten keinerlei Regung, im Gesicht zeichnete sich jedoch Verzweiflung ab. Alexandra Lanz musste um ihr Leben gekämpft haben. Um ihren Hals war das Band einer rosafarbenen Trachtenschürze geschlungen.

Doktor Heiß kniete neben der Leiche. Als sie die Ermittler erblickte, erhob sie sich und grüßte die Neuankömmlinge. »Alexandra Lanz wurde wie Simone Schnell erdrosselt«, stellte sie anschließend fest. »Scheint alles gleich abgelaufen zu sein, nur dass es hier beim Opfer daheim geschehen ist.«

Und das verrät uns so einiges.

»Gibt es Einbruchsspuren?«, erkundigte sich Brandner.

»Nein«, erwiderten Auer und Reitbauer unisono.

Lanz muss ihren Mörder gekannt haben.

»Todeszeitpunkt?«, wollte er weiter wissen.

»Zwischen 19 und 22 Uhr«, erwiderte Doktor Heiß.

»Etwas Auffälliges?«

»Vorerst leider nicht.«

»Hat sie sich gewehrt?«, fragte Lindner.

»Sie hat versucht, ihre Finger zwischen Band und Hals zu schieben. Ich denke aber, dass wir auch in diesem Fall keine Hautschuppen unter ihren Fingernägeln oder andere eindeutigen Spuren finden werden: Aber ich schaue mir das genau an.«

»Danke.«

Lindner hatte sich bereits Elfriede Auer zugewandt. »Es sieht auffällig aufgeräumt aus«, hörte er sie sagen.

»Ja, stimmt, bei mir daheim schaut es jedenfalls anders aus, wenn ich nicht gerade Besuch erwarte«, bestätigte die Kriminaltechnikerin.

Brandner trat zu den beiden. »Da es keine Einbruchsspuren gibt, hat sie den Mörder oder die Mörderin demnach selbst hereingelassen.«

»Sieht ganz so aus«, stimmte Auer zu.

»Irgendwelche benutzten Gläser, Teller oder Besteck?«, fragte er.

»Fehlanzeige. Der Geschirrspüler ist auch leer.«

»Ihr habt trotzdem jede Menge Arbeit vor euch in der Wohnung …«

»Stimmt, und natürlich nehme ich mir wieder die Schürze genauestens vor«, erwiderte Auer.

»Wo ist Frau Herzog?«

»In der Küche.« Reitbauer war zur Gruppe getreten. »Sie hat den Anblick ihrer toten Freundin nicht länger ertragen.«

Kann man ihr nicht verübeln.

»Gut, dann reden wir mit ihr.«

Annika folgte Brandner und dem Inspektionsleiter in die Küche. Letzteren konnte sie jetzt schon nicht ausstehen. Die ersten Sekunden ihres Kennenlernens hatten ihr gereicht, um sich ein Bild von ihm zu machen. Wenn sie öfter mit Reitbauer zu tun haben würde, könnte es durchaus zu einer ernsthaften Auseinandersetzung zwischen ihnen kommen. Das spürte sie.

Leopold und er kennen sich allerdings. Das wird spannend. Auf welche Seite würde sich Leopold schlagen, wenn es kracht?

Ihr Chef sprach Martina Herzog sein Beileid aus. Auch Annika drückte ihre Anteilnahme aus. Die Designerin saß in einem dunkelblauen Trachtenkleid bei einem Glas Wasser am Küchentisch. Make-up und Wimperntusche der Frau waren verschmiert. Sie starrte ins Leere.

Gut leiden konnte ich sie ja zu Beginn auch nicht wirklich, aber nun tut sie mir schon ein bisschen leid. Sie hat innerhalb von wenigen Tagen ihre beiden Geschäftspartnerinnen und Freundinnen verloren … Personenschutz! Wir sollten ihr Personenschutz anbieten.

Annika setzte sich mit Brandner und Reitbauer zu Herzog an den Tisch. Ihr Vorgesetzter begann behutsam mit der Befragung. Herzog hatte Lanz zuletzt am Vortag gegen 18 Uhr bei ›Schnell und Chic‹ gesehen. Sie hatten zusammen das Geschäft verlassen, sich verabschiedet und waren in entgegengesetzte Richtungen gegangen.

»Ich bin nach Ybbs gefahren. Mein Auto parke ich immer in der Nähe vom Bahnhof«, erklärte sie. »Alexandra ging natürlich zu Fuß, die Wohnung liegt ja gleich um die Ecke.«

»Ist Ihnen gestern etwas Verdächtiges aufgefallen?«

Herzog tippte nachdenklich mit ihrem Finger gegen ihr Kinn. »Da war eine junge Frau«, erwiderte sie schließlich. »Sie hat uns angestarrt, als wir Feierabend gemacht haben und nach draußen getreten sind. Das war irgendwie seltsam.«

»Das war demnach gegen 18 Uhr. Kannten Sie die Dame?«

»Mir kam sie bekannt vor, ich kann sie aber nicht zuordnen. Ich weiß nicht, wo ich sie schon mal gesehen habe.« Die Designerin wirkte verzweifelt.

»Schon gut«, beruhigte Brandner sie. »Zwingen Sie sich nicht, dann wird irgendwann die Antwort aus Ihrem Unterbewusstsein an die Oberfläche dringen.«

»Meinen Sie?«

»Sicher!«, bekräftigte Annika.

»Wie war das heute Morgen? Warum sind Sie zur Wohnung von Frau Lanz?«, wollte Brandner wissen.

Herzog berichtete vom Anruf, den sie vom Ehemann der Toten erhalten hatte, nachdem er seine Frau telefonisch nicht erreichen hatte können. »Ich bin dann zu Alexandras Wohnung. Als sie nicht geöffnet hat, habe ich auf gut Glück die Klinke gedrückt, und die Tür ging auf.«

»Es war also nicht abgeschlossen …«, murmelte Brandner.

»Genau, es war offen«, bestätigte Herzog. »Alexandra und David schließen immer von innen ab. Es ist ja ein Altbau …«

Lanz muss ihrem Mörder aufgeschlossen haben und der ist nach der Tat seelenruhig wieder herausspaziert.

»Die Schürze …«, ergriff Herzog erneut das Wort.

»Ja, was ist mit ihr?«, fragte Brandner.

»Ich könnte schwören, die ist auch aus der Kollektion von ›Bauer Trachten‹. Dieses feine Blumenmuster in Weiß auf dem zartrosa Stoff ist mir in Erinnerung geblieben.«

Wenn das stimmt, kann das kein Zufall sein!

»Wollen Sie Personenschutz?«, erkundigte sich Annika, bevor Brandner seine nächste Frage stellen konnte.

»Sie meinen, ich bin auch in Gefahr?« Herzog wischte sich eine Träne von der Wange.

»Jedenfalls sind Ihre beiden Geschäftspartnerinnen tot«, stellte Brandner fest.

»Sie waren mehr als das«, murmelte die Frau verzweifelt, »sie waren meine Freundinnen!«

Annikas Chef räusperte sich, bevor er fortfuhr: »Sicher … Jedenfalls hat meine Kollegin recht. Ich würde Ihnen ebenfalls Personenschutz nahelegen, bis wir mehr wissen.«

Herzog wiegte ihren Kopf. »Ich weiß nicht.«

Jetzt stell dich nicht so an. Du willst doch nicht die Nächste sein!

54

Göstling, Niederösterreich
Donnerstag, 15. Mai

Birgit hielt es nicht mehr aus. Sie wusste, sie war viel zu früh dran, trotzdem schlüpfte sie in ihr Radfahrertrikot und in die eng anliegende Hose. Ihren Rucksack hatte sie bereits vor einer Stunde gepackt. Sie hinterließ ihrem Vater eine kurze Mitteilung, denn irgendjemand sollte wissen, wo sie sein würde. Ganz ungefährlich war ihr Plan nicht, das war ihr bewusst. Doch sie hatte sich am Vormittag dazu entschieden und sie würde keinen Rückzieher machen.

Ihre Trinkflasche füllte sie mit Wasser auf, dann zog sie ihre Radlerschuhe an und ging hinaus. Der Helm war am Lenker befestigt, sie setzte ihn auf und schob das Rad aus der Garage. Dann schwang sie sich in den Sattel und trat in die Pedale. Einmal blickte sie noch über ihre Schulter zurück zu ihrem Elternhaus.

Ob ich heil zurückkomme? Immerhin wurde Simone umgebracht. Bin ich zu leichtsinnig? Was, wenn Simones Mörder der Erpresser ist? … Birgit, reiß dich zusammen! Der Mörder ist sicherlich nicht so dumm, die Aufmerksamkeit durch ein weiteres Verbrechen auf sich zu lenken …

In dem Moment verschluckte sie eine Mücke, sie würgte, hustete, würgte, doch das kleine Insekt blieb in ihrer Speiseröhre kleben. Panisch griff sie während der Fahrt nach ihrer Wasserflasche am Rahmen und trank gierig daraus. Erst als sie die fast leer getrunken hatte, spürte sie keinen Widerstand mehr in ihrer Kehle. Dafür war ihr nun übel. Sie spuckte mehrmals zur Seite auf den Boden. Schließlich blieb sie stehen, holte einen Müsliriegel aus ihrem Rucksack hervor und aß ihn langsam. Erst dann ging es ihr besser und sie radelte weiter.

Ich muss mich konzentrieren, darf mich nicht mehr ablenken lassen, sonst schlucke ich die nächste Mücke oder stürze sogar!

Sie entschied sich, durch das Tal entlang der Ybbs flussabwärts von Göstling nach Hollenstein zu radeln. Auf diesem Weg kam sie am schnellsten voran, und der Anstieg von Hollenstein über die Forststraße nach oben würde sie noch genug fordern.

Außerdem darf ich mich nicht unnötig verausgaben. Wer weiß, was mich heute noch erwartet!

55

Amstetten, Niederösterreich
Donnerstag, 15. Mai

Martina Herzog lehnte sowohl Personenschutz als auch psychologische Betreuung ab.

»Ich muss ins Geschäft!«, stellte sie plötzlich fest und sprang panisch vom Küchentisch auf. »Mein Gott! Es gibt so viel zu regeln, ich weiß gar nicht, wie es jetzt weitergehen soll!« Sie richtete ihren Blick auf Brandner. »Darf ich gehen?«

»Einen Moment bitte noch!«, antwortete er. »Hatte Alexandra Lanz irgendwelche Feinde? Fällt Ihnen jemand ein, der ihr den Tod gewünscht hat?«

»Ist das nicht offensichtlich?« Herzogs Stimme klang jetzt schrill. »Franziska Bauer steht vor dem Ruin und macht uns dafür verantwortlich!« Sie griff sich an die Stirn. »Mein Gott, wenn ich das vorher gewusst hätte! Ich hätte nie und nimmer zugestimmt, dass wir unsere Zentrale in Amstetten einrichten.«

Lindner stand auf. »Das kam tatsächlich einer Kampfansage gleich.«

Annika, muss das jetzt sein!

Brandner erhob sich nun ebenfalls.

»Sie meinen also auch, dass das Motiv für beide Morde unsere Geschäftseröffnung war?«, wollte Herzog wissen.

Lindner zuckte mit ihren Achseln. »Sieht jedenfalls derzeit danach aus.«

»Noch wissen wir den wahren Grund nicht!«, mischte Brandner sich ein.

»Jedenfalls sind Sie, Frau Herzog, die einzige verbleibende Inhaberin von ›Schnell und Chic‹«, stellte Lindner fest. »Also, wenn Sie nicht selbst Ihre beiden Freundinnen umgebracht haben, lege ich Ihnen wärmstens Polizeischutz ans Herz.«

»Ich bin keine Mörderin!«, fauchte Herzog. »Und trotzdem will ich keinen Polizeischutz! Wie sieht denn das aus?« Sie schaute Brandner an. »Darf ich gehen, bevor mich Ihre vorlaute Göre noch ohne jeglichen Grund verhaften will?«

Annika, wo hast du uns da hineingeritten? Zu angriffig in diesem Fall.

»Unberechtigt wird bei uns niemand verhaftet. Das mit der vorlauten Göre überhören wir heute ausnahmsweise, weil Sie sich in einer Ausnahmesituation befinden. Stimmt's Annika?«

Lindner nickte nach einem kurzen Zögern, doch sie biss sich auf die Unterlippe, als müsse sie sich zurückhalten.

»Sie können gehen, seien Sie aber vorsichtig! Inspektorin Lindner hat schon recht: Sie könnten durchaus in Gefahr sein.«

»Unser Geschäft geht jetzt sowieso den Bach hinunter. Allein stemme ich das nie und nimmer!« Die Designerin lachte verzweifelt auf. »Es gibt schlichtweg keinen Grund mehr, mich zu ermorden.« Sie drehte sich um und stürmte aus der Küche.

Brandner hörte sie aufschreien, bevor energische Schritte erklangen und eine Tür ins Schloss fiel. Dann war es still.

Auer streckte ihren Kopf zur Tür herein. »Wir waren gerade dabei, die Tote abzutransportieren«, erklärte sie. »Die Frau hat meine Kollegen mitsamt der Leiche fast umgerannt.«

56

Waidhofen an der Ybbs, Niederösterreich
Donnerstag, 15. Mai

Brandner hatte beschlossen, dass sie die Befragung von Lanz' Angehörigen getrennt voneinander durchführen würden. Er wartete in Amstetten darauf, dass der Ehemann nach Hause kam. Annika wurde unterdessen von Reitbauer nach Göstling gebracht, wo die Eltern der Toten wohnten, wie sie in Erfahrung gebracht hatten. Der Inspektionsleiter lenkte das Polizeiauto nach Waidhofen hinein. Seit sie Amstetten verlassen hatten, murmelte er ständig leise etwas vor sich hin.

Ich verstehe nicht, was er sagt, aber er scheint alles andere als begeistert zu sein, die vorlaute Göre des LKA durchs Ybbstal zu kutschieren.

Annika richtete sich im Beifahrersitz auf. »Sie hätten auch Nein sagen können.«

Vor ihr tauchte linker Hand das alte Schloss Waidhofens auf.

»Wie meinst du das?«, fragte Reitbauer.

Sind wir schon per Du? An mir soll es nicht scheitern.

»Als Leiter der Polizeiinspektion hast du Wichtigeres zu tun, als Taxi zu spielen«, erklärte sie.

Reitbauer steuerte das Auto durch den Kreisverkehr. »Schon, aber Major Brandner hat mich darum gebeten.«

»Trotzdem hättest du ablehnen können.«

»Stimmt, ich hätte dir einen Wagen aus unserem Fuhrpark geben können, aber ich habe mit Brandner schon viel erlebt. Ich habe das Gefühl, ihm etwas schuldig zu sein.«

»Warum das denn?«

»Ist einfach so.«

»Jetzt hast du mich neugierig gemacht. Erzähl schon!«

Reitbauer seufzte, doch seine Mundwinkel verzogen sich im Anschluss zu einem Lächeln. Er berichtete, wie er ihren Chef zum ersten Mal auf einer Almhütte in Hollenstein getroffen hatte. »Damals war er noch beim BKA, und es hatte stark geschneit. Wir konnten nicht weg, waren mit mehreren Verdächtigen und einem Toten über Nacht auf der Hütte eingesperrt.«

Vor den Fenstern zog das Tal vorüber, die Berge streckten sich immer beeindruckender in die Höhe, und Reitbauers Geschichte wurde immer abenteuerlicher. Genau als sie vor dem Einfamilienhaus einparkten, nahm sie ein Ende.

Das Grundstück war durch eine grüne Hecke begrenzt. Seitlich neben dem schmalen Gehweg, der zum Hauseingang führte, standen die Skulpturen eines Fuchses, zweier Rehe und einer Gans auf dem kurz gemähten Rasen. Annika bestaunte die Blumenpracht im ersten Stock. Pelargonien in sämtlichen Farben schmückten den mächtigen Balkon, wobei Rot dominierte.

Alles gut in Schuss. Wenn man nach der Optik geht, hatte Familie Lanz bisher keine ernsthaften Probleme.

Reitbauer hatte ihren Besuch angekündigt, und Annika ging davon aus, dass der Schwiegersohn die Eltern bereits über den gewaltsamen Tod ihrer Tochter informiert hatte. Mit einem Mal fühlte sie sich an ihr Treffen mit Schnells Familie in Lackenhof vor wenigen Tagen erinnert. Vor allem ihren Konflikt mit dem Bruder, dem Scheusal.

So etwas bleibt mir jetzt hoffentlich erspart.

»Geht es?«, erkundigte sich Reitbauer.

Annika war es peinlich, dass ihre Unsicherheit so offensichtlich war.

»Ja«, krächzte sie.

»Es ist nie leicht, den Angehörigen die Nachricht zu überbringen.«

Leopold überlässt mir diese Aufgabe in letzter Zeit verdächtig oft! Irgendwie ist das zwar ungerecht, aber er ist mein Vorgesetzter.

»Gehen wir es an!« Sie öffnete das Gartentörchen.

Bevor sie die Haustür erreichten, wurde diese geöffnet. »Sie sind wegen Alexandra hier«, sagte eine junge Frau ohne ein Wort der Begrüßung.

»Stimmt«, erwiderte Annika. »Und Sie sind?«

»Barbara, Alexandras Schwester.«

»Sie wissen demnach Bescheid?«

»Ja, David hat uns heute Morgen vom Flughafen aus angerufen.«

»Mein Beileid. Das muss sehr hart für Sie sein.«

»Auch mein Beileid!«, fügte Reitbauer hinzu.

»Danke. Kommen Sie herein. Meine Eltern sind drinnen.«

Barbara führte Annika und Reitbauer in eine Stube mit Parkettboden, rustikalen Möbeln, gelber Tapete und dunkelblauen Vorhängen. Die Eltern von Alexandra Lanz schienen um einige Jahre älter zu sein als die von Simone Schnell. Der Vater stand vom Sofa auf und begrüßte die Polizisten mit zittriger Hand. Er musste sich sichtlich zusammenreißen, um seine Mimik unter Kontrolle zu halten. Seine Frau blieb sitzen und starrte apathisch geradeaus.

»Für uns ist das ein Schock«, murmelte der Vater, »ein Albtraum … meine Frau, Sie sehen ja selbst.«

»Mein Beileid«, sagte Annika, bevor sie sich und Reitbauer vorstellte. »Wir würden Ihnen gerne ein paar Fragen stellen«, begann sie dann möglichst behutsam die Unterhaltung.

Der Vater schüttelte traurig seinen Kopf. »Ich kann es immer noch nicht glauben! Alexandra war ein herzensguter Mensch!«

»Simone ist auch ermordet worden«, warf die Schwester ein. »Das kann kein Zufall sein, oder?«

»Wir gehen davon aus, dass die beiden Fälle zusammenhängen«, bestätigte Annika.

Ob sie schon wissen, dass Alexandra Lanz ebenfalls mit einer Trachtenschürze erdrosselt wurde?

»Es muss mit ihrem Label zu tun haben«, fuhr Barbara fort. »Die drei sind zu erfolgreich geworden, daher mussten sie sterben!«

Aber hätte es nicht gereicht, Simone Schnell als Gesicht der Marke zu eliminieren? Ohne die Kaiserin wäre ›Schnell und Chic‹ nur ein weiteres Trachtenmodelabel unter vielen …

»Das ist auch unsere Vermutung, aber wir wissen es noch nicht mit Sicherheit. Wir ermitteln weiterhin in alle Richtungen.«

»Sie haben also keine Ahnung, wer der Mörder ist«, stellte die junge Frau frustriert fest.

»So ist es nun auch wieder nicht«, mischte sich Reitbauer ein.

»Wir verfolgen derzeit verschiedene Ansätze«, ergänzte Annika rasch, denn sie wollte sich nicht vom Inspektionsleiter das Heft aus der Hand nehmen lassen. »Es gibt im Fall Simone Schnell mehrere Verdächtige. Es wäre für Spekulationen zu früh, wer der Täter ist.«

»Die Alexandra wird nicht mehr lebendig, egal was Sie tun«, bemerkte der Vater und wischte sich eine Träne von der Wange.

»Derjenige, der meiner Schwester das angetan hat, muss dafür büßen!« Barbara hatte sich zuerst zu ihren Eltern gesetzt, jetzt hielt sie es aber nicht mehr aus. Sie lief unruhig im Raum hin und her. »Was können wir tun?«

»Hatte Ihre Schwester beziehungsweise Tochter vielleicht Feinde? Jemand, der sie derart gehasst hat«, antwortete Reitbauer.

»Nicht dass ich wüsste«, entgegnete die Schwester und blickte fragend zu ihren Eltern.

Der Vater schüttelte stumm den Kopf, während die Mutter weiter vor sich hin starrte.

»Hatten Sie einen engen Kontakt zueinander?«, riss Annika die Befragung wieder an sich. »Haben Sie regelmäßig mit Ihrer Schwester gesprochen?«

»Ja, schon, wir haben oft telefoniert. Bei Alexandra hat sich in letzter Zeit einfach alles ums Geschäft gedreht, und um Simone und Martina, aber das war schon immer so mit den dreien.«

»Wie lief es mit ihrem Mann?«, fragte Annika.

»Mit David?« Die Schwester überlegte kurz. »Die beiden hatten viel Verständnis füreinander.«

»Wie meinen Sie das?«

»Na ja, David ist beruflich häufig im Ausland unterwegs, und Alexandra war eine Firmengründerin. Viel Zeit zu zweit ist da zuletzt nicht geblieben.«

Interessant, aber David Lanz war zur Tatzeit in England, und das wird Brandner zeitnahe überprüfen lassen.

»Wann kann ich meine Kleine begraben?«, meldete sich die Mutter erstmals zu Wort.

Annika schluckte. »Ich … Ich rede nachher mit der Gerichtsmedizin und gebe Ihnen Bescheid«, versprach sie.

»Kann ich sie sehen?«

»Auch dazu gebe ich Ihnen Bescheid.«

Die ältere Frau schaute sie kurz an, dann nickte sie kaum merklich und schloss ihre Augen.

57

Amstetten, Niederösterreich
Donnerstag, 15. Mai

Es würde noch eine Weile dauern, bis David Lanz vom Flughafen Linz in Amstetten eintreffen würde. Dennoch war der Weg kürzer als zum LKA, also wartete Brandner in der Wohnung des Opfers auf den Ehemann. Der Leichnam seiner Frau war bereits abtransportiert worden, sodass ihm der Anblick erspart bleiben würde.

Brandner griff nach seinem Smartphone und betrachtete nacheinander die Fotos, die er vom Tatort selbst gemacht hatte. Auf einem war die mit weißen Blumen verzierte, rosafarbene Schürze zu sehen, mit deren Bändern Alexandra Lanz erdrosselt worden war. Als er das Bild betrachtete, kam ihm ein Gedanke. Mehrere Augenblicke überlegte er, ob er ihn weiterverfolgen sollte, da er mit einem gewissen Risiko verbunden war.

Bevor ich Däumchen drehe, bis David Lanz endlich eintrifft und ich mir wieder sämtliche Aufnahmen von der Modenschau ansehen muss, versuche ich mein Glück.

Er informierte Auer, dass sie ihn anrufen sollte, falls der Ehemann doch früher als erwartet eintraf, und verließ die Wohnung. Auf der Straße, an der sich das Haus befand, lief er noch im Schatten, doch als er um die Ecke auf die Hauptstraße bog, brannte die Sonne erbarmungslos auf ihn herunter. Rasch wechselte er die Seite und schritt schnell voran. Es überraschte ihn, wie viele Menschen unterwegs waren, die offensichtlich ihren zeitigen Feierabend in einem schattigen Gastgarten oder einer Eisdiele verbringen wollten.

Er betrat das Geschäft von ›Bauer Trachten‹.

Eine Verkäuferin beriet gerade einen jungen Mann beim Kauf einer Lederhose. »Zu deinen Wadln passt die perfekt!«

»Findest du?«

»Ganz eindeutig!«

»Entschuldigung!«, machte sich Brandner bemerkbar.

»Ja?«

»Ist Frau Bauer auch da?«

»Tut mir leid, die Chefin ist nach Waidhofen gefahren.«

Was will sie denn dort?

Die Frau schien seine Verwirrung bemerkt zu haben, denn sie erklärte ohne Umschweife: »Dort haben wir eine Zweigstelle.«

Waidhofen ist zu weit, das schaffe ich nicht vor meinem Termin mit David Lanz. Aber vielleicht komme ich hier weiter … Eventuell ist es gar nicht so schlecht, dass die Chefin nicht anwesend ist!

»Nur einen Augenblick noch!« Die Verkäuferin wollte sich wieder dem jungen Mann zuwenden.

Brandner stellte sich daher offiziell vor. Der Kunde entschuldigte sich daraufhin und zog sich in die Umkleidekabine zurück.

Brandner zeigte unterdessen der Frau das Foto vom Tatort. »Stammt diese Schürze aus der Kollektion von ›Bauer Trachten‹?«

»Wieso? Was ist damit?«

»Das darf ich Ihnen nicht sagen.«

Die Verkäuferin griff nach dem Smartphone, und Brandner ließ es widerwillig zu. Mit Daumen und Zeigefinger zoomte sie das Bild heran, sodass die Details besser zu erkennen waren. Es wirkte, als hätte sie das Kleidungsstück wiedererkannt, doch sie verschob das Foto in verschiedene Richtungen und wiegte mehrmals den Kopf. Schließlich gab sie Brandner das Telefon zurück.

»Kann ich nicht sagen«, lautete schließlich die Antwort.

Brandner überlegte, ob er Druck ausüben und auf eine Festlegung auf Ja oder Nein bestehen sollte, entschied sich jedoch dagegen. Mit einer Aussage, die sich später als falsch erweisen würde, wäre ihm nicht geholfen. Unter Umständen fürchtete die Angestellte ihre Chefin und wich daher aus. Falls die Schürze zur Kollektion von Franziska Bauer gehörte, würde er das auf anderem Weg herausfinden müssen.

Er bedankte und verabschiedete sich, trat nach draußen und lief weiter den Gehsteig entlang. Schließlich erreichte er eine Eisdiele, deren Sitzmöbel im Freien aufgestellt waren und Schatten spendeten.

Ein Bananensplit wäre jetzt gut.

Brandner war bewusst, dass er stattdessen das Mittagessen nachholen sollte, betrat aber dennoch die Eisdiele. Er brauchte jetzt vor allem Zucker.

Und die Banane ist ja gesund.

Er bestellte und amüsierte sich über seine Selbsttäuschung, doch das Eis würde seiner Seele und den Nerven guttun. Jederzeit könnte Böck wieder anrufen und nachhaken, ob endlich der Durchbruch beim Fall Schnell gelungen sei. Nach dem zweiten Mord könne das doch nur noch eine Frage von Stunden sein, würde er behaupten.

Brandner schüttelte die negativen Gedanken ab. Er würde die wenigen Minuten Ruhe genießen. Er suchte sich einen Platz im Schatten, und kurze Zeit später brachte ihm eine Kellnerin sein Bananensplit.

58

Hollenstein, Niederösterreich
Donnerstag, 15. Mai

Birgit keuchte, ihr Puls war deutlich höher als sonst bei einem solchen Anstieg. Die Aufregung der letzten Tage und natürlich ihre aktuelle Lage forderten ihren Tribut.

Egal, nicht nachgeben!

Als sie in Göstling aufgebrochen war, hatte sie sich geschworen, es langsam anzugehen, da sie ihre Kraftreserven eventuell später noch brauchen würde. Ihr Vorsatz hatte während der Fahrt durch das Ybbstal auch funktioniert, aber bei dem steilen Anstieg die Forststraße hinauf zur Alm hatte sie nicht widerstehen können und das Tempo erhöht.

Ausgerastet bin ich nicht, aber was macht das schon? Auch wenn ich mit den Nerven fertig bin, den meisten Frauen und auch vielen Männern bleibe ich körperlich überlegen.

Der Großteil der Strecke führte mitten durch den Wald, nur hin und wieder wie jetzt erhaschte sie einen Blick ins Tal. Erst dadurch wurde ihr bewusst, dass sie schon mehrere Hundert Höhenmeter überwunden hatte. Sie hörte ein Hämmern, kurz überlegte sie, ob ihr Kopf die Quelle war, doch dann erkannte sie, dass nicht weit entfernt sich ein Specht an einem Baumstamm zu schaffen machte.

Vor ihr tauchte die besagte Bank auf, und unweit davon stand der Mistkübel, genau wie auf dem Foto des Erpressers. Langsam radelte sie darauf zu und musterte die Umgebung. Niemand war zu sehen. Obwohl sie die Geschwindigkeit gedrosselt hatte, schnellte ihr Puls um weitere zwanzig Schläge pro Minute nach oben.

Birgit stoppte neben dem Mülleimer. Er war leer. Sie lehnte ihr Rad dagegen, schnallte ihren Rucksack vom Rücken, zog den Reißverschluss auf und holte den Beutel hervor. Sie hatte keine Ahnung, welches Volumen 100.000 Euro in 100er-Scheinen ausmachten, aber sie hatte einfach so viel Zeitungspapier in den Sack gestopft, dass er noch gut im Mülleimer Platz fand.

Mit einem Mal hörte sie Stimmen und zuckte zusammen. Es folgte das scheppernde Geräusch von Fahrradreifen, die auf Schotter bergab rasten. Birgit ließ den Beutel rasch los, wandte sich vom Mülleimer ab und schaute in die gegengesetzte Richtung, als würde sie auf jemanden warten. Mit einem kurzen »Griaß di!« rauschten zwei Biker hintereinander an ihr vorbei. Nach wenigen Sekunden waren sie wieder aus ihrem Blickfeld verschwunden, doch Birgit zitterte am ganzen Körper.

Wirf jetzt nicht die Nerven weg! Der erste Teil ist erledigt, jetzt nicht klein beigeben!

Sie stieg aufs Rad und fuhr langsam weiter. Sie hielt nach der idealen Stelle Ausschau. Unterdessen hämmerte der Specht voller Energie auf den Baumstamm ein.

59

Amstetten, Niederösterreich
Donnerstag, 15. Mai

David Lanz wirkte erschöpft, als er die Wohnung betrat, die er mit seiner Frau bewohnt hatte und in der diese ermordet worden war. Die Nachricht von ihrem Tod hatte ihm sichtlich zugesetzt.

Nachdem er Brandner begrüßt hatte, ließ sich Lanz auf einen Stuhl in der Küche fallen. »Gott sei Dank haben wir keine Kinder! Ich wüsste nicht, wie ich mit ihnen allein zurechtkommen sollte!«

Komische Aussage. Er hat gerade seine Frau verloren und denkt an Kinder, die es nicht gibt!

Obwohl Brandner vor nicht allzu langer Zeit sein Bananensplit gegessen hatte, spürte er, wie sich ein Hungergefühl in den Vordergrund drängte.

Ich hätte doch was Gescheites essen sollen!

»Sie waren vergangene Nacht also in London«, begann Brandner.

»Ja, beruflich.«

»Gibt es dafür Zeugen?«

»Natürlich, die Fluglinie wird Ihnen bestätigen, dass ich heute an Bord war. Das Hotel wird meinen Aufenthalt bezeugen können und mein Kunde sowieso; mit ihm war ich die meiste Zeit zusammen. Gestern waren wir auch gemeinsam zu Abend essen.«

Brandner schob ihm seine Visitenkarte zu. »Ich weiß, es

ist hart für Sie, aber ich brauche die Daten zum Abgleich. Schicken Sie sie mir bitte so bald wie möglich per E-Mail.«

David Lanz nickte. »Werde ich tun, auch wenn es vollkommen unnötig ist.«

»Ich mache nur meine Arbeit.«

»Schon gut, schon gut! Ich schreibe Ihnen alles zusammen.«

Lanz hatte sich sofort nach seiner Ankunft eine Flasche Bier aus dem Kühlschrank genommen. Er hatte sich ein Glas eingeschenkt, aber nicht davon getrunken. Jetzt drehte er gedankenverloren das Glas zwischen seinen Fingern auf dem Küchentisch im Kreis.

»Martina sagt, dass Alexandra auch erdrosselt worden ist wie Simone. Stimmt das?«, erkundigte er sich schließlich.

»Ja, Ihre Frau wurde ebenfalls mit dem Band einer Trachtenschürze erdrosselt«, bestätigte Brandner. Er griff nach seinem Smartphone und zeigte dem Mann das Foto mit der rosafarbenen Schürze. »Kennen Sie die Schürze? Hat sie vielleicht Ihrer Frau gehört?«

Lanz starrte lange auf die Aufnahme. »Nein«, erwiderte er dann. »Die kommt mir nicht bekannt vor. Aber ich habe nicht jede Schürze aus der neuen Kollektion von ›Schnell und Chic‹ im Kopf. Vielleicht stammt sie ja daher?«

»Frau Herzog ist sicher, dass es keine Schürze von ›Schnell und Chic‹ ist.«

»Martina, ja, die muss es wissen. Sie hat ja alle Modelle entworfen.« Lanz stockte kurz, bevor er fortfuhr: »Die Martina, ich frage mich, was die jetzt machen wird. Ihre besten Freundinnen sind tot, ihre beide Geschäftspartnerinnen ermordet!«

Die Gruppe scheint sehr eng miteinander gewesen zu ein, wenn er an die Freundin seiner verstorbenen Frau denkt, bevor er sich seinen eigenen Problemen stellt – abgesehen von theoretischen Kindern.

Brandner stellte als Nächstes die obligatorische Frage nach potenziellen Feinden seiner Frau.

»Was? Nein! Alexandra war recht umgänglich … Ich … Wie meinen Sie das?« Lanz schien die Konzentration zu verlieren.

Nicht weiter verwunderlich in seiner Situation. Die Reise wird ihm den Rest gegeben haben. Wir werden zu einem späteren Zeitpunkt nochmals mit ihm reden müssen.

»Es gibt zwar keine Spuren für einen Einbruch, aber sehen Sie sich bitte kurz um, ob etwas von Wert fehlt«, bat Brandner abschließend.

David Lanz stand auf und ging zielstrebig ins Schlafzimmer. Er zog die unterste Schublade des Nachtkästchens auf und nahm eine Schatulle heraus. »Alexandras Schmuck ist noch da.« Im Anschluss öffnete er die rechte Flügeltür des Kleiderschranks. Darin befand sich ein kleiner Metalltresor, den Lanz mit einem Schlüssel öffnete. Der Safe war vollkommen leer.

»Was war drinnen?«, fragte Brandner.

»Unsere Pistole. Wir hatten beide einen Waffenpass und beide einen Schlüssel.«

Eigenartig, der Mörder erdrosselt sein Opfer und nimmt dann die Pistole mit?

Brandner ließ sich Lanz' Schein zeigen. Er fotografierte ihn und versprach dem Mann, die Waffe an seiner statt als gestohlen zu melden.

Wenn wir sie finden, stoßen wir vermutlich auch auf den Täter. Aber was hat er damit vor? Noch einen Mord?

Brandner verabschiedete sich, trat auf die Straße und

atmete tief ein. Ihm kam eine Idee, deren Umsetzung Lindner und Reitbauer in Aktion erforderte.

60

Göstling, Niederösterreich
Donnerstag, 15. Mai

Annika hatte gemerkt, dass eine neue Nachricht eingegangen war. Erst nachdem sie sich von Alexandra Lanz' Eltern und der Schwester verabschiedet und in Reitbauers Polizeiauto auf dem Beifahrersitz Platz genommen hatte, holte sie ihr Handy hervor.

»Sieht so aus, als würden wir einen Zwischenstopp machen und in Waidhofen shoppen gehen«, sagte sie, nachdem sie Brandners Anweisung gelesen und das Foto angeklickt hatte, das er ihr geschickt hatte.

»Willst du ein neues schwarzes Teil kaufen?« Der Inspektionsleiter grinste sie schelmisch an.

Eine derartige Bemerkung vor unserer Abfahrt in Amstetten und ich hätte ihm gehörig die Leviten gelesen!

»Vielleicht gibt es ja auch ein Tattoo-Studio und ich lasse mir hier eine Orchidee stechen!« Annika tippte mit dem Zeigefinger auf die Seite an ihrem Kopf, die noch frei war.

Reitbauers Mund stand offen.

Schon wieder!

»War nur ein Scherz!« Annika musste lachen. »Eine Tätowierung am Schädel reicht mir!« Sie genoss es, ihn zu provozieren. »Vorerst!«

Reitbauer fiel mit ins Gelächter ein. »Du hast mir einen Schrecken eingejagt! Ich kann Brandner plausibel darlegen, wie das Gespräch mit der Familie verlaufen ist, aber eine neue Tätowierung an deinem Kopf – das zu erklären, da hätte ich echt Schiss!« Er startete den Motor.

»Leopold würde es verkraften!«, bemerkte Annika und schnallte sich an.

»Da bin ich mir nicht so sicher«, erwiderte Reitbauer und fuhr los. Er schaute kurz zu ihr herüber. »Aber wahrscheinlich hast du recht. Ich habe ihn schon längere Zeit nicht gesehen. Du kennst ihn mittlerweile vermutlich besser als ich. Vielleicht haben seine Töchter ja auch solche Tattoos.«

Annika musste kichern. »Ich glaube, *das* würde er wirklich nicht verkraften!«

Über Reitbauers Gesicht huschte ein Lächeln.

Wie schon auf dem Hinweg hielt er sich penibel an die Geschwindigkeitsbegrenzungen. Auch die langen Geraden zwischen Göstling und Hollenstein verleiteten ihn nicht dazu, aufs Gaspedal zu treten. Annika trommelte ungeduldig mit ihren Fingern auf das Armaturenbrett. Die vorherige Fahrt war durch Reitbauers Geschichten über seine gemeinsamen Fälle mit Brandner deutlich kurzweiliger gewesen. Schließlich hielt sie es nicht mehr aus.

»Fährst du eigentlich immer im Schneckentempo?«

»Nein, natürlich nicht!«, erwiderte Reitbauer. »Es ist nur so, dass ich früher die Inspektion in Waidhofen geleitet habe. Ich will meinem früheren Team und vor allem meinem Nachfolger keine Gelegenheit geben, mich wegen einer Verkehrsstrafe anzuprangern. Das verstehst du doch?«

Polizisten und ihre Ängste …

»Sicher, aber die Zeit vergeht dadurch trotzdem nicht schneller.« Annika überlegte kurz. »Gibt es nicht doch noch eine Anekdote über Leopold, die ich noch nicht kenne?«

Der Inspektionsleiter dachte angestrengt nach. »Wir haben einmal gemeinsam Grünfutter von der Wiese für die Kühe in den Stall gebracht. Bevor das nicht erledigt war, war der Bauer nämlich nicht bereit, sich mit uns zu unterhalten.«

Das war ganz nach Annikas Geschmack. »Erzähl mehr darüber! Wo war das?«

»In Sankt Georgen am Ybbsfelde. Damals haben wir im Fall eines ermordeten Mostbarons ermittelt.«

Reitbauer tat ihr den Gefallen und berichtete ausführlich von den damaligen Ermittlungen, bis sie schließlich Waidhofen erreichten, ohne dass Annika noch einmal auf die Uhr geschaut hatte.

Ob sich Franziska Bauer daran erinnert, dass sie mich als Model anwerben wollte?

Sie fanden die Zweigstelle des Trachtenlabels am unteren Stadtplatz linker Hand, gleich gegenüber einer Buchhandlung.

»Hast du eigentlich eine Lederhose daheim?«, fragte sie Reitbauer.

»Ja, sicher, und du ein Dirndl?«

»Nein, wenn die Bauer aber eines vollständig in Schwarz da hat, kaufe ich es sofort.«

Reitbauer blieb abrupt stehen und starrte sie wieder einmal an. Annika lief grinsend weiter und hatte schon den Eingang von ›Bauer Trachten‹ erreicht, als er wieder zu ihr aufschloss.

»Sie finden mich auch überall!« Franziska Bauer stemmte die Hände in die Hüfte.

Erfreut ist sie nicht, aber sie wirkt auch nicht nervös. Entweder schauspielert sie hervorragend oder sie weiß noch nichts von Alexandra Lanz' Ermordung.

»Schön haben Sie es hier!«, bemerkte Annika, nachdem sie den Inspektionsleiter und die Unternehmerin miteinander bekannt gemacht hatte.

Das alte Gewölbe, in dem das Geschäft untergebracht war, verströmte eine prachtvolle Atmosphäre, die selbst Annika in Einkaufslaune versetzte.

»Danke, aber Sie sind wahrscheinlich nicht gekommen, um ein Dirndl zu erwerben, oder täusche ich mich?«

»Nur wenn Sie ein schwarzes haben!«, warf Reitbauer ein. »Dann hätten Sie einen sicheren Geschäftsabschluss!«

Die Unternehmerin starrte ihn perplex an.

»Inspektorin Lindner trägt ausschließlich Schwarz«, erklärte er.

»Da hat Sepp recht!« Annika drehte sich einmal im Kreis.

»Etwas Farbe würde Ihnen guttun«, stellte Bauer trocken fest.

»Das entscheide ich schon selbst«, entgegnete Annika.

»Natürlich. Ein schwarzes Dirndl führen wir aber leider nicht. Wobei, was Dunkles für eine Beerdigung hätten wir schon da.« Sie hielt kurz inne, bevor sie fortfuhr: »Wenn ich Sie für den Laufsteg engagieren würde, müssten Sie sich aber zu hundert Prozent nach meinen Anweisungen richten!«

»Ich dachte, das käme nicht mehr infrage. Ihr Sohn hat doch gute Argumente vorgelegt!« Annika formte mit ihren Händen Körbchen vor ihrer Brust. »Und Sie haben zugestimmt.«

»Ich wollte meinem Jungen in der Situation lediglich den Rücken stärken.«

»Worüber redet ihr da eigentlich? Kann mich mal jemand aufklären?«, mischte sich Reitbauer leicht verunsichert ein.

Mein Fahrer versteht nur Bahnhof.

»Sepp«, antwortete Annika, »das tut jetzt nichts zur Sache.« Sie wandte sich wieder Franziska Bauer zu. »Wir sind aus einem anderen Grund hier.«

»Sie wollen nochmals über Simone Schnell sprechen?«, mutmaßte Bauer.

»Nein, ich will Ihnen ein Bild zeigen.« Annika entsperrte ihr Smartphone, rief die Galerie auf und tippte die Aufnahme mit der Schürze an. Danach hielt sie der Unternehmerin das Handy vors Gesicht: »Stammt die aus Ihrer Kollektion?«

Bauer nahm Annika ihr Smartphone ab und betrachtete das Foto. »Hm … eine rosa Schürze …«

»Mit weißen Blumen«, ergänzte Annika. »Ist die nun von Ihnen oder nicht?«

»Ich bin unsicher.« Sie hob ihren Blick vom Display. »Warum fragen Sie? Was ist mit der Schürze?«

»Unwichtig. Also, ja oder nein?«

Erst nach einigen Sekunden antwortete die Unternehmerin: »Die Schürze ist nicht von uns.«

Lindner musterte die Frau. Ihre Stimme hatte leicht gezittert und jetzt verschränkte sie die Arme vor der Brust.

Irgendetwas stimmt da nicht. Und was, das finden wir heraus.

61

Hollenstein, Niederösterreich
Donnerstag, 15. Mai

Sie musste pinkeln. Sie hatte zu viel Wasser getrunken, doch jetzt war der unpassendste Zeitpunkt, um ihren Beobachtungsposten zu verlassen. Birgits Smartphone zeigte bereits zehn Minuten nach 16 Uhr. Der Erpresser konnte jederzeit die Forststraße herunterkommen oder, falls er ein E-Bike fuhr, sich sehr schnell von unten nähern.

Birgit kratzte sich die Innenfläche ihrer rechten Hand. Als sie ihr Rad abseits der Forststraße im Gehölz versteckt hatte, hatte sie sich die Haut an einem abgebrochenen Ast aufgeschürft. Der Kratzer war nicht schlimmer als der einer Katze, trotzdem ärgerte sie sich über ihre Unachtsamkeit.

Von ihrem Standort aus, hinter dem Stamm einer Fichte, der von Schlingpflanzen umrankt war, hatte sie eine gute Sicht auf den Mistkübel, in dem der Beutel lag. Ein weiteres Mal machte Birgit mit ihrem Smartphone zur Sicherheit ein Foto vom Abfalleimer. Ja, wenn der Erpresser keine Maske trug, würde er auf der Aufnahme gut zu erkennen sein. Daran bestand kein Zweifel.

Wird er sofort nachsehen, ob der Sack auch wirklich mit Geldscheinen gefüllt ist? Wie wird er reagieren, wenn er stattdessen das Zeitungspapier entdeckt?

Sie war sich nicht im Klaren darüber, ob sie Zeugin seiner Enttäuschung werden wollte oder es bevorzugen würde, wenn der Erpresser möglichst schnell wieder verschwand.

Etwas kitzelte sie an der Wade. Eine Waldameise kletterte ihr Bein hinauf. Schnell schnippte sie das Tierchen mit ihrem Zeigefinger weg. Erst jetzt registrierte sie den riesigen Ameisenhaufen, der nur wenige Meter entfernt auf dem Waldboden emporragte und von unzähligen Ameisen bevölkert wurde. Mehrere krabbelten in ihre Richtung. Sie zischte einen leisen Fluch, der vom beharrlichen Klopfen des Spechts begleitet wurde. Doch mit einem Mal mischten sich laute Atemzüge in die Geräuschkulisse.

Birgit erstarrte und spähte talwärts. Einige Sekunden vergingen, bevor ein Radfahrer auftauchte, der sich langsam auf einem Mountainbike die Forststraße hinaufbewegte. Der Mann war jung, trug einen schwarz-weißen Helm, ein dunkelblaues Trikot und dunkle Radfahrerhosen.

Kein E-Bike, daher keucht er so.

Birgit nahm ihn mit ihrem Smartphone in den Fokus. Mehrmals tippte sie nacheinander auf den Auslöser der Kamera. Irgendwie kam ihr der Mann bekannt vor, doch sie wusste nicht, wo sie ihn schon einmal gesehen hatte. Um ein besseres Foto schießen zu können, beugte sie sich weiter nach vorne. Plötzlich knackte ein dünner Ast unter ihren Schuhen. Das Geräusch klang ohrenbetäubend laut.

62

Amstetten, Niederösterreich
Donnerstag, 15. Mai

Nach dem Gespräch mit David Lanz lief Brandner zu Fuß bis zum Bahnhof. Dort aß er im Kaffeehaus eine Semmel, die mit Käse und Schinken belegt war, und trank einen Apfelsaft gespritzt mit Leitungswasser. Danach fühlte er sich erheblich besser.

Er schlug den Weg in Richtung ›Schnell und Chic‹ ein. Es war heiß in der Stadt, doch zum Glück lag das Geschäft nicht weit vom Bahnhof entfernt. Vor dem Gebäude wurde nach wie vor Simone Schnell gedacht. Viele Kerzen waren frisch entzündet worden. Noch deutete nichts darauf hin, dass eine weitere der drei Inhaberinnen des Trachtenhauses einen gewaltsamen Tod erlitten hatte.

Lanz war keine Berühmtheit, trotzdem wird der Mord Aufsehen erregen. Allein der Zusammenhang mit dem Fall der Skikaiserin wird dafür sorgen.

Bevor Brandner den Laden betreten konnte, vibrierte sein Smartphone.

Böck. Kein Wunder.

»Haben Sie schon einen neuen Verdächtigen?«, ergriff sein Vorgesetzter sofort das Wort.

»Ihnen auch einen schönen Nachmittag, Herr Direktor!«

Brandner hörte, wie Böck langsam Luft ausstieß. Wie ein Ventil, das Druck ablassen musste.

»Schön ist meiner nicht!«, erwiderte er anschließend. »Der Innenminister und die Landesfürstin! Beide haben sich bereits bei mir gemeldet.«

»Wir sind dran!«, erklärte Brandner. »Die Kriminaltechnik untersucht alles, die Gerichtsmedizinerin nimmt sich den Leichnam ein weiteres Mal vor und Lindner und ich reden mit den Angehörigen und Kolleginnen der Toten.«

»Was hat das bisher gebracht?«

Mehr als du denkst.

Brandner versuchte, ruhig zu bleiben. Er berichtete von seinen Gesprächen mit Martina Herzog, die die Leiche gefunden hatte, und mit dem Ehemann der Ermordeten. Dann erzählte er Böck, dass Lindner jetzt, nach ihrem Besuch bei den Eltern, Franziska Bauer in Waidhofen erneut befragte.

»Wenn auch die zweite Schürze von ›Bauer Trachten‹ stammt, dann beantrage ich Untersuchungshaft für diese Bauer!«, verlautbarte der Direktor. »Die wird mit Sicherheit genehmigt.«

Abwarten. Zu schnell jemanden in U-Haft zu setzen, ohne dass wir ausreichend Beweise für seine Schuld gesammelt haben, hat selten zum gewünschten Ergebnis geführt.

»Ich erwarte jederzeit von Lindner Bescheid«, erwiderte Brandner. »Jetzt werde ich mit den Angestellten von ›Schnell und Chic‹ im Trachtengeschäft in Amstetten reden.«

»Machen Sie das!« Böck beendete daraufhin das Telefonat, ohne sich zu verabschieden.

Brandner betrat das Geschäft.

Sofort kam Martina Herzog auf ihn zu. »Gibt es schon neue Erkenntnisse?«

63

Hollenstein, Niederösterreich
Donnerstag, 15. Mai

Birgit hielt den Atem an. So laut das Brechen des Zweiges in ihren Ohren geklungen hatte, das verräterische Geräusch schien nicht bis zu dem Radfahrer vorgedrungen zu sein. Unbeirrt quälte der sich weiterhin die Forststraße hinauf.

Sie hob ihren Fuß leicht an und stellte ihn vorsichtig seitlich des Astes wieder auf den Waldboden. Diesmal blieb alles ruhig. Selbst der Specht hatte zu hämmern aufgehört. Nur das Keuchen des Mannes war zu hören und das Abrollen der Räder auf der Schotterstraße. Der Mann richtete jetzt seinen Blick auf den Mülleimer.

Er starrt ihn geradezu an. Er ist es! Kein Zweifel!

Birgit blieb in Deckung. Rasch wechselte sie auf ihrem Smartphone zur Videofunktion und begann, durch einen Spalt zwischen den Blättern der Schlingpflanze zu filmen. Der Verdächtige stieg kurz vor dem Mülleimer vom Rad, wie sie es erwartet hatte. Er lehnte es gegen einen Baumstamm gleich neben der Straße. Anstatt direkt zum Müllkübel zu gehen, drehte er sich langsam im Kreis und musterte die Umgebung.

Er kann mich nicht sehen … Er kann mich nicht sehen …

Birgit merkte, dass ihre Hand zitterte, die das Smartphone hielt.

Atmen, atmen, ein, aus.

Sie beruhigte sich erst, als der Mann seine Augen wieder auf den Abfalleimer richtete. Er zog seinen Rucksack vom Rücken und öffnete ihn, während er sich dem Kübel näherte. Schnell griff er hinein und zog den Sack heraus, den Birgit dort platziert hatte. Plötzlich hielt er inne, er horchte auf.

Dann hörte es Birgit auch.

Stimmen! Ein Mann und eine Frau.

Birgit konnte nicht verstehen, über was die beiden redeten, und die Stimmen auch nicht genau orten, doch sie registrierte, dass der Erpresser hektisch den Beutel in seinen Rucksack stopfte. Den schnallte er sich wieder auf den Rücken, stieg aufs Fahrrad und trat energisch in die Pedale. Er fuhr wieder die Forststraße hinab und verschwand kurz darauf aus Birgits Blickfeld. Erst jetzt stoppte sie die Videoaufnahme auf ihrem Smartphone.

Bald danach tauchte ein älteres Pärchen auf. Auf E-Bikes fuhr es die Forststraße nach oben, vertieft in ein Gespräch darüber, ob die Kitzhütte bewirtschaftet war und falls ja, was sie dort zu essen bekommen würden. Als die beiden vorbeigezogen waren, wischte Birgit mehrere Ameisen von ihren Beinen und konnte sich dann endlich erleichtern.

Im Anschluss entschied sie sich, ebenfalls bergauf zu radeln, denn dann war die Wahrscheinlichkeit am geringsten, dem Erpresser allein im Wald zu begegnen. Birgit erwartete, dass er extrem wütend auf sie sein würde, wenn er einen Blick in den Müllsack warf.

Was, wenn er bei mir daheim auftaucht? … Ruhig, Birgit, damit setzt du dich auseinander, wenn es so weit ist …

64

**Amstetten, Niederösterreich
Donnerstag, 15. Mai**

»Die Schürze ist von ›Bauer Trachten‹, nicht wahr? Hat Franziska das bestätigt?« Martina Herzog gierte förmlich nach einer Antwort.

Außer ihr hielten sich zwei weitere Frauen im Geschäft auf. Eine davon war die Verkäuferin von ›Schnell und Chic‹, die Brandner auf circa 30 Jahre schätzte. Die andere war eine ältere Dame, die sie gerade bediente.

»Kann ich nicht sagen«, erwiderte Brandner. »Ermittlungsinterna.«

»Sie war von Bauer, eindeutig!«, beharrte Herzog.

Ich bin neugierig, was Annika in Waidhofen herausfindet.

»Ich bin nicht gekommen, um über die Schürze zu reden, sondern aus einem anderen Grund.«

»Der wäre?«

»Ich würde gerne mit Ihren Angestellten reden.«

Herzog deutete nach hinten, wo die Kundin soeben mit mehreren Kleidungsstücken in einer Umkleidekabine verschwand. »Regina bedient gerade«, erklärte die Designerin das Offensichtliche.

»Ich habe Zeit«, erwiderte Brandner.

Herzog schien darüber alles andere als glücklich zu sein.

»Wenn Sie Ihre Mitarbeiterin ablösen, werde ich umso schneller wieder weg sein.«

Länger als unbedingt nötig will ich nicht warten.

Jetzt verzog die Inhaberin erst recht ihr Gesicht. »Ich bin die Designerin und keine Verkäuferin!«

Brandner ersparte sich einen Kommentar.

Herzog wiegte unsicher ihren Kopf. »Also gut!«, willigte sie schließlich ein und wandte sich ab.

Sie machte einen Schritt in Richtung Umkleidekabinen, als Armin Schnell das Geschäft betrat. »Hallo, Martina.«

»Hallo, Armin!« Sie lächelte ihn kurz an und fügte rasch hinzu: »Major Brandner hast du schon gesehen?«

Der Witwer begrüßte Brandner. »Schrecklich das mit Alexandra«, bemerkte er betroffen.

Brandner nickte, und Schnell drehte sich wieder zu Herzog. »Wegen Samstag ist alles klar? Wegen Simones Begräbnis.«

»Natürlich.« Die Designerin schluckte. »Alexandra wird nun nicht dabei sein, David und ihre Eltern ... Ich weiß nicht, ob du mit ihnen rechnen kannst.«

Schnell zuckte mit seinen Achseln. »Dann ist es so. Ich werde sie bis übermorgen sicher nicht damit belästigen, die haben genug andere Sorgen. Die Anzahl der Gäste für die Zehrung habe ich schon ans Wirtshaus bekannt gegeben. Die ändere ich nicht mehr. Das kann ich mir gerade noch leisten.« Ein zaghaftes Lächeln huschte über seine Lippen.

»Recht hast du.«

Brandner räusperte sich.

Herzog schaute zu ihm, dann wieder zu Schnell. »Entschuldige bitte! Major Brandner will mit Regina reden, und ich habe ihm versprochen, sie abzulösen, damit er nicht zu lange warten muss.«

»Schon in Ordnung!«

Schnell legte kurz einen Arm um Herzogs Schulter. »Ich gehe dann wieder.« Er nickte Brandner zu. »Herr Major!«

»Kommen Sie mit!«, forderte Herzog Brandner auf, nachdem Schnell das Geschäft wieder verlassen hatte. »Regina!« Sie winkte ihre Mitarbeiterin auf halbem Weg zu sich. Die Kundin befand sich immer noch in der Kabine. Trotzdem stellte sie Brandner im Flüsterton vor. »Ihr könnt nach hinten gehen, in unseren kleinen Besprechungsraum.«

Die Verkäuferin nickte und ging voraus zur hinteren Wand, wo sie eine eingelassene Tür neben den Umkleidekabinen öffnete. Brandner folgte ihr in den Raum dahinter, der ziemlich dunkel war und nicht mal im Ansatz dem schönen Büro ähnelte, das Alexandra Lanz genutzt hatte. Nur zwei kleine Fenster sorgten für etwas natürliches Licht.

»Ist eigentlich ein etwas breiterer Gang«, erklärte die Frau. An der Wand zum Verkaufsraum stand ein Tisch, an dessen Stirnseite sie sich niederließ. »Nehmen Sie Platz!«, forderte sie ihn auf.

Brandner ließ sich daraufhin an der Längsseite auf einen Sessel nieder. »Nennen Sie mir bitte zuerst Ihren vollständigen Namen.«

»Regina Halmatzeder.«

»Frau Halmatzeder, zwei ihrer drei Vorgesetzten sind verstorben …«

»Es ist alles so schrecklich!«, klagte die Verkäuferin umgehend. »Wie soll es nur weitergehen? Ich brauche doch das Geld!«

Brandner legte seine Hände auf die Tischplatte und blickte ihr direkt in die Augen. »Wenn ich es richtig verstanden habe, möchte Frau Herzog das Label weiterführen. Immerhin ist sie ja die Designerin.«

»Das stimmt schon!«, erwiderte die Halmatzeder. »Die Martina kann sicher die nächste Kollektion entwerfen und produzieren lassen, aber kann sie auch eine Firma führen?«

Sie schüttelte ihren Kopf. »Ich bin mir da überhaupt nicht sicher.«

»Zudem will scheinbar jemand ganz und gar nicht, dass ›Schnell und Chic‹ überlebt«, gab Brandner nun zu bedenken. »So hat es zumindest den Anschein.«

Die Frau schlug sich die Hand vor ihrem Mund. Nach einigen Augenblicken wollte sie wissen: »Glauben Sie etwa, ich bin auch in Gefahr?«

Eher muss sich Martina Herzog Sorgen machen. Das erwähne ich aber besser nicht.

»Ich denke nicht, dass ein Risiko für Sie besteht«, erwiderte Brandner. »Aber seien Sie wachsam. Das schadet nie.«

»Danke für den Hinweis.«

»Das Label ›Schnell und Chic‹ wurde ja gerade neu gegründet. Wo waren Sie davor beschäftigt? In einem anderen Trachtenmodengeschäft?«, erkundigte sich Brandner.

»Ja, in der Tat«, antwortete Halmatzeder. »Ich habe vor mittlerweile 16 Jahren eine Lehre bei ›Bauer Trachten‹ begonnen. Bis vor Kurzem habe ich Franziska Bauers Kollektionen verkauft.«

Das ist interessant. Noch ein Grund, warum die Bauer ›Schnell und Chic‹ hassen dürfte.

»Warum haben Sie das Unternehmen verlassen?«

»Die Franziska ist keine angenehme Chefin …«, erwiderte die Frau zögerlich.

Das kann ich mir gut vorstellen.

»Und ihr Sohn Fred ist irgendwie gruselig«, fügte die Verkäuferin hinzu.

Der Filius steht aber unter der Fuchtel seiner Mutter.

»Wie haben die beiden reagiert, als Sie gekündigt haben?«

»Franziska hat es mit Fassung getragen. Erst als sie erfahren hat, wohin ich wechsele, ist sie vollkommen ausgezuckt.«

65

Hollenstein, Niederösterreich
Donnerstag, 15. Mai

Die Anspannung der vergangenen Stunde hatte zusätzlich an Birgits Nerven gezerrt. Während sie die Forststraße hinaufradelte, konzentrierte sie sich auf ihre Atmung und auf jede einzelne Umdrehung der Pedale. Das ältere Paar, das kurz zuvor die Bank passiert hatte, würde sie nicht einholen, wenn die beiden keine Pause einlegten, denn mithilfe des Motorantriebs waren sie deutlich zügiger unterwegs. Und das, obwohl sie als junge aktive Rennläuferin natürlich körperlich weit überlegen war.

Hin und wieder raschelte es im Unterholz neben der Forststraße. Immerhin war kein Specht mehr weit und breit zu hören. Bei der Kitzhütte machte Birgit keinen Halt, sondern fuhr weiter. Bald ging es bergab. Hoch konzentriert raste sie talwärts. Schneller als sonst, denn sie sehnte sich nach dem Gefühl von Freiheit, das sie im Geschwindigkeitsrausch empfand. Sie spürte den Wind im Gesicht, ihr Kopf wurde frei und bald schon schienen alle Sorgen wie weggeblasen.

Die Federgabel dämpfte die Unebenheiten des Untergrunds. Vor der nächsten Kehre bremste Birgit scharf ab und ließ das Hinterrad im Schotter blockieren. Dadurch brachte sie das Rad schneller um die Kurve. Die Sonne leuchtete durch das Blätterwerk und blendete sie leicht. Trotzdem trat sie wieder kraftvoll in die Pedale. Zu spät entdeckte sie, dass etwas Längliches quer über der Straße lag. Sie versuchte, auszuweichen und gleichzeitig zu bremsen. Eine Natter schlängelte über den Boden. Das Vorderrad rutschte seitlich weg. Sie schrie auf, als sie merkte, dass sie den Sturz nicht mehr vermeiden konnte, und schlug hart auf dem Schotter auf.

66

Amstetten, Niederösterreich
Donnerstag, 15. Mai

»Verstehe, Franziska Bauer betrachtet ›Schnell und Chic‹ als Feind, zu dem Sie übergelaufen sind«, schlussfolgerte Brandner.

»Genau, für Franziska sieht es wohl so aus«, bestätigte Halmatzeder.

»Und für Sie?«

Die Verkäuferin schüttelte energisch ihren Kopf. »Trachtenmode ist derart beliebt, ›Bauer Trachten‹ und ›Schnell und Chic‹ können nebeneinander bestehen, da bin ich mir sicher!«

»›Bauer Trachten‹ soll allerdings in finanzielle Schieflage geraten sein.«

»Also, ich habe damals mein Geld immer pünktlich erhalten«, entgegnete sie erstaunt.

Sie scheint wirklich ahnungslos zu sein.

»Ist Ihnen gestern etwas Ungewöhnliches aufgefallen?«

»Nein, alles war wie immer ... Ich meine, seit Simone tot ist. Alexandra, Martina und Armin haben sich meist in Alexandras Büro aufgehalten. Simones Tod hat viele Fragen aufgeworfen, vor allem wie es weitergehen wird.«

»Der Witwer von Simone Schnell war wohl anwesend, weil er die Anteile seiner Frau erben wird«, vermutete Brandner.

»Nicht nur. Er war auch schon in den beiden Monaten davor oft hier. Wenn ich die Gespräche am Rand richtig mitbekommen habe, ist er stiller Teilhaber des Labels.«

Das ist jetzt aber nicht wahr! Warum hat das bisher niemand erwähnt?

Brandner kreisten die Gedanken im Kopf. Durch diese Information änderte sich die Lage.

Aber wie genau? Die Schnell wollte wieder zurück in den Profisport. Ihr Mann trainierte sie und war zugleich an dem Trachtenmodengeschäft beteiligt, das von ihrem Namen lebt? Es hätte beides nebeneinander funktionieren können. Vermutlich hätte das Label sogar noch mehr Aufmerksamkeit genossen, wenn die Kaiserin Erfolge als aktive Rennläuferin gefeiert hätte.

»Haben Sie noch Fragen?«, riss ihn Halmatzeder aus seinen Überlegungen.

»Habe ich noch Fragen?«, wiederholte er, da er sich zunächst sammeln musste. »Ja«, antwortete er schließlich. »Wie war das Verhältnis der vier zueinander?«

Die Verkäuferin überlegte kurz. »Simone, Alexandra und Martina kennen sich schon seit ihrer Jugendzeit. Sie waren Freundinnen.«

»Gab es mal Spannungen zwischen ihnen?«

Die Frau blinzelte kurz, bevor sie antwortete. »… nicht was das Geschäftliche betraf.«

»Aber in privaten Dingen?«

»Na ja, alle drei wollten in jungen Jahren Skirennläuferinnen werden. So haben sie sich damals kennengelernt. Einen gewissen Neid auf Simones Erfolge habe ich bei Martina und Alexandra schon herausgehört, wenn Simone nicht dabei war.«

»Was genau haben Sie gehört?«

»Wenn sie unter sich waren, hieß es das ein oder andere Mal, dass sie beide eigentlich mehr Talent als Simone besessen haben. Weil die aber derart stark von ihren Eltern finanziell unterstützt wurde, hat sie sich durchgesetzt.«

»Die Eltern von Lanz und Herzog taten das bei ihren Töchtern demnach nicht«, nahm Brandner an.

»Genau, entweder hatten sie nicht genug Geld oder sie wollten einfach nicht solch hohe Summen ausgeben.« Halmatzeder überlegte kurz. »Wobei das bei Martina sicher besser war, die hatte nämlich als Jugendliche eine schwere Verletzung. Das wäre sowieso nichts mehr geworden, wenn der Körper schon so früh schwächelt. Weswegen es bei Alexandra dann nicht geklappt hat, weiß ich nicht.«

Zwischen den drei Freundinnen war also nicht immer alles eitel Sonnenschein. Das wäre aber auch ein Wunder gewesen.

»Armin Schnell scheint sich mit Frau Lanz und Frau Herzog gut verstanden zu haben.«

Die Verkäuferin nickte. »Ja, die vier sind immer sehr vertraut miteinander umgegangen.«

Brandners Smartphone vibrierte. Er holte es aus einer Tasche hervor.

Annika. Jetzt will ich aber wissen, was es mit der Schürze auf sich hat!

»Entschuldigung, da muss ich rangehen.«

67

Waidhofen an der Ybbs, Niederösterreich
Donnerstag, 15. Mai

Reitbauer nahm die erste Ausfahrt des Kreisverkehrs. Annika warf einen letzten Blick auf das alte Schloss, das rechter Hand beeindruckend gen Himmel ragte. Endlich nahm Brandner ihren Anruf entgegen. Sie aktivierte die Lautsprecherfunktion, damit der Inspektionsleiter mithören konnte.

»Was hat die Bauer zu dem Foto gesagt?«, wollte ihr Chef sofort wissen.

»Sie meint, es sei nicht aus ihrer Kollektion«, erwiderte Annika.

Sie hörte Brandner enttäuscht ausatmen. »Glaubst du ihr?«, hakte er nach.

»Sepp und ich sind uns einig, dass sie uns nicht die ganze Wahrheit verraten hat.«

»Warum lügt sie? Ihr muss doch klar sein, dass wir das herausbekommen werden.«

Da ist was dran. Und trotzdem scheint sie mehr zu wissen, als sie preisgeben will.

»Ich weiß es nicht. Es ist auch nur so ein Gefühl, allerdings von uns beiden, dass sie nicht ganz ehrlich war.«

Ihr Vorgesetzter seufzte, bevor er resigniert feststellte: »Das heißt, wir müssen uns ein zweites Mal die Fotos oder das Video von der Schallaburg ansehen.«

Annika dachte nach, während sie durchs Fenster starrte. Ihr Blick blieb an der imposanten Basilika Sonntagberg hängen.

Das wäre auch eine eindrucksvolle Kulisse für eine Modenschau.

»Annika, bist du noch dran?«

»Äh, ja, natürlich … die Modenschau! Jetzt haben wir uns die Aufzeichnung schon so oft angeschaut, da müsste man doch meinen, wir wüssten sofort, wann und wo diese Schürze aufgetaucht ist, aber ich bin mir nicht sicher. Scheinbar bin ich kein Modefreak, der für so etwas ein Auge hat.«

Nun war Brandner verdächtig still.

»Als dein Vorgesetzter äußert er sich dazu besser nicht«, flüsterte Reitbauer. Der Inspektionsleiter grinste sie an.

Annika zwinkerte ihm zu. »Hat es dir die Sprache verschlagen?«, wandte sie sich wieder an Brandner. »Bist du etwa der Meinung, ich sei nicht modebewusst?«

»Nein, nein … Das ist es nicht«, beeilte sich ihr Chef um eine Antwort. »Du hast eben deinen eigenen Stil, da sind die Dirndl einfach nichts für dich. Wenn einen etwas nicht interessiert, dann behält man es auch nicht im Gedächtnis.«

Nicht schlecht, Leopold, gut pariert. Aber noch lasse ich dich nicht von der Angel.

»Leopold, Sepp kennt einen Tätowierer in Waidhofen aus seiner Dienstzeit hier. Ich würde mir eine Tulpe auf die andere Kopfseite stechen. Meinst du, das wäre für Böck ein Problem?«, fragte sie so unschuldig wie möglich.

»Das … Das weiß ich nicht«, stotterte Brandner. »Euch ist aber schon bewusst, dass ihr im Dienst seid. Also ein Abstecher zum Tätowierer macht nur Sinn, wenn der etwas zu den Ermittlungen beitragen kann.«

»Wir werden ihn dazu befragen!«, erwiderte Annika.

Reitbauer schüttelte amüsiert seinen Kopf.

»Keine Gerüchte streuen!« Brandners Stimme klang nun deutlich schärfer.

»Ich mach das ganz sensibel, du kennst mich ja!«

Ihr Vorgesetzter stöhnte auf, während der Inspektionsleiter neben ihr versuchte, ihr mit der Hand ein Zeichen zu geben.

Ihm geht mein Spaß wohl zu weit, und Leopold klingt auch schon ziemlich aufgeregt.

»Leopold, das war nicht ernst gemeint!«, klärte sie auf. »Sepp würde mich niemals zu einem Tätowierer bringen!« Sie musste lachen. »Wir haben vorher noch darüber gesprochen, dass er befürchtet, sich in so einem Fall Schwierigkeiten bei dir einzuhandeln.«

»Sepp nicht, aber du, wenn du während eines Einsatzes solche Einfälle hast!«

»War ja nur Spaß!«

»Ich finde solche Späße nicht lustig.«

»Okay, tut mir leid, kommt nicht wieder vor«, murmelte sie.

Mist, ich bin tatsächlich einen Schritt zu weit gegangen!

»Gut, dann belassen wir es dabei.«

»Danke … Hast du eigentlich schon eine Info zum DNA-Abgleich von Birgit Maderthaner erhalten«, wechselte sie das Thema. »Den wollte Elfriede uns doch heute Nachmittag schicken.«

»Nein, noch nicht, aber sie war am neuen Tatort beschäftigt, da wird sie den Abgleich hintenangestellt haben. Aber ich gehe dem nach.«

»Gut, bis gleich in Amstetten.«

»Bis dann.«

68

Hollenstein, Niederösterreich
Donnerstag, 15. Mai

Ihr traten die Tränen in die Augen. Ihre Hüfte schmerzte vom Aufprall, Hände und Knie waren aufgeschürft und bluteten. Birgit fühlte sich schwach, blieb einige Sekunden liegen, bevor sie sich vorsichtig zur Seite drehte. Sie stützte sich mit den Fingerspitzen auf dem Boden ab, ging in die Hocke und drückte sich nach oben. Obwohl sie sich Zeit gelassen hatte, schwankte sie, und ihr wurde schwindlig. Sie versuchte, sich zu konzentrieren, atmete einige Male langsam ein und wieder aus, bis ihre Sicht wieder klarer wurde. Dann humpelte sie zu ihrem Rad, das einige Meter weiter oben mitten auf der Forststraße lag. Von der Schlange, die über den Weg gehuscht war, war nichts mehr zu sehen.

Sie hob das Rad auf. Nur der Lack hatte Kratzer abbekommen. Räder, Bremsen und Lenker schienen unbeschädigt zu sein. Sie hielt mit einer Hand den Sattel fest, mit der anderen zupfte sie die feinen Steinchen von ihren aufgeschürften Knien und Unterschenkeln. Erst jetzt bemerkte sie, dass ihre Hose seitlich mehrere Zentimeter eingerissen war, und auch ihr Trikot war derart in Mitleidenschaft gezogen, dass es nicht mehr zu gebrauchen sein würde. Ihre Handflächen brannten förmlich vor Schmerz. Jetzt hätten sich Fahrradhandschuhe bezahlt gemacht, auf die sie diesmal verzichtet hatte.

Zähne zusammenbeißen. Sei froh, dass nichts gebrochen ist!

Ungelenk wegen der lädierten Hüfte stieg sie aufs Rad und trat langsam in die Pedale. Das Bremsen stellte mit aufgeschürften Händen und Fingern eine Herausforderung dar, doch Birgit blieb nichts anderes übrig, als die Verletzungen zu ignorieren. Meter um Meter legte sie im gedrosselten Tempo zurück. Sie spürte Erleichterung, als sie schließlich die asphaltierte Straße erreichte. Noch war sie zwar nicht daheim, aber die flache Strecke von Hollenstein nach Göstling würde sie ohne weitere Probleme schaffen.

In Hollenstein passierte sie das Kaffeehaus. Hinter ihr hörte sie ein Auto sich nähern. Nach der nächsten Kurve wurde sie von einem silbernen Golf überholt, an dessen Heck ein Fahrradträger montiert war. Und darauf stand ein Mountainbike.

Ist das etwa? … Nein, das kann doch nicht sein! Dasselbe Rad, mit dem der Erpresser unterwegs war. Mist, hat er mich erkannt?

Birgit ließ sich zurückfallen, in der Hoffnung, dass sie bald aus dem Sichtfeld des Rückspiegels verschwand. Doch die erwies sich als vergebens.

Scheiße, er bremst!

69

Amstetten, Niederösterreich
Donnerstag, 15. Mai

Nachdem Brandner aufgelegt hatte, setzte er sich wieder zu Regina Halmatzeder an den Tisch im winzigen Besprechungszimmer. Er fuhr sich mit einer Hand übers Gesicht, um sich zu sammeln. Seine junge Kollegin hatte ihn aus dem Gleichgewicht gebracht, und das ärgerte ihn.

Sie ist eine gute Polizistin, aber manchmal einfach zu impulsiv! Das wird die Zeit und die Erfahrung allerdings schon richten. Oder sollte ich mit ihr einmal unter vier Augen darüber sprechen?

Als sich die Verkäuferin demonstrativ räusperte, richtete Brandner seine Aufmerksamkeit wieder auf die Frau. »Wo waren wir stehen geblieben? Ach, ja, das Verhältnis zwischen den vieren. Ist Ihnen in letzter Zeit sonst noch etwas aufgefallen?«

»Nein, wie gesagt, generell war die Stimmung seit Simones Tod am Tiefpunkt, im gesamten Team.«

»Wie viele Angestellte arbeiten denn bei ›Schnell und Chic‹?«

»Wir sind zu fünft. Also Simone, Alexandra und Martina nicht mitgerechnet. Das Schneidern vergibt Martina nach außen, und Alexandra hat die Buchhaltung auch ausgelagert.«

»Gut, danke. Sollte Ihnen noch etwas einfallen, melden Sie sich bitte.«

»Mache ich.«

Gemeinsam verließen sie das Besprechungszimmer und traten in den Ladenraum, wo Herzog gerade an der Kassa stand und die ältere Kundin von vorhin verabschiedete.

»Ich bräuchte noch die Kontaktdaten Ihrer anderen vier Mitarbeiter«, sagte Brandner zu Herzog, als die Dame das Geschäft verlassen hatte.

Die Mimik der Designerin verriet einen gewissen Widerwillen und die Frage nach dem Warum lag ihr sichtlich auf den Lippen. Doch statt sie zu äußern, lächelte sie gequält. »Selbstverständlich.«

Brandner reichte ihr zur Sicherheit seine Visitenkarte, obwohl sie diese schon auf der Schallaburg erhalten hatte. »An diese E-Mail-Adresse bitte, wenn möglich noch heute.«

»Natürlich!«

»Armin Schnell ist ebenfalls an ›Schnell und Chic‹ beteiligt, stimmt das?«, wollte Brandner dann wissen.

Herzog warf ihrer Angestellten einen fragenden Blick zu.

»Ich wusste nicht, dass das ein Geheimnis ist«, erklärte Regina Halmatzeder, sichtlich verunsichert von der Reaktion ihrer Chefin.

»Ist es auch nicht!« Herzog bemühte sich um einen gelassenen Tonfall. »Ja, zehn Prozent gehören Armin. Er ist stiller Teilhaber. Wir wollten uns allerdings als reines Frauenteam präsentieren, daher haben wir das nicht nach außen getragen.«

»Für die Ermittlungen wäre es aber von Interesse gewesen.«

Herzog zuckte mit ihren Schultern. »Tut mir leid, daran haben wir nicht gedacht. Uns ist nicht in den Sinn gekommen, dass es von Bedeutung ist.«

Das werden wir beurteilen müssen.

Brandner verabschiedete sich von den beiden Frauen und trat ins Freie. Er lief nochmals zum Bahnhofscafé und bestellte sich einen Verlängerten und ein Schokocroissant. Dann rief er die Kriminaltechnikerin an.

»Gibt es Neuigkeiten zum DNA-Abgleich von Birgit Maderthaner?«

»Nein, tut mir leid. Der neue Fall in Amstetten hatte heute Vorrang«, erwiderte Auer. »Wir sind leider zu knapp besetzt, aber morgen sollte ich es schaffen.«

»Schon gut. Konntet ihr noch brauchbare Spuren am Tatort sicherstellen?«

»Jede Menge Fingerabdrücke, DNA, Haare und so weiter. Morgen starten wir mit der Auswertung. Zuerst lassen wir sie wie üblich durch die Datenbank laufen und beginnen mit den Spuren an der Tatwaffe.«

Würde mich wundern, wenn wir auf einen aktenkundigen Verbrecher stoßen, aber vielleicht gibt es ja eine Überraschung.

In diesem Moment betraten Lindner und Reitbauer das Kaffeehaus. Brandner winkte ihnen zu. Während er das Telefonat beendete, orderten die beiden sich ebenfalls je einen Verlängerten. Der Inspektionsleiter wählte zusätzlich eine Topfengolatsche von der Karte, während die Kollegin verzichtete.

»Wie fangen wir unseren Täter?«, warf Lindner in die Runde. »Was unternehmen wir als Nächstes?«

Heute nicht mehr viel. Morgen haben wir genug zu tun.

»Wir fahren zurück, dann machen wir Feierabend«, entschied Brandner.

»Da wird sich Eva aber freuen!«

»Und deine Nina hoffentlich auch!«

Beide schauten zu Reitbauer, der errötete. »Mein Liebesleben geht euch nichts an.«

Lindner lachte. »Es muss dir nicht peinlich sein, Single zu sein!«

»Woher wusstest du das?«, fragte Reitbauer erstaunt.

»Ich hatte eine Ahnung, aber jetzt weiß ich es!«

70

Sankt Pölten, Niederösterreich
Freitag, 16. Mai

Den gestrigen Abend hatte Annika gemütlich mit Nina ausklingen lassen. Sie hatten es sich auf dem Sofa bequem gemacht und gemeinsam überlegt, ob sie einen Serienabend starten sollten, allerdings war es dafür bereits zu spät gewesen. Daher hatten sie sich bei einer Tasse Tee ausgetauscht. Natürlich auch über den Fall. Sie hatte ihre Freundin nicht zum ersten Mal in Interna eingeweiht, die sie eigentlich nicht preisgeben durfte, aber sie vertraute ihr. Nina würde nichts verraten.

Ninas Duft umhüllte sie, obwohl ihre Freundin bereits in der Küche hantierte. Annika streckte sich im Bett aus. Wieder einmal konnte sie ihr Glück kaum fassen: Sie durfte nicht nur ihren Traumberuf ausüben, sondern lebte darüber hinaus mit der perfekten Frau zusammen. Die meisten Studentinnen würden um diese Zeit noch schlafen, aber Nina bereitete für sie beide das Frühstück vor.

Annika schob die Decke zurück und schlüpfte aus dem Bett. Derart erholt hatte sie sich im vergangenen Jahr selten gefühlt. Der Beruf als LKA-Ermittlerin verlangte ihr viel ab.

»Bereit für die Mörderjagd?«, begrüßte Nina sie, als sie die Küche betrat.

»So was von! Wer immer es ist, ich möchte nicht in seiner Haut stecken!«

»Oder in ihrer«, ergänzte Nina.

Sie denkt an unser Gespräch gestern. Mehr und mehr glaube ich, dass eine Frau infrage kommt. Die Tatsache, dass Strangulation ein gewisses Maß an Kraft voraussetzt, schließt eine Täterin nicht aus. Birgit Maderthaner hat als Sportlerin ausreichend Muckis, um jemanden zu erdrosseln. Und sie hatte sich bei ihren Befragungen äußerst verdächtig verhalten. Aber was hatte sie mit Lanz zu schaffen? Aktuell weisen alle Indizien auf Franziska Bauer, die auch beim zweiten Mord zum Kreis der Verdächtigen gehört …

»Vielleicht ist es ja deine Malerin!«, neckte Nina sie.

Ricarda?

Annika verzog ihr Gesicht. »Alles ist möglich«, erwiderte sie. »Wir schließen niemanden als Verdächtigen oder Verdächtige aus.«

Sie glaubte nicht, dass Ricarda Sonnleitner etwas mit den beiden Morden zu tun hatte, aber sicher konnte sie sich nicht sein. Einerseits war ihr das Teilzeitmodel sympathisch, andererseits schien es ein enges Verhältnis zu diesem Widerling Andreas Schnell zu haben, was Annika vollkommen schleierhaft war. Der hatte durchaus ein Motiv für den Mord an seiner Schwester, nämlich Neid und Rache. Warum er jedoch anschließend Alexandra Lanz umgebracht haben sollte, erschloss sich Annika derzeit nicht.

Da der Bruder nicht erbberechtigt ist, sind die Anteile an der Firma für ihn so oder so unerreichbar. Ganz anders liegt der Fall bei dem Witwer der Skikaiserin …

Leopold hatte sie gestern auf der Rückfahrt vom Kaffeehaus über die stille Teilhaberschaft Armin Schnells informiert. Sie hatten das verwirrende Beziehungsgeflecht zwischen den drei Frauen und dem Witwer analysiert und waren zu der Annahme gekommen, dass der Mann mit den Anteilen seiner verstorbenen Frau die Mehrheit am Unternehmen erlangt haben müsste – vorausgesetzt, die drei Freundinnen hatten die Besitzverhältnisse gleichmäßig untereinander verteilt. Aber schadete der Tod der Skikaiserin der Modefirma nicht langfristig? Und warum dann überhaupt der Mord an Lanz?

Entweder hat es etwas mit ›Schnell und Chic‹ zu tun, dann wären eher die Bauer und ihr Sohn die Hauptverdächtigen – als Konkurrenten des Labels profitierten sie von beiden Morden. Oder das Motiv liegt ganz woanders und wir tappen im Dunkeln. Denn auch wenn Birgit Maderthaner genauso wie Armin Schnell ein gewisses Interesse am Tod der Skikaiserin gehabt haben könnte, ist ihre Verbindung zum zweiten Fall unklar …

»Annika, hallo! Ich bin auch noch da!«, riss Nina sie aus ihren Überlegungen.

»Entschuldige, ich war gedanklich bereits wieder bei den Ermittlungen.«

»Kein Thema, hier dein Kaffee.«

»Danke!«

Annika nahm einen Schluck, heiß, aber angenehm bitter schmeckte der Kaffee. Und er hatte den erfreulichen Nebeneffekt, dass er den leicht schalen Geschmack in ihrem Mund vertrieb. »Schmeckt herrlich!« Sie stellte die Tasse auf den Tisch. »Ich springe nur schnell ins Bad!«

Brandner hatte nicht gut geschlafen, entsprechend schlecht gelaunt war er in den Tag gestartet. Das gemeinsame Frühstück mit Eva hatte seine Stimmung nur unwesentlich verbessert. Immer wieder musste er an das unausweichliche Gespräch mit Böck denken, das ihm heute nicht erspart bleiben würde. Natürlich schwirrten ihm auch die unzähligen

Fotos und das Video der Modenschau im Kopf herum, was einen gewissen Widerwillen in ihm hervorrief.

Da stehe ich regelmäßig vor Toten, die einem Gewaltverbrechen zum Opfer gefallen sind, und dann graut es mir dabei, Modeaufnahmen zu sichten. Immerhin ein zweites Mal. Für einen Außenstehenden wird das kaum zu verstehen sein, aber so ist es nun mal.

»Schön den Blick nach vorne gerichtet lassen!«, ermahnte ihn Lindner, die neben ihm in seinem Büro saß.

Sie ist unglaublich gut gelaunt, ihr Gesicht strahlt geradezu. Eigentlich sollte sie heute bunte Kleidung tragen. Dafür ist die Zeit aber anscheinend noch nicht reif.

Wie immer im regulären Dienst war Lindner vollständig in Schwarz gehüllt, was für seinen Geschmack eine gewisse Eleganz vermissen ließ. Das vergangene Wochenende musste er sich rot im Kalender markieren, denn so schnell würde er seine junge Kollegin nicht mehr in Abendgarderobe sehen.

Seufzend konzentrierte er sich wieder auf das Video der Modenschau, das ihn bereits seit einer halben Stunde quälte. Da das Besprechungszimmer belegt war, schauten sie sich die Aufzeichnung auf seinem Laptop an, den sie an den großen Monitor auf seinem Schreibtisch angeschlossen hatten. Plötzlich erregte etwas seine Aufmerksamkeit, und er war wieder hellwach.

»Ist das nicht …?«

»Ricarda Sonnleitner«, bestätigte Lindner murmelnd. »Sieht aus, als ob sie die Schürze trägt, mit der Alexandra Lanz erdrosselt wurde!«

Brandner stoppte das Bild und zoomte es näher heran. Eindeutig waren die weißen Blumen auf der zartrosafarbenen Schürze zu erkennen.

»Kann das noch ein Zufall sein?«

»Wohl kaum«, erwiderte Lindner.

Sein Telefon klingelte.

»Ihr werdet nicht glauben, was ich an der Schürze gefunden habe, mit der Alexandra Lanz umgebracht worden ist«, erklang Auers Stimme, nachdem Brandner den Lautsprecher angeschaltet hatte.

»DNA von Ricarda Sonnleitner«, riet Brandner.

»Ja, ein Haar von ihr befand sich am Stoff, aber woher weißt du das?«, fragte Auer.

»Es ist unser Job, so etwas herauszufinden«, warf Lindner ein.

»Super«, erwiderte Auer knapp, »dann braucht ihr mich ja nicht mehr.«

»Warte, Elfriede, natürlich brauchen wir dich!«, entgegnete Lindner rasch, aber die Kriminaltechnikerin hatte das Gespräch bereits beendet.

»Mit Elfriede scheinst du es dir zumindest für heute verscherzt zu haben«, stellte Brandner fest. »Soweit ich sie kenne, ist sie allerdings nicht nachtragend. Am besten machst du keine große Sache daraus und entschuldigst dich bei ihr.«

Seine junge Kollegin zuckte mit ihren Schultern. »Wenn sie so schnell beleidigt ist, kann ich auch nichts machen, aber danke für deinen Hinweis.« Lindner machte eine kurze Pause. »Dir ist doch auch klar, dass Ricarda für ›Bauer Trachten‹ auf dem Laufsteg war. Sie wird das Outfit nach dem Lauf sofort ausgezogen haben, denn sie hat kurz darauf das andere Dirndl mit der silbernen Schürze vorgeführt, mit der Simone Schnell später erdrosselt wurde.«

»Und von der hat Ricarda Sonnleitner behauptet, sie hätte sie samt Kleid an einen Haken oben in der Umkleide auf der Schallaburg gehängt.«

»Was fangen wir mit diesem Wissen an?«, fragte Lindner.

»Sie könnte gelogen haben … Wir fordern am besten für die Bauers und für Sonnleitner die jeweiligen Bewegungsdaten bei ihren Mobilfunkanbietern an.«

»Wenn Böck das genehmigt«, ergänzte Lindner.

»Das wird er! Immerhin sitzt ihm die Politik im Nacken und er möchte einen Verdächtigen präsentieren.«

»Stimmt auch wieder.«

»Wir laden Franziska und Fred Bauer sowie Ricarda Sonnleitner für morgen ins LKA zur Einvernahme, dann kommen wir hoffentlich endlich voran.«

»Kann ich Ricarda übernehmen?«, bat Lindner.

Euer Verhältnis ist eng, vielleicht zu eng. Andererseits plaudert das Model dir gegenüber vielleicht etwas aus, was sie mir nicht erzählen würde …

»Was genau schlägst du vor?«, hakte Brandner nach.

»Ich würde ihr gerne heute noch einen Besuch abstatten, um persönlich mit ihr zu reden und sie für morgen einzubestellen.«

Brandner überlegte. »Okay!«, sagte er schließlich. »Ich muss sowieso mit Böck wegen der Handydaten reden und weitere Optionen klären, die uns helfen könnten. Vielleicht nutzen die Bauers und die Sonnleitner irgendwelche smarten Geräte, die uns verraten, ob sie sie an den Tatabenden genutzt haben und wo sie waren.«

Die modernste Technik ist Segen und Fluch zugleich. Dass ständig irgendwo Daten im Hintergrund gespeichert werden, machen sich die wenigsten bewusst. Für uns ist das enorm hilfreich, doch mir graut auch vor der Komplexität und Gefahr, die davon ausgeht …

»Gut, dann breche ich gleich auf, der Weg ist weit bis nach Lackenhof.«

»Gute Fahrt!«

71

Lackenhof, Niederösterreich
Freitag, 16. Mai

Annika hatte dieses Mal einen VW Golf aus dem Fuhrpark des LKA erhalten. Während der Fahrt nach Lackenhof hatte sie fieberhaft überlegt, wie sie Ricarda gegenübertreten sollte. Sie hatte Brandner nicht die ganze Wahrheit über den Grund ihres Besuchs bei dem Model erzählt, aber sie hatte auch nicht gelogen. Er ahnte zwar offensichtlich, dass sie das Model zu sehr an sich herangelassen hatte, doch wie nah, das hatte Annika ihm nach wie vor nicht gebeichtet. Nun holte sie dieses Versäumnis ein, denn auch wenn sie nicht hatte ahnen können, dass Ricarda ernsthaft in Verdacht geraten würde, war genau das geschehen.

Als sie den Heimatort von Ricarda und Simone Schnell erreichte, geriet sie bei der Ortseinfahrt in einen kleinen Stau. Annika wunderte sich, wie viel zu dieser Jahreszeit los war, da sie davon ausgegangen war, dass sich vor allem im Winter Touristen in der Gemeinde tummelten. Doch auch im Wonnemonat Mai schien Lackenhof bei Gästen beliebt zu sein.

Und morgen bei der Beerdigung der Skikaiserin wird noch mehr los sein.

Sie nutzte die Wartezeit, indem sie in Gedanken formulierte, was sie Ricarda eigentlich sagen wollte: »Du bist für morgen im LKA vorgeladen, wir verdächtigen dich in zwei Mordfällen, aber bitte verrat Major Brandner nichts davon, dass wir am ersten Abend miteinander getrunken haben!«

Annika stöhnte auf. »So wird das nichts«, murmelte sie vor sich hin, während sie den Wagen im Schritttempo durch den dichten Verkehr lenkte.

Schließlich erreichte sie Ricardas Wohnung und war erleichtert, als sie eine Parklücke in unmittelbarer Nähe entdeckte. Langsam ging sie die letzten Schritte zum Haus, um sich innerlich für das Aufeinandertreffen mit dem Model zu wappnen. Als sie die Klingel betätigte, fiel ihr ein, dass sie versäumt hatte, sich anzumelden.

Wie unprofessionell von mir! Was, wenn sie gar nicht da ist und ich den weiten Weg umsonst gefahren bin?

Doch ein Surren ertönte, und sie stieß die Tür auf. Als sie die letzte Treppe hinauflief, hörte sie Ricarda von oben rufen: »Annika? Was für eine Überraschung, oder haben wir einen Termin?«

Annika merkte, wie Unbehagen in ihr aufstieg. Entschlossen kämpfte sie dagegen an und streckte den Rücken durch. »Nein!«, antwortete sie. »Darf ich trotzdem kurz reinkommen?«

»Sicher, gerne!«

Sie folgte der Hausherrin in den Flur mit den Bildern. Das Model war barfuß, trug kurze Jeans und ein rosa Shirt. Annika schlüpfte schnell aus ihren Schuhen und betrat hinter Ricarda das Wohnzimmer.

»Andreas Schnell kennst du ja schon!«

Annika stockte der Atem. Simone Schnells Bruder lag mit ausgestreckten Beinen auf der Couch. Er hob einen Arm zum Gruß. »Die Frau Inspektor, welche Freude! Ricarda, zeichnest du etwa auch die Schnüfflerin? Vielleicht als Akt? Ich schaue gerne zu!«

Was bitte? Nichts wie weg!

»Andreas, benimmt dich!« Ricarda schenkte dem Ekel unerklärlicherweise ein Lächeln.

Einfach die Vorladung übermitteln und dann sofort raus hier!

»Ich möchte euch nicht stören«, sagte sie und wandte sich an das Model. »Du bist morgen um zehn Uhr im LKA in Sankt Pölten vorgeladen. Melde dich bei Major Brandner.«

»Worum geht es?«, erkundigte sich Ricarda. »Morgen ist Simones Beerdigung, da wollte ich hingehen.«

Der Bruder richtete sich auf. »Die bringen wir auch ohne dich unter die Erde.«

Was findet sie nur an ihm? Merkt sie nicht, was er für ein Scheusal ist?

»Darum geht es nicht!«, erwiderte Ricarda.

»Ich weiß!« Schnell stand auf und legte seine Arme um die junge Frau. »Ihr seid euch aber nicht so nah gestanden. Du kannst ruhig ins LKA. Ich schaffe das ohne dich.«

Was soll denn das heißen? Der ist doch froh, dass seine Schwester tot ist. Das hat er selbst gesagt! Eigentlich sollten wir ihn gleich mit vorladen …

Ricarda sagte nichts, sondern schmiegte sich an die Brust von Andreas Schnell.

Da stehen sie wie ein verliebtes Pärchen, als sei nichts geschehen! Vielleicht findet Brandner morgen beim Verhör mehr heraus. Es muss einen Grund haben, warum Ricarda beide Schürzen getragen hat, mit denen die Morde begangen wurden. Und der hat sicherlich mit diesem Scheusal zu tun.

»Merk dir den Termin! Du willst sicher nicht von der Polizei abgeholt werden«, knurrte Annika.

»Okay, ich komme!«

Die junge Frau trat hinter ihr in den Flur. Während Annika wieder in ihre Schuhe schlüpfte, schaute sie das Model fragend an.

»Ist noch etwas?«, fragte Ricarda.

»Was … Was ist mit unserer Abmachung?«

»Die bleibt unser kleines Geheimnis«, erwiderte Ricarda und zwinkerte ihr zu.

»Was für ein Geheimnis?« Andreas Schnell war ihnen gefolgt

Für den Mann ist Privatsphäre ein Fremdwort! Aber anscheinend hat Ricarda ihm nichts von unserem gemeinsamen Abend erzählt … Hoffentlich!

»Geht dich nichts an!«, entgegnete Ricarda und strahlte den Widerling an.

»Schade!«

Tatsächlich. Er weiß doch nicht alles.

»Ich verabschiede mich«, verkündete Annika und eilte hinaus.

Als sie wieder in ihrem Auto saß, seufzte sie erleichtert auf. Andreas Schnell hatte sie eigentlich nie wieder so nahe kommen wollen. Sie schüttelte den Kopf darüber, dass eine Frau wie Ricarda Sonnleitner Zeit mit diesem Widerling verbrachte.

Annika startete den Motor und wählte über die Freisprechanlage Brandners Nummer.

»Interessant!«, sagte der, als sie den Bericht von ihrem Besuch bei der Verdächtigen abgeschlossen hatte. »Weißt du was, die Befragungen kann ich morgen allein durchführen! Du solltest zum Begräbnis von Simone Schnell gehen und alles beobachten.«

»Aber der Bruder …«

»Annika, ich verstehe das, und unter anderen Umständen würde ich dich nicht darum bitten. Aber falls wir mit den Bauers oder der Sonnleitner falschliegen, müssen wir weitersuchen. Und es besteht die Möglichkeit, dass sich der Täter unter den Trauergästen befindet.«

»Sicher! Mache ich!«, erwiderte Annika zähneknirschend und versuchte, sich ihren Unmut nicht anmerken zu lassen.

72

Amstetten, Niederösterreich
Freitag, 16. Mai

Reitbauer hatte nicht mehr damit gerechnet, umso mehr hatte er sich gefreut, als Brandner ihn angerufen und um seine Mithilfe gebeten hatte. Mit dem ausgedruckten Anhang in der Hand, den ihm der Herr Major im Nachgang per Mail zugeschickt hatte, machte er sich zu Fuß auf den Weg. Da er darüber informiert war, dass Franziska Bauer am Vortag in der Filiale in Waidhofen gewesen war, ging Reitbauer davon aus, sie heute in der Zentrale in Amstetten anzutreffen.

Und falls sie nicht da ist, werden mir ihre Angestellten Auskunft zu ihrem Aufenthaltsort geben. Außer die Bauer hat ihnen das extra untersagt, nachdem sie das gestern Brandner gegenüber getan haben.

Es war wieder recht warm, trotzdem genoss es der Inspektionsleiter, durch »seine« Stadt zu laufen. Mittlerweile hatte er Amstetten lieb gewonnen, auch wenn ihm die Altstadt Waidhofens fehlte und natürlich der Blick auf die Berge im oberen Ybbstal. Ein Renault Megane im Halteverbot zog seine Aufmerksamkeit auf sich, doch Reitbauer tat so, als würde ihm das nicht auffallen. Zuerst musste er eine wichtigere Aufgabe erledigen, bevor er sich mit den Banalitäten seines Berufs beschäftigen würde.

Er passierte den Laden von ›Schnell und Chic‹. Neben Simone Schnell war nun auch ein Bild von Alexandra Lanz an der Fassade angebracht. Ein Meer von Blumen und brennenden Kerzen zierte den Gehsteig vor dem Haus. Reitbauer marschierte schnell weiter, um nicht länger die Gesichter der toten Frauen sehen zu müssen.

Eine Schande ist das! Sie waren so jung!

Schließlich erreichte er ›Bauer Trachten‹ und betrat den Laden.

»Chefin, Besuch für dich!«, rief die Verkäuferin sofort, als sie Reitbauer in seiner Uniform erblickte.

»Wer denn?«

»Polizei!«

Der Inspektionsleiter sah sich um. Im Geschäft befand sich gerade kein Kunde. Deswegen also die lautstarke Ankündigung seines Besuchs.

»Ich komme!« Franziska Bauer erschien im hinteren Teil des Raumes. Sie trug ein Dirndl in Hellblau und Lila. »Bitte, folgen Sie mir!«, forderte sie Reitbauer auf.

Er folgte ihr in einen Raum mit Nähmaschinen. »Ich weiß nicht, ob Sie meinen Sohn Fred schon kennen?« Sie deutete auf einen jungen Mann, der vor einem Monitor saß.

Gut, den brauche ich auch!

Reitbauer begrüßte Fred Bauer, bevor er begann: »Die Schürze …«

»… mit der Alexandra Lanz erdrosselt wurde?«, unterbrach der Sohn sofort.

Reitbauer räusperte sich irritiert. »Ja, sie ist aus Ihrer Kollektion.«

»Besteht kein Zweifel?«, wollte Franziska Bauer wissen.

»Major Brandner ist sich sicher«, erwiderte er.

Mutter und Sohn nickten stumm, so als hätten sie mit der Information gerechnet.

Angesichts der Tatsache, dass sie behauptet hat, die Schürze stamme nicht aus ihrem Haus, hätte ich jetzt mit mehr Gegenwehr gerechnet! Mir soll es recht sein, ich bin nur ausführendes Organ.

Reitbauer reichte jedem eine Vorladung, die er vorhin ausgedruckt hatte. »Sie sind morgen ins LKA Sankt Pölten einbestellt, um zehn Uhr.«

Die beiden nahmen die Schreiben wortlos entgegen. Der Sohn begann zu lesen, die Mutter würdigte das Blatt in ihrer Hand keines Blickes. Ihre Augen ruhten auf Reitbauer.

»Sie können gehen!«, forderte sie ihn auf. Als er nicht sofort reagierte, fügte sie hinzu: »Keine Sorge, wir kommen morgen!«

»Wir haben nichts zu verbergen!«, bekräftigte Fred Bauer.

Da bin ich mir nicht so sicher.

73

Sankt Pölten, Niederösterreich
Freitag, 16. Mai

»Lange kann ich unsere Landesfürstin nicht mehr hinhalten! Die macht mir die Hölle heiß!«

Direktor Böck thronte auf seinem Schreibtischsessel, den er extra hoch eingestellt hatte. Auch wenn er stehen würde, wäre sein Kopf nur unwesentlich weiter oben als jetzt. Allerdings wirkte sein Bauch in dieser Position noch voluminöser. Wieder einmal hatte er beide Daumen in die dunkelblauen Hosenträger untergehakt.

Brandner hatte sich gewundert, dass Böck ihn nicht gleich nach seiner Ankunft im LKA ins Büro zitiert hatte. Er hatte ihn sogar überraschend lange in Ruhe seine Arbeit machen lassen. Und das, obwohl die Politiker nach dem zweiten Mord sicherlich den Druck erhöht hatten.

Ich verstehe sogar Böck, dass er mit der Fürstin nicht auf Konfrontation gehen will. Traditionell wechseln die Hauptleute in Niederösterreich deutlich seltener als die Innenminister oder der Kanzler.

»Morgen habe ich drei Hauptverdächtige vorgeladen«, überbrachte Brandner die gute Nachricht. Er erläuterte die Zusammenhänge. »Es ist das verbindende Element zwischen den Morden. Beide Schürzen stammen aus der Bauer-Kollektion und wurden von Sonnleitner auf der Schallaburg vorgeführt.«

»Bringen Sie sie dazu zu gestehen! Wie, ist mir egal! Und

das morgen!« Böck spannte beide Hosenträger, woraufhin das obligatorische Schnalzen ertönte.

»Wie gesagt, ich bin mir sicher, dass die drei Personen in die Fälle verstrickt sind. Inwiefern und ob einer von ihnen die Morde begangen hat, das kann ich noch nicht sagen.«

Böck blickte ihn verständnislos an. »Und das bedeutet?«

»Es würde uns helfen, wenn wir die GPS-Daten der dreien auswerten können.«

»Genehmigt. Was noch?«

»Ich habe Lindner angewiesen, morgen am Begräbnis von Simone Schnell teilzunehmen. Wie verfolgen quasi mehrere Spuren gleichzeitig, sollte sich eine als irreführend erweisen.«

Böck wiegte seinen Kopf. »Gefällt mir nicht«, befand er.

Jetzt behindere ja nicht meine Ermittlungen!

»Zu diesem Zeitpunkt müssen wir alle Möglichkeiten im Blick behalten!«

Böck rutschte von seinem Sessel und stand auf. Er seufzte einmal laut, bevor er sich zu einer Entscheidung durchrang: »Also gut, machen Sie es so! Ich muss jetzt los!«

Wahrscheinlich noch schnell zum Golfplatz. Im Mai bleibt es schon länger hell, da kann er sogar 18 Löcher spielen.

In seinem Büro ließ sich Brandner erschöpft in seinen Sessel fallen. Sein Blick fiel auf einen Umschlag in seinem Posteingangsfach. Verwundert griff er nach dem Schreiben. Mittlerweile wurde nahezu alles digital übermittelt, und interne Berichte konnten zudem im System abgerufen werden. Ungeduldig riss er das Kuvert auf und zog mehrere Fotos heraus. Auf allen war Birgit Maderthaner im Gespräch mit Simone Schnell zu sehen, und sie befanden sich eindeutig am Spielplatz auf der Schallaburg. Die Aufnahmen mussten an dem Abend entstanden sein, als die Skikaiserin ermordet worden war, denn sie trug dieselbe Kleidung wie auf der Modenschau.

Die Mimik beider Frauen verriet, dass sie miteinander stritten. Birgit Maderthaner wirkte richtiggehend wütend.

Brandner setzte das Puzzle in seinem Kopf zusammen. Die Fotos setzten da an, wo das Video von NÖ-TV aufgehört hatte. Die Szene musste sich abgespielt haben, unmittelbar nachdem Birgit Maderthaner aufgebracht den Arkadenhof verlassen hatte. Kurz nachdem Simone Schnell verschwunden war.

Die Schöngeist hat uns angelogen! Es ging bei ihrem Gespräch mit Maderthaner nicht um ihren Sohn, sondern doch um Simone Schnell.

Brandner rief Elfriede Auer an, die zum Glück gleich ans Telefon ging. »Wie sieht es denn mit dem DNA-Abgleich von Birgit Maderthaner aus?«, fiel er mit der Tür ins Haus.

74

Lackenhof, Niederösterreich
Samstag, 17. Mai

Annika war früh dran, trotzdem waren bereits alle Parkplätze im näheren Umkreis des Friedhofs besetzt. Unzählige

Fans und Bekannte erwiesen Simone Schnell die letzte Ehre und nutzten die Gelegenheit, sich in das Kondolenzbuch der Familie einzutragen. Annika wusste, dass viele Prominente und sogenannte Wegbegleiter der Skikaiserin sich angekündigt hatten. Der Trauergottesdienst würde dennoch nur im engsten Kreis stattfinden, da die kleine Kirche schlicht nicht ausreichend Platz für alle Trauergäste bot. Annika war fest entschlossen, die Zeremonie mitzuverfolgen.

Sie hatte für den Anlass extra elegante Kleidung gewählt: einen schwarzen Blazer zur schwarzen Stoffhose und klassischen Lederschuhen, mit denen sie auch einigermaßen sicher laufen konnte. Noch immer machte sich ihr Knöchel ab und an bemerkbar, nachdem sie vor genau einer Woche auf der Schallaburg umgeknickt war. Ein weiteres Mal würde ihr das im Dienst nicht passieren. Trotz ihres angemessenen Outfits würde sie auffallen. Daran konnte sie nichts ändern, das war praktisch immer der Fall und ihrer Tätowierung geschuldet.

Sie parkte den Dienstwagen und stieg aus. Angenehm frisch war die Luft hier so früh am Morgen. In Sankt Pölten würde das Thermometer bereits Richtung 20 Grad klettern. Auf dem Weg zur Kirche begegneten ihr dunkel gekleidete Menschen, manche liefen in dieselbe Richtung wie sie, andere befanden sich bereits auf dem Rückweg zu ihren Autos.

Eine Kolonne aus dunklen Limousinen näherte sich und hielt direkt vor dem Gotteshaus.

Natürlich! Die Politiker lassen sich das nicht entgehen!

Die Landeshauptfrau stieg aus dem mittleren Wagen. Sie posierte kurz für die Fotografen und das Kamerateam von NÖ-TV. Dem Anlass entsprechend war ihre Miene ernst. Nach einigen Sekunden drehte sie sich um und verschwand mit ihrer Entourage in der Kirche.

75

Sankt Pölten, Niederösterreich
Samstag, 17. Mai

Will sie mich mit ihren Beinen beeindrucken?

Ricarda Sonnleitner war gekleidet, als befände sie sich im Strandurlaub am Mittelmeer. Sogar einen Strohhut trug sie, dazu eine hellblaue, leicht durchsichtige Bluse, kurze Shorts und Hawaianas. Ihre langen Beine musste sie eingeölt haben, denn ihre Haut glänzte so stark, dass sich Brandner schwertat, nicht hinzuschauen.

Zur Sicherheit richtete er seinen Blick auf die Unterlagen vor ihm auf dem Tisch. Noch gestern Abend hatte die Telekom alle angeforderten Handydaten übermittelt. Sonnleitners Gerät war an dem Abend, als Alexandra Lanz ermordet worden war, ohne Unterbrechung in Lackenhof eingewählt gewesen. Das war natürlich kein hundertprozentiges Alibi, denn sie konnte es einfach in ihrer Wohnung zurückgelassen haben, doch es war ebenso wenig für die Ermittlungen hilfreich.

»Die Schürze, mit der Alexandra Lanz umgebracht wurde, haben Sie auf der Schallaburg getragen, ebenso wie diejenige, mit der Simone Schnell erdrosselt wurde«, begann Brandner das Gespräch.

»Ist das so?«

Sonnleitner saß ihm im Verhörzimmer direkt gegenüber. Auch wenn ihm seit gestern an ihrer Schuld Zweifel gekommen waren, hoffte er, die Einvernehmung würde sie zum Sprechen verleiten. Vielleicht erfuhr er etwas, mit dem er später Franziska Bauer und ihren Sohn konfrontieren könnte. Die zwei hatte er bewusst zur selben Uhrzeit wie Sonnleitner einbestellt und ließ sie nun im Warteraum noch etwas schmoren.

Er schob zwei Computerausdrucke über den Tisch. Einer zeigte die Schürze am Tatort in Lanz' Wohnung. Auf dem anderen war Sonnleitner zu sehen, wie sie in derselben Schürze gerade die Stufen im Innenhof der Schallaburg herunterstieg.

»Es gibt sicher mehrere Exemplare vom selben Design«, bemerkte das Model.

»Wir haben Ihre DNA und Fingerabdrücke an der Schürze sichergestellt.«

»Dann muss ich sie getragen haben, wie die silberne eben auch. Daraus können Sie mir keinen Strick drehen, haben Sie gesagt!«

»Am Tatort, wo Alexandra Lanz zu Tode gekommen ist«, ergänzte Brandner. Er hatte bewusst seiner Stimme eine gewisse Schärfe verliehen und erzielte damit die gewünschte Wirkung.

Die junge Frau zuckte regelrecht zusammen. Zuvor hatte sie sich lässig mit überkreuzten Beinen in ihrem Stuhl zurückgelehnt. Jetzt setzte sie sich kerzengerade hin und beugte sich nach vorne. »Da will mir jemand etwas anhängen!«

»Und wer sollte das tun?«

»Das weiß ich doch nicht!«

Brandner beschloss abzuwarten.

»Vielleicht Franziska Bauer oder ihr Sohn Fred!«

Brandner wollte schon fast nicken, aber er wollte die Frau nicht in Sicherheit wiegen, daher starrte er sie weiter stumm an.

Von ihrer nächsten Antwort hängt viel ab.

»Wo waren Sie am Mittwochabend zwischen 19 und 22 Uhr?«, fragte er.

»Daheim in Lackenhof!«, erwiderte sie prompt.

Wo auch ihr Handy eingewählt war.

Jetzt erlaubte sich Brandner zu nicken. »Kann das jemand bezeugen?«

76

Lackenhof, Niederösterreich
Samstag, 17. Mai

Annika wartete eine Weile, bis sich der Tumult, den der Auftritt der Landesfürstin unter den Pressevertretern ausgelöst hatte, wieder gelegt hatte. Sie hatte unter einem Baum im Schatten Stellung bezogen, um einen Überblick über das Geschehen zu behalten. Gerade als sie hervortreten wollte, um rechtzeitig einen Platz im Gotteshaus zu ergattern, vibrierte ihr Smartphone

Brandner! Liegt bereits ein Geständnis vor? Kann ich mir

das Begräbnis ersparen? … Oder halt – hat mich Ricarda verpetzt?

»Hallo, Leopold!«, flüsterte sie und hielt sich das Smartphone nahe ans Ohr, sodass die umstehenden Trauernden und Schaulustigen nicht mithören konnten. »Hat jemand gestanden?«

»Nein, es geht um was anderes.«

Doch nicht etwa um mein Verhältnis zu Ricarda!

»Die Sonnleitner behauptet, dass Andreas Schnell den Mittwochabend und die darauffolgende Nacht bei ihr verbracht hat.«

Erleichtert atmete Annika aus. »Das könnte durchaus stimmen«, erwiderte sie. »Die beiden wirkten gestern wie ein Liebespaar.«

»Ist er schon da? Hast du ihn schon gesehen?«

»Nein. Moment mal, da rührt sich was. Die engsten Angehörigen treffen ein! Er ist dabei, gleich bei seinen Eltern!«

»Annika, ich weiß, ich hab gesagt …«

»Leopold, bitte nicht …« Sie stöhnte, da sie wusste, was er als Nächstes sagen würde.

»Wir knöpfen ihn uns vor, wenn die Fälle abgeschlossen sind. Aber dafür müsstest du Sonnleitners Alibi überprüfen …«

»… und mit ihm reden«, vervollständigte Annika den Satz. »Okay, ich geb mein Bestes. Ich versuch, ihn abzufangen.«

»Gut, gib mir Bescheid, wenn du etwas rausgefunden hast.«

»Mache ich.«

Annika steckte ihr Smartphone in die Hosentasche und schob sich durch die Menschenmenge nach vorne. Sie musste Andreas Schnell erreichen, bevor er die Kirche betrat, sonst hätte sie für die nächsten Stunden keine Möglichkeit mehr, mit ihm zu sprechen.

77

Sankt Pölten, Niederösterreich
Samstag, 17. Mai

»Was ist denn mit Ihnen passiert?«

Birgit Maderthaner erhob sich mühsam, als Brandner das kleine Vernehmungszimmer betrat. Sie hatte sichtlich Schmerzen. Ihre Bermudas legten abgeschürfte Knie und verletzte Unterschenkel frei. Sie streckte abwehrend die Hände in die Luft. »Bitte kein Händedruck. Ich bin mit dem Mountainbike gestürzt. Es sind hauptsächlich Abschürfungen, die Prellung an der Hüfte wird mich allerdings noch ein paar Tage begleiten.«

»Das tut mir leid zu hören. Setzen Sie sich doch bitte wieder«, bot er an.

»Wenn es Ihnen nichts ausmacht, würde ich lieber stehen bleiben. Das Sitzen tut mir irgendwie nicht gut.«

»Natürlich!«, erwiderte Brandner und blieb ebenfalls stehen.

Er legte die Mappe auf die Tischplatte und holte die Fotoausdrucke heraus. »Sie hatten eine Auseinandersetzung mit Simone Schnell, kurz bevor sie ermordet wurde. Das zeigen diese Aufnahmen eindeutig.«

»Darum geht es also«, sagte Maderthaner leise, mehr zu sich selbst als zu Brandner. »Das ging ja schnell«, fuhr sie nach einer kurzen Pause mit lauterer Stimme fort. »Am Donnerstag verweigere ich ihm das Geld, am Freitagabend werde ich vorgeladen und am Samstag werde ich deswegen schon auf dem LKA verhört.«

Brandner stutzte. »Wovon reden Sie?«

Maderthaner seufzte, bevor sie erklärte: »Ich bin erpresst worden.«

»Warum haben Sie nichts gesagt?« Als sie eine Antwort schuldig blieb, hakte er nach: »Wissen Sie, von wem sie erpresst worden sind?«

Maderthaner holte vorsichtig ihr Smartphone aus der Handtasche, entsperrte es, wischte mehrmals über das Display und zeigte Brandner schließlich ein Video. »Von ihm! Ich habe am Mittwoch ein Schreiben erhalten. Ich sollte 100.000 Euro zahlen oder die Fotos würden an die Polizei geschickt werden.«

Brandner stützte sich mit den Händen auf der Tischplatte ab, während er das Video verfolgte, auf dem ein Radfahrer in einem Waldstück zu sehen war. »Wie haben Sie reagiert?«

»Ich bin darauf eingestiegen, bis zu einem gewissen Grad zumindest.«

»Wieso haben Sie sich nicht an uns gewandt? Was haben Sie zu verbergen?«

»Nichts!« Maderthaners Stimme überschlug sich fast. »Außer eben, dass ich mich mit Simone kurz vor ihrem Tod gestritten habe«, fügte sie leiste hinzu. »Ich hatte Angst, dass Sie glauben würden, ich hätte sie umgebracht – das hab ich aber nicht!« Ihre Stimme wurde lauter, je eifriger die junge Frau redete. »Und wenn das an die Öffentlichkeit gelangt … nicht auszudenken! Simone ist eine Legende, und ich wäre die Böse! Ich stehe am Anfang meiner Karriere, habe gerade den Sponsorenvertrag unterschrieben …«

»Sie haben also gezahlt.«

Maderthaner schüttelte energisch ihren Kopf. »Ich habe Zeitungspapier in einen Sack gestopft. Ich sollte ihn am Donnerstag um 16 Uhr in einem Mülleimer hinterlegen, an der Forststraße rauf zur Kitzhütte. Ich habe mir vor Aufregung fast in die Hose gemacht, so nervös war ich, daher bin ich später auch gestürzt. Sehen Sie mich an!« Sie streckte ihm erneut ihre verletzten Hände entgegen. »Ich habe mich in die Büsche geschlagen und auf den Erpresser gewartet. Als er aufgetaucht ist, habe ich unbemerkt das Video und mehrere Fotos von ihm gemacht. Unten in Hollenstein hat er mich dann mit dem Auto überholt und ist vor mir stehen geblieben. Ich hab schon gedacht, er würde mich vor Wut verprügeln oder in sein Auto zerren, weil er das Geld nicht bekommen hat. Aber stellen Sie sich vor, er hat nur wegen ein paar Kindern angehalten, die über die Straße wollten, und ist dann Gott sei Dank weitergefahren, ohne dass er mich erkannt hat …«

»Stopp, stopp!«, unterbrach Brandner. »Bitte der Reihe nach, damit ich nichts falsch verstehe.« Er setzte sich nun doch und schlug seine Mappe auf, in der Notizblätter und ein Kugelschreiber steckten. »Dieser Mann im Video hat Sie erpresst?«

Maderthaner nickte. Sie ließ sich langsam auf den Stuhl ihm gegenüber nieder, ihre Bewegungen in Zeitlupe ließen nicht einmal annähernd darauf schließen, dass sie eine Spitzensportlerin war. »Er hat den Sack mit dem Geld aus dem Mülleimer rausgeholt und mitgenommen. Irgendwie kommt er mir bekannt vor, aber mir will partout nicht einfallen, wer er ist!«

»Da kann ich Ihnen weiterhelfen«, entgegnete Brandner.

»Sie kennen ihn?« Die junge Frau blicke ihn mit hoffnungsvollem Blick an.

»Ja.«

78

Lackenhof, Niederösterreich
Samstag, 17. Mai

»Entschuldigung!« Annika drängte sich zwischen den eng stehenden Menschen hindurch. Natürlich hätte sie die Dienstmarke verwenden können, um sich freie Bahn zu verschaffen, aber sie wollte kein Aufsehen erregen.

Andreas Schnell befand sich nur noch zwei Reihen vor ihr. Sie konnte es noch schaffen, denn die Familie hatte sich vor der Kirchentür postiert, um die Trauergäste zu begrüßen und Beileidsbekundungen entgegenzunehmen. Energisch steuerte sie auf den Bruder der Verstorbenen zu.

»Mein Beileid!«, sagte sie laut, als sie ihn erreicht hatte, und schüttelte ihm die Hand. Währenddessen trat sie näher heran und beugte sich zu ihm vor. »Ich muss kurz unter vier Augen mit Ihnen reden.«

Er schaute sie überrascht an, bevor er die Sprache wieder fand: »Du hast vielleicht Nerven!«

»Es geht um Ricarda.«

Die Erwähnung dieses Namens wirkte offensichtlich entwaffnend auf ihn, denn statt einer weiteren aggressiven Bemerkung willigte er mit einem Nicken ein.

»Komm mit!«, forderte er Annika auf und ging zur Eingangstür der Kirche. »Sie gehört zu mir!«, ließ er die zwei Männer wissen, die den Zutritt kontrollierten.

Einer der beiden öffnete das schwere Portal, und Annika ging hinter Schnell ins Innere. Kühle Luft schlug ihr entgegen, und melodisches Gemurmel verriet ihr, dass bereits der Rosenkranz gebetet wurde.

Simone Schnells Bruder blieb beim Weihwasserbrunnen stehen und zischte: »Was willst du?«

Annika trat neben ihn. »Haben Sie den Mittwochabend und die Nacht auf Donnerstag mit Ricarda Sonnleitner verbracht?«, fragte sie geradeheraus. Dass er sie nach wie vor duzte, beschloss sie zu ignorieren.

Ohne lange zu überlegen, antwortete er: »Ja, wir waren von sechs Uhr am Abend bis sechs Uhr in der Früh bei Ricarda. Keiner von uns hat die Wohnung in der Zeit verlassen.«

»Sie hatten keinen Abend- oder Nachtdienst im Hotel?«

Schnell schüttelte seinen Kopf. »Ich war für den Donnerstagvormittag eingeteilt.«

»Wieso können Sie sich so genau an die Uhrzeit erinnern?«

»Weil es meine freie Zeit zwischen den Schichten ist, abzüglich der Fahrt, versteht sich. Ich habe den Weg nicht zum ersten Mal zurückgelegt.« Er grinste ihr frech ins Gesicht.

»Was haben Sie in Ricarda Sonnleitners Wohnung getan?«

Sein Grinsen wurde noch breiter. »Gschnackslt natürlich!«

Annika schluckte.

Warum stelle ich ihm auch so eine Frage? Die Antwort wundert mich nicht ernsthaft, aber ich hatte Ricarda wirklich einen besseren Geschmack zugetraut.

Egal, wie gehe ich weiter vor?

Sie räusperte sich, bevor sie bemerkte: »Schnacksln dauert keine zwölf Stunden.«

»Da hast du es noch nicht mit mir probiert!«

Annika verdreht bewusst ihre Augen. »Ihnen ist schon klar, dass wir Frau Sonnleitner dazu ebenfalls befragen.«

»Okay, okay, Ricarda hat mich gemalt«, räumte Andreas Schnell ein. »Wir haben uns Pasta gemacht, ein paar Gläser Rotwein getrunken und sind dann ins Bett. Ich musste ja morgens zeitig raus.«

Na, geht doch! Er kann auch normale Antworten geben, und wer weiß, ob die beiden in der Nacht überhaupt Sex hatten. Andererseits ist mir das auch egal!

79

Sankt Pölten, Niederösterreich
Samstag, 17. Mai

Das Warten scheint ihn ja nicht gestört zu haben.

Fred Bauer wirkte vollkommen entspannt. Er lümmelte in dem klimatisierten Besprechungszimmer auf einem Sessel und genoss mit geschlossenen Augen die Sonnenstrahlen, die durchs Fenster fielen.

Nachdem, was ich gerade gesehen habe, hätte ich ihn wohl besser in den Verhörraum verfrachtet!

Dort saß allerdings schon seine Mutter, die sich Brandner später vornehmen würde. Das Gespräch würde für den jungen Mann so oder so sehr ungemütlich werden.

Brandner machte sich mit einem lauten Räuspern bemerkbar. »Danke, dass Sie gewartet haben.«

Fred Bauer öffnete die Augen. »Das ist doch selbstverständlich!«, erwiderte er lächelnd. »Obwohl mir an einem Samstag schon etwas Besseres einfallen würde, als hier im LKA zu vergammeln.«

»Mountainbiken vielleicht?«, fragte Brandner.

»Zum Beispiel.«

»In Hollenstein?«

Das Grinsen verschwand aus Fred Bauers Gesicht.

Ah, er hat kapiert, was jetzt kommt.

»Haben Sie die Fotos selbst gemacht, mit denen Sie Frau Maderthaner erpresst haben?«, versetzte Brandner ihm den finalen Schlag.

»Ich? ... Was?«, stotterte Bauer und setzte sich aufrecht hin. »Ich soll jemanden erpresst haben? Wer verzapft denn so einen Blödsinn?«

Nun lächelte Brandner. »Leugnen macht wirklich überhaupt keinen Sinn. Wir haben Sie auf Video!«

Der junge Mann begann, auf seinen Fingernägeln zu kauen. Mit einem Mal war alle Entspanntheit verflogen. »Was für ein Video?«, erkundigte er sich nach einigen Augenblicken.

»Ich zeige es Ihnen.«

Brandner zückte sein Smartphone und startete das Video, das ihm Maderthaner weitergeleitet hatte. »Sind Sie wirklich in derartiger Geldnot, dass Sie ein Verbrechen begehen müssen?«

Bauer starrte mit offenem Mund auf das Display, auf dem er gerade dabei war, sich die Forststraße hinaufzuquälen, bevor er vom Rad stieg, sich umschaute und anschließend den Sack aus dem Mülleimer zog.

»Warum haben Sie das getan?«

Der junge Mann presste seine Lippen aufeinander. Dann stand er auf und griff nach seinem Wasserglas, das auf dem Tisch stand. Er ging zum Fenster und schaute hinaus. »Wir sind bei Weitem nicht am Ende, aber ein finanzieller Zuschuss würde uns guttun.« Er drehte sich wieder um, kehrte zurück zu seinem Platz, blieb aber stehen. »Sie haben ein Filmchen, das mich zeigt, wie ich einen Müllsack aus einem Mülleimer nehme. Das beweist gar nichts!«

Ganz so ist es nicht, aber darauf gehe ich erst einmal nicht ein. Zuerst muss ich zwei Mordfälle klären, dann krieg ich ihn wegen Erpressung dran.

Bauer setzte sich wieder, das leere Glas stellte er auf die Tischplatte.

»Warum haben Sie uns dann gerade jetzt die Fotos vom Streit zwischen Simone Schnell und Birgit Maderthaner zugespielt?«, wollte Brandner wissen.

»Welche Fotos?«

»Ich bitte Sie, stellen Sie sich nicht dumm!«

»Ich weiß nicht, wovon Sie reden!«

»Wenn Sie in Zukunft Beweismaterial anonym an die Polizei verschicken wollen, sollten Sie sich besser vergewissern, keine Fingerabdrücke zu hinterlassen.«

»Aber ich habe die Fotos doch abgewischt und Handschuhe …« Bauer brach ab, als er merkte, dass er Brandner in die Falle getappt war.

Der deutete auf das Aufnahmegerät auf dem Tisch. »Sie geben also zu, dass Sie die Fotos geschickt haben?«

Bauer nickte.

»Sagen Sie es bitte laut für die Tonaufnahme.«

»Ja, ich bin gestern nach Sankt Pölten gefahren und habe die Fotos in den Briefkasten beim LKA eingeworfen«, blaffte der junge Mann.

»Warum?«

Fred Bauer wirkte mit einem Mal eher verzweifelt als wütend. Er rang sichtlich mit sich. Schließlich sagte er: »Ach, ist jetzt auch schon egal!«

»Was ist egal?«

»Ich wollte Mutter schützen!«

»Muss sie denn geschützt werden?«

Franziska Bauers Sohn schaute ihn irritiert an. »Gestern war doch der Polizist da und hat uns für heute vorgeladen. Der Grund konnte nur der Mord an Alexandra Lanz sein.« Er schüttelte seinen Kopf, schlang die Arme um seinen Oberkörper, bevor er die Hände auf den Tisch legte und mehrmals nervös mit den Fingern auf die Tischplatte klopfte. »Ich weiß normalerweise immer, wo sich Mutter aufhält, aber ich habe keine Ahnung, was sie am Mittwochabend getan hat oder wo sie war. Ich habe sie angerufen, sogar zwei Mal! Sie hat nicht abgehoben!«

80

Lackenhof, Niederösterreich
Samstag, 17. Mai

Es ist mein Job, ich werde dafür bezahlt, ich krieg Geld dafür.

Annika hielt sich gerne in Kirchen auf, sie bewunderte die Erhabenheit, die alte Gotteshäuser ausstrahlten. Heilige Messen jedweder Art waren ihr jedoch zuwider. Wenn ein katholischer Priester predigte, konnte sie unter normalen Umständen nichts dazu bewegen, dem Gottesdienst beizuwohnen.

Die katholische Kirche ist gegen mich, und das im doppelten Sinne! Erstens weil ich weiblich bin. Frauen dürfen noch immer nicht Priesterinnen werden, unglaublich! Zweitens weil ich eine Frau liebe, was wider der Natur und eine Sünde ist! Dass ich nicht lache …

Sie hatte in einer der hinteren Reihen Platz genommen. Bisher war nichts Nennenswertes passiert, seit sie mit Andreas Schnell unter vier Augen gesprochen hatte. Per Textnachricht hatte sie im Anschluss Brandner informiert, dass der Mann Ricardas Alibi bestätigt hatte. Brandner hatte ein kurzes »Danke« zurückgeschickt. Seither hatte Annika nichts mehr von ihm gehört, obwohl sie ihr Smartphone angelassen, wenn auch lautlos gestellt hatte.

»Mit Simone Schnell haben wir eine Ehefrau, eine Tochter, eine Schwester, eine Freundin und ein Idol verloren«, erzählte der Priester soeben. »Sie war für viele von uns ein Vorbild und von Menschen umgeben, die sie liebten und respektierten. Einige durften sie auf ihrem kurzen, aber dafür umso intensiveren Weg durchs Leben begleiten …«

Aus der ersten Reihe ertönte ein herzzerreißender Schluchzer. Das musste die Mutter gewesen sein.

»Ihr Vater will zu ihrem Gedenken nun einige Worte über seine Tochter sagen«, verkündete der Pfarrer.

Simones Vater? Da bin ich aber gespannt …

Der Mann, den Annika als wortkarg erlebt hatte, trat nach vorne. Zunächst sah sie ihn nur von hinten, bis er schließlich an der Stelle stehen blieb, an der zuvor der Priester aus der Bibel zitiert hatte, und sich der Trauergesellschaft zuwandte. Er trug ein weißes Hemd unter einem dunklen Anzug, auf eine Krawatte hatte er allerdings verzichtet. Er holte einen Zettel aus seiner Sakkoinnentasche hervor, faltete ihn auf und legte ihn auf das Pult vor ihm.

Lindner spürte das Vibrieren ihres Smartphones in ihrer Hosentasche. Sie nahm es heraus. Brandner hatte ihr eine Nachricht geschickt: »Fred Bauer glaubt, seine Mutter hätte L. ermordet. Er wollte sie schützen. Franziska B. sitzt im Verhörzimmer, konfrontiere aber zuerst noch mal Maderthaner. Neuigkeiten?«

Lindners Antwort fiel kurz aus: »Nein, Trauergottesdienst, keine Neuigkeiten.«

Sie steckte ihr Telefon wieder weg und konzentrierte sich auf die Rede von Simone Schnells Vater.

81

Sankt Pölten, Niederösterreich
Samstag, 17. Mai

Kurz überlegte Brandner, Franziska Bauer sofort zu befragen, doch die durfte ruhig noch etwas warten. Zunächst musste er die eine Spur zu Ende verfolgen, bevor wieder unvorhergesehene Dinge oder Hinweise auf andere Straftaten auftauchten. Kurz ärgerte ihn, dass dieses Muttersöhnchen seine Ermittlungen noch komplizierter gemacht hatte, als sie ohnehin schon waren.

Konzentrier dich auf die bevorstehende Konfrontation! Es ist möglich, dass sie die Mörderin ist!

Brandner atmete einmal tief durch, dann betrat er wieder den Raum, in dem Birgit Maderthaner wartete.

»Haben Sie den Erpresser?«, erkundigte sie sich umgehend, als sie ihn bemerkte.

»Ja. Von ihm haben Sie nichts zu befürchten.«

»Gott sei Dank!« Die junge Frau erhob sich, verzog dabei ihr Gesicht vor Schmerz. »Dann kann ich ja gehen.«

Brandner hob beide Hände. »Moment, so schnell geht das nicht!«

»Warum nicht?«

»Hier geht es in erster Line um Mord, nicht um die Erpressung. Sie haben mit Simone Schnell gestritten, kurz danach war sie tot und sie haben ein Motiv. Wäre Schnell in den aktiven Rennsport zurückgekehrt, hätten Sie wieder hintenanstehen müssen, allen voran bei der NÖ-Bank.

Dann hätten Sie keinen Sponsorenvertrag erhalten, oder liege ich falsch?«

Maderthaner beugte sich vor, sie flüsterte fast, als sie antwortete: »Das stimmt ja alles, aber ich war es schlicht und einfach nicht!« Sie machte eine Pause. »Außerdem wurde mittlerweile auch Simones Geschäftspartnerin ermordet. Die kenne ich nicht einmal! Sie sollten also eher im Umfeld der Modefirma ermitteln und mich in Ruhe lassen!«

Brandner zog nun den Ausdruck aus seiner Sakkotasche, mit dem er die Verdächtige schon die ganze Zeit hatte konfrontieren wollen. »Auch zum zweiten Mord gibt es eine Verbindung.« Er reichte ihr den Zettel. »Sie waren zum Tatzeitpunkt in Tatortnähe, das verraten uns Ihre GPS-Daten. Sie waren am Mittwochabend von 17.52 bis 19.43 Uhr in Amstetten, Ihr Handy wurde im unmittelbaren Umfeld von Alexandra Lanz' Wohnung geortet. Bleibt die Frage nach dem Motiv. Vielleicht haben Sie Frau Lanz ermordet, um von sich als Täterin abzulenken!«

Ich pokere hoch, das ist mir bewusst, aber ich brauche zumindest in einer Sache endlich Gewissheit. Hoffentlich habe ich mich nicht verkalkuliert …

Maderthaner hatte sichtlich Mühe, ihre Mimik unter Kontrolle zu halten. Mit einem Seufzer setzte sie sich schwerfällig wieder auf den Sessel. »Ich war wegen Niklas in Amstetten«, erklärte sie.

»Niklas Schöngeist?«

»Ja. Er wollte sich mit mir unterhalten, mich überzeugen, unserer Beziehung nochmals eine Chance geben. Ich habe mich dazu überreden lassen, mich mit ihm im Stadtcafé in Amstetten zu treffen.«

»Wird er das bestätigen?«

»Das Treffen ist nicht gut verlaufen. Ich bin nicht lange

geblieben«, antwortete Maderthaner. Dann hellte sich ihre Miene mit einem Mal auf. »Er ist mir aber gefolgt! Die ganze Zeit! Sogar nachgefahren ist er mir, bis nach Göstling, stellen Sie sich das vor! Das war richtig krank! Ich habe ihm dann vor unserem Haus eine Standpauke gehalten und heimgeschickt. Ich habe befürchtet, dass er mich trotzdem nicht in Ruhe lassen wird, aber er hat tatsächlich den Schwanz eingezogen und ist abgeschwirrt. Danach bin ich zu meinen Eltern ins Haus gegangen. Die und Niklas können gemeinsam bezeugen, dass ich gar nicht die Mörderin von dieser Lanz sein kann!« Ihr Gesicht verfinsterte sich wieder. »Ich hoffe, das tut er auch. Wir sind ja nicht im Guten auseinander.«

»Ich werde das prüfen. Sie bleiben vorerst hier!«

82

Lackenhof, Niederösterreich
Samstag, 17. Mai

Warum tut er sich das an?

Die Stimme von Simone Schnells Vater war brüchig. Er

erzählte, wie glücklich seine Frau und er gewesen waren, als ihre Tochter das Licht der Welt erblickte. Natürlich auch als ihr Bruder geboren wurde.

»Simone hat schon als Kind Talent beim Skilauf bewiesen, aber noch größer als ihr Können war ihr Ehrgeiz«, schwelgte der Vater in Erinnerungen. »Wir konnten sie kaum bremsen. Sie hat immer länger als die anderen trainiert, immer eine Schippe draufgelegt. Simone wollte es einfach schaffen und hat mich angefleht, sie in die Skischule in Schladming gehen zu lassen.« Er machte eine Pause, um sich mit der Hand über die glasigen Augen zu wischen. »Dort hat sie mit Martina und Alexandra zwei Freundinnen fürs Leben gefunden. Sie alle drei waren die Außenseiterinnen aus Niederösterreich, das hat sie zusammengeschweißt! Martina war sicherlich die mit dem größten Talent«, er nickte der Designerin zu, die in der ersten Reihe direkt neben Armin Schnell saß, »Simone hat am meisten trainiert, und Alexandra hat alles für ihre Freundinnen getan. Es war eine kuriose Wendung des Schicksals, dass ausgerechnet sie den Unfall verursacht hatte, an dem die Freundschaft der drei fast zerbrochen ist. Doch an ihrer Beziehung zueinander gab es nichts zu rütteln. Simone war so froh, als sich alle wieder versöhnten und das Trachtengeschäft gemeinsam gründeten.« Jetzt lief ihm eine Träne über die rechte Wange. »Doch nun ist Simone tot und Alexandra auch.« Er schluckte und schaute wieder direkt zu Herzog. »Martina, du hast deine beiden besten Freundinnen verloren …«

Annika sah nur den Hinterkopf der Angesprochenen. Sie nickte kaum merklich. Eine weitere Reaktion war nicht zu erkennen.

Herzog war also das größere Talent von den dreien, und irgendein Unfall, den Lanz verschuldet hat, hätte fast die

Freundschaft der Frauen beendet … Kann das eine Rolle für die Mordfälle spielen?

Annika linste auf ihr Smartphone. Keine neue Nachricht von Brandner. Sie richtete ihren Blick wieder nach vorne. Mittlerweile hatte der Vater seine Trauerrede beendet. Er faltete den Zettel zusammen, steckte ihn ein und ging mit gesenktem Kopf zurück zu seinem Platz in der ersten Reihe.

83

Sankt Pölten, Niederösterreich
Samstag, 17. Mai

Langsam gingen Brandner die Räume aus, doch er hatte persönlich mit Niklas Schöngeist sprechen wollen. Während Maderthaners Eltern die Anwesenheit ihrer Tochter am Mittwoch zu Hause ab circa 20.45 Uhr telefonisch bestätigen konnten, war es entscheidend, was in den Stunden davor geschehen war. Er wollte Schöngeists Reaktion mitbekommen, wenn er ihn mit Maderthaners abstruser Geschichte konfrontieren musste. Diesen Joker würde er jedoch nur ziehen, wenn ihm keine andere Möglichkeit blieb, denn es war immer besser, wenn die Leute von selbst redeten.

Sowohl Birgit Maderthaner als auch Fred Bauer und seine Mutter waren nach wie vor verdächtig, und das nervte Brandner mächtig. Schöngeist hatte er zwar sofort erreicht, doch mittlerweile war es später Nachmittag, und er hatte immer noch keinen konkreten Anhaltspunkt, wer der Zweifachmörder war. Franziska Bauer hatte sich in der Zwischenzeit lauthals beschwert, wie man sie behandelte, dass es ja wohl eine Frechheit sei, sie so lange warten zu lassen. Als die Uniformierten sie nicht beruhigen konnten, hatte man ihn hinzugerufen, doch da hatte sich die Diva erst recht aufgeplustert und ihn mit scharfer Zunge an ihren Termin erinnert. Brandner konnte sie nur mit ein paar Schmeicheleien und dem Versprechen besänftigen, ihr einen frisch gebrühten Espresso ins Verhörzimmer bringen zu lassen.

Manchmal fühle ich mich wie im Kindergarten!

»Danke, Herr Schöngeist, dass Sie so schnell herkommen konnten!«, sagte er, als er sich dem Journalistenspross gegenübersetzte.

»Sie haben mir kaum eine andere Wahl gelassen.«

»Es ist wirklich wichtig, daher musste ich darauf bestehen.«

»Ich nehme an, es geht um den Tod von Simone Schnell? Da weiß ich aber beim besten Willen nicht, wie ich Ihnen weiterhelfen soll.«

Brandner nickte verständnisvoll. »Und doch könnten Sie den entscheidenden Hinweis liefern.«

»Da bin ich jetzt aber gespannt.«

»Wo waren Sie am Mittwochabend?«

»Am Mittwochabend?« Dem jungen Mann war die Frage sichtlich unangenehm. Er kratzte sich demonstrativ am Hinterkopf, als müsse er erst darüber nachdenken.

»Ja, am Mittwoch«, bekräftigte Brandner.

»In Amstetten.«

»Warum waren Sie dort?«

»Ich … Ich habe mich mit Birgit getroffen.«

»Welche Birgit?«

»Birgit Maderthaner.«

»Wann und wo genau haben Sie sich getroffen?«

»Im Stadtcafé, wir waren um 19 Uhr verabredet. Ich war aber früher da.«

»Und Birgit Maderthaner?«

»Die war auch vor der Zeit. Sie ist kurz nach mir gekommen.«

»Wie lange waren Sie gemeinsam dort?«

»Nicht lange, vielleicht eine knappe Stunde. Warum?«

Brandner ignorierte die Gegenfrage. »Was haben Sie danach gemacht?«

Schöngeist schaute auf die Tischplatte. »Muss ich darauf antworten?«

»Ich bitte darum.«

»Es … Es ist mir unangenehm.«

»Und ich habe einen Mordfall zu klären. Wenn Sie sich nicht selbst einer Straftat belasten möchten, dann beantworten Sie bitte meine Frage. Je schneller, desto eher können Sie wieder gehen.«

Der Mann nickte langsam, als müsse das Gesagte erst zu ihm durchsickern. »Desto schneller darf ich gehen?«

»Genau.«

»Also gut.« Noch immer rang der Zeuge mit sich selbst. »Ich … ich«, begann er. »Ich bin der Birgit hinterher. Das

Gespräch im Kaffeehaus ist nicht gut gelaufen, und deswegen wollte ich noch einmal mit ihr reden.«

»Was heißt das: Sie sind ihr hinterher? Erklären Sie es bitte genauer!«

»Sie hat mich nicht gesehen, aber ich bin ihr bis zum Parkplatz gefolgt und dann mit dem Auto hinterhergefahren.« Er schluckte. »Bis nach Göstling«, fügte er zögernd hinzu.

»Und dann?«

»Hat sie mich wieder heimgeschickt.«

»Können Sie sich erinnern, wann das war?«

»Keine Ahnung, so gegen 21 Uhr vermutlich.«

84

Ybbs, Niederösterreich
Samstag, 17. Mai

Annika hatte im Dienstwagen aus dem Fuhrpark des LKA ihren Posten bezogen. Die Trauerfeier und die anschließende Beisetzung waren sehr berührend gewesen, doch sie war frühzeitig aus Lackenhof aufgebrochen. Ihr war nämlich auf dem Friedhof vor allem etwas aufgefallen. Sie hatte es noch deutlich vor Augen: Martina Herzog auf dem Friedhof neben Armin Schnell am Grab von dessen Frau. Dass die beiden sich in der Kirche nebeneinandergesetzt und sich gegenseitig Trost gespendet hatten, schien auf den ersten Blick nicht ungewöhnlich. Schließlich hatte er seine Frau verloren und sie ihre beiden besten Freundinnen. Doch etwas hatte das Verhältnis zwischen den beiden getrübt. Am Grab hatte Herzog mehrmals nach Armin Schnells Hand gegriffen, der sie jedoch immer wieder weggezogen hatte.

Vor dem Gottesdienst ist mir bei den beiden nichts Außergewöhnliches aufgefallen. Da hatte ich mich aber auch auf den Bruder konzentriert, weil Leopold Ricardas Alibi geprüft haben wollte.

Annika ärgerte sich, dass sie es nicht früher bemerkt hatte. Aber wenigstens war ihr nach dem Kirchgang nicht entgangen, dass sich der Witwer und die Freundin von Simone Schnell wie ein altes Ehepaar verhielten, und zwar wie eines, das eine ernsthafte Auseinandersetzung hatte.

Ist es derart einfach? Haben die beiden eine Affäre und Simone war ein Hindernis? Wer von den beiden hat sie aus dem Weg geräumt? Oder haben sie es gemeinsam getan?

Annika ließ den Eingang zu Herzogs Wohnung nicht aus den Augen. Ursprünglich hatte sie auf die Rückkehr der Designerin warten wollen, um sie zum Unfall zu befragen, der fast das Ende der Frauenfreundschaft bedeutet hatte. Zudem musste sie ihre Vermutung überprüfen, dass es sich dabei um dieselbe Verletzung handelte, die Herzog in ihrer Jugend erlitten und von der Brandner bei seinem Besuch bei ›Schnell und Chic‹ erfahren hatte. Und sie hatte geplant, sich nach Herzogs Beziehung zu Armin Schnell zu erkundigen, um zu sehen, wie sie darauf reagierte. Jetzt war sich Annika allerdings unsicher, ob das noch immer so eine gute Idee war.

Vielleicht ist die Frau gemeingefährlich, und ich bin allein hier!

Sie entschloss sich, Brandner eine Sprachnachricht zu schicken. Sie erwähnte den Unfall, bevor sie das eigenartige Verhalten von Herzog und Armin Schnell auf dem Friedhof schilderte. Abschließend informierte sie ihren Vorgesetzten, wo sie war und dass sie auf die Designerin wartete, um mit ihr zu reden.

Doch noch bevor sie die Nachricht abschicken konnte, bog Herzog um die Ecke und ging auf die Eingangstür ihrer Wohnung zu. Annika legte ihr Smartphone auf den Beifahrersitz.

Auch wenn ich allein bin, ich rede jetzt mit ihr!

Um sich etwas zu beruhigen, berührte sie leicht die Stelle am Schultergurt, wo sich ihre Waffe befand. Dann stieg sie aus.

85

Sankt Pölten, Niederösterreich
Samstag, 17. Mai

»Warum kommen Sie so spät?«

Statt zu antworten, starrte Brandner Franziska Bauer finster an. Er musste seine schlechte Laune nicht vorspielen. Er hatte am Morgen damit gerechnet, den Fall mittlerweile gelöst zu haben, doch höhere Mächte hatten offensichtlich einen anderen Plan. Nachdem sie tagelang nicht vorangekommen waren, wurden ihm heute ständig Hinweise vor die Füße geworfen, die sich jedoch wieder in Luft auflösten, sobald er ihnen nachging.

Der Raum mit der verspiegelten Wand trübte seine Stimmung zusätzlich. Er hasste es, nicht zu wissen, ob jemand spontan beschlossen hatte, auf der anderen Seite die Vernehmung zu verfolgen. Das war ohnehin unsinnig, denn sämtliche Verhöre wurden per Video dokumentiert und konnten im Nachgang jederzeit analysiert und kritisiert werden. Das störte ihn weniger, als wenn Böck Mäuschen im Nebenzimmer spielte. In den vergangenen Stunden hatte Brandner den Direktor allerdings nicht gesehen. Da Samstag war, vergnügte er sich wahrscheinlich wieder auf dem Golfplatz. Sein geliebtes Hobby würde er sich auch von der Landesfürstin und dem Innenminister nicht vermiesen lassen.

»Ich habe wichtige Geschäfte zu erledigen«, machte sich Franziska Bauer erneut bemerkbar.

Welche das sind, die wichtiger als ein Termin im LKA sind, das würde mich ja brennend interessieren.

»Wo waren Sie am Mittwochabend?«, fragte Brandner seine Hauptverdächtige direkt. »Ihr Sohn vermutet, Sie hätten Ihre Konkurrentin Frau Lanz erdrosselt, nachdem er Sie den ganzen Abend nicht erreichen konnte!«

Franziska Bauer zog eine Augenbraue nach oben. »Mein Sohn denkt allen Ernstes, ich hätte die Lanz ermordet? Und erzählt Ihnen das auch noch?« Sie schüttelte pikiert den Kopf.

»So ist es! Er hat uns allerdings Material zugespielt, das Sie entlasten sollte. Was es allerdings nicht besser macht, denn zu Ihrem Unglück hat die Person, die er belasten wollte, ein Alibi für den Tatzeitpunkt.«

Franziska Bauer nickte energisch. »Das habe ich auch!«, posaunte sie heraus. »Ein Alibi meine ich. Hätten Sie früher Zeit für mich gefunden, hätte ich Ihnen das schon längst mitgeteilt!«

Das darf doch nicht wahr sein!

Brandner schluckte, das musste er erst einmal verdauen.

»Wo waren Sie? Und vor allem, wer kann das bestätigen?«, wollte er dann wissen.

»Ich war in Wien, bin spätnachmittags mit dem Zug gereist und habe mich dort mit einem Investor getroffen. Bernhard Laimer ist Ihnen sicher ein Begriff!«

»Sie meinen den Bernhard Laimer, dem mehrere Handelsketten gehören?«

»Korrekt«, bestätigte Bauer. »Ich habe Fred davon noch nichts erzählt, aber Laimer wird 51 Prozent von ›Bauer Trachten‹ übernehmen, und unsere Kollektionen werden dann in Zukunft in all seinen Filialen in Österreich, Deutschland und der Schweiz verkauft!« Die Unternehmerin trank einen Schluck Wasser aus ihrem Glas, das neben der leeren Espressotasse auf dem Tisch stand. »Laimer hat einen Notar, der bereits alle Verträge beglaubigt. Es ist alles unter Dach und Fach!«

»Gratulation!« Auch Brandner genehmigte sich einen Schluck Wasser, um sich zu sammeln. »Das erklärt jedoch nicht, warum Ihr Sohn Sie am Mittwochabend nicht erreichen konnte.«

Die Frau zuckte mit ihren Achseln. »Das ist einfach erklärt. Ich hatte schlicht und einfach mein Ladegerät im Büro vergessen. Im Zug hat sich der Akku verabschiedet. Für das Treffen mit Laimer habe ich das Handy zum Glück nicht gebraucht, wir gehören beide zur alten Schule.« Brandner meinte einen gewissen Stolz herauszuhören. »Also war ich bis am nächsten Morgen ohne funktionsfähiges Handy unterwegs.«

Und deswegen konnte uns die Telekom keine Daten liefern. Das Gerät war nicht im Netz eingewählt.

»Und soll ich Ihnen was sagen, Herr Major?« Sie schaute ihn erwartungsvoll an. »Es geht auch ohne!«

»Erneut: Gratulation!«, murmelte Brandner. »Doch wie wollen Sie nun nachweisen, dass Sie sich zwischen 19 und 22 Uhr in Wien aufgehalten haben?«

»Ich habe im ›Five Star Vienna‹ übernachtet, und die Zugtickets habe ich auch noch«, triumphierte Franziska Bauer.

Schöne Bescherung. Damit dürfte sie ebenfalls als Täterin ausscheiden. Bleibt nur noch ihr Sohn Fred, doch der hat gesagt, seine Mutter könnte die Mörderin sein. Ob der so gut schauspielern kann?

Während Brandner seinen Gedanken nachhing, kramte die ehemalige Hauptverdächtige in ihrer Handtasche, zückte ihre Geldbörse und zog daraus eine Visitenkarte heraus. »Rufen Sie Herrn Laimer ruhig an. Er wird Ihnen bestätigen, dass ich am Mittwochabend bis nach Mitternacht mit ihm gemeinsam an der Hotelbar war.«

86

Ybbs, Niederösterreich
Samstag, 17. Mai

»Martina, warte! Ich muss mit dir reden!«

Die Designerin drehte sich um, und Annika duckte sich hinter ein Auto, das am Seitenrand parkte. Sie linste vorsichtig hervor und beobachtete, wie Armin Schnell zielstrebig auf seine Bekannte zuging. Er trug noch immer den dunklen Anzug und war sichtlich aufgebracht.

»Ja, wir müssen reden, komm rein!«, erwiderte Herzog, ohne zu zögern.

Hatte sie ihn etwa erwartet? Jedenfalls scheint sie sein Auftauchen nicht zu überraschen.

Herzog öffnete die Eingangstür und ließ den Witwer vor ihr eintreten. Als die Tür hinter ihnen ins Schloss gefallen war, richtete sich Annika wieder auf.

Was nun?

Sie ging zu ihrem Wagen zurück und setzte sich hinters Lenkrad. Als sie bemerkte, dass sie die Sprachnachricht vorhin nicht versendet hatte, schickte sie sie ab und ergänzte sie um folgenden Text: »Armin Schnell ist bei Herzog. Soll ich reingehen?«

Umgehend vibrierte ihr Smartphone.

»Keinesfalls reingehen!«, rief ihr Vorgesetzter ins Telefon. »Bleib wo du bist! Einer von denen oder beide könnten Schnell und Lanz ermordet haben! Alle meine Verdächtigen hier in Sankt Pölten scheiden praktisch aus.«

Annika bemerkte, dass die Tür zu Herzogs Wohnung erneut aufgezogen wurde. Zuerst trat Armin Schnell ins Freie, dicht gefolgt von Martina Herzog, die einen schwarzen Blazer über die Hand geworfen hatte. Sein Gesicht wirkte wie versteinert. Hintereinander gingen sie zu Schnells Auto. Er setzte sich hinters Lenkrad, sie auf den Beifahrersitz. Sie schien ihm Instruktionen zu geben.

Annika schilderte Brandner das Geschehen. »Was soll ich tun?«, fragte sie dann, doch wartete die Antwort nicht ab. »Ich folge ihnen!«

»Ja, halte aber Abstand!«

Annika startete den Motor und aktivierte die Freisprechanlage.

»Ich rufe Verstärkung. Noch mal: halte Abstand!«, mahnte Brandner. »Und sag immer Bescheid, wo ihr euch befindet.«

»Wir fahren Richtung Donau, rechts taucht jetzt das neue Veranstaltungszentrum auf, es geht weiter entlang der Donau, flussaufwärts … Wir nähern uns dem Kraftwerk mit der Brücke … Sie halten davor … Ich bleibe in sicherer Distanz stehen.« Annika löste den Sicherheitsgurt. »Wo bleibt die Verstärkung?«

»Ist auf dem Weg.«

»Sie steigen aus. Komisch, Herzog hat noch immer den Blazer über der rechten Hand … Leopold, ich glaube, darunter befindet sich eine Waffe! Sie gibt Armin Schnell damit Zeichen, zur Brücke zu gehen. Da verläuft seitlich der Fahrbahn ein Fußgängerweg.«

»Ich gebe das weiter, in wenigen Minuten treffen die Einsatzwagen ein.«

»Ich gehe hin!« Annika klammerte sich vor Nervosität am Lenkrad fest.

»Annika, warte! Nichts riskieren!«

»Ich muss etwas tun!«

Sie steckte ihr Handy in die Sakkotasche und schlüpfte durch die Autotür ins Freie. Geduckt schlich sie zur Brücke hinüber, bis sie sich Herzog und Schnell auf vielleicht zwanzig Meter genähert hatte. Die beiden redeten miteinander. Die Wassermassen der Donau rauschten unter Annika, sie konnte kein Wort von dem Gespräch verstehen. Sie blieb in Deckung und kroch in der Hocke auf die zwei Verdächtigen zu.

»Du bist krank!«, hörte sie Armin Schnell wütend rufen. »Ich weiß nicht, was ich an dir gefunden habe!«

»Du hast mich geliebt, aber der Ruhm war dir wichtiger! Das ist mir klar geworden, als du mich verschmäht hast, nachdem Simone ihr Comeback plante. Du bist derart erfolgsgeil! Ekelhaft oberflächlich. Aber das hast du nun davon!«

»Aber warum Alexandra? Warum ein weiterer Mord? Nur wegen des Unfalls?«

»Nur?« Herzog spie das Wort förmlich aus. »Alexandra hat mich über den Haufen gefahren! Sie hat mein Leben zerstört! Ich hätte es sein sollen, ich wäre die Skikaiserin geworden! Dann hättest du dich sofort in mich verliebt statt

in Simone und wärst auch bei mir geblieben!« Ihre Stimme wurde leise, verlor aber nicht an Schärfe. Sie zischte dem Witwer entgegen: »Ich habe die Schnauze voll, immer hintenanzustehen! Schluss damit, du springst jetzt!«

Annika konnte nun deutlich die Pistole in Herzogs Hand erkennen und tastete nach ihrer eigenen Waffe.

»Damit kommst du niemals durch!«, schrie Schnell.

»Das denke ich schon. Der Abschiedsbrief, in dem du die beiden Morde gestehst, wird helfen!« Sie grinste ihn boshaft an.

»Ich werde aber nicht springen! Du musst mich schon erschießen!«

Annika entsicherte ihre Pistole.

»Wenn das dein Wunsch ist …« Herzog schleuderte den Blazer zu Boden und zielte auf Armin Schnells Brust.

»Polizei! Waffe runter! Hände hoch!«

Überrascht drehte die Zweifachmörderin den Kopf zu Annika, ihre Waffe immer noch auf Armin Schnell gerichtet.

»Waffe runter!«, schrie Annika.

Sie schoss einmal in die Luft, als Herzog ihren Befehl weiterhin ignorierte.

Die Frau reagierte nicht und wandte sich stattdessen zu Schnells Witwer. »Du bist an allem schuld!«, schrie sie voller Verzweiflung. »Dafür musst du sterben!«

Annika sah noch aus den Augenwinkeln, wie Armin Schnell zur Seite hechtete, bevor zwei Schüsse unmittelbar hintereinander durch die Luft peitschten. Herzog sackte in die Knie, während ihr die Pistole aus den Fingern glitt. Annika sprintete auf sie zu und kickte mit ihrem Fuß die Waffe weit weg. Dann schaute sie zu Armin Schnell, der die rechte Hand auf seinen linken Oberarm presste.

Annika rang nach Luft, während sie ihr Handy aus der

Sakkotasche zog. »Leopold!«, keuchte sie. »Wir brauchen zwei Krankenwagen!«

»Bist du verletzt?«, schrie Brandner.

»Nein, nein, mit mir ist alles okay!«

»Gott sei Dank!« Sie hörte die Erleichterung in seiner Stimme.

In dem Augenblick stürmten mehrere Polizisten an ihr vorbei zu den beiden Verletzten. Annika sackte auf den Boden und lehnte sich an das Brückengeländer.

87

Sankt Pölten, Niederösterreich
Sonntag, 18. Mai

Viel hatte Brandner nicht geschlafen, weil Böck die Pressekonferenz für den frühen Vormittag angesetzt hatte. Er saß neben Lindner seinem Vorgesetzten in dessen Büro gegenüber. Der Direktor hatte extra eine Krawatte angelegt und auf seine Hosenträger verzichtet, nicht gespart hatte er indes wie immer am Parfum. Brandners Nase kitzelte, und er wusste nicht, wie lange er den Niesreiz noch unterdrücken konnte.

Gemeinsam mit seiner Kollegin hatte er seinen Chef über die Ereignisse am Vortag informiert. Nachdem sowohl Armin Schnell als auch Martina Herzog im Krankenhaus versorgt worden waren und keine Lebensgefahr bestand, hatten die Ärzte ihnen grünes Licht gegeben, die beiden einzeln in ihren Krankenzimmern zu befragen. Vor dem der Mörderin hatte Brandner zwei bewaffnete Beamten positionieren lassen.

»Lassen Sie mich das Gehörte rekapitulieren«, ergriff Böck abschließend das Wort. Er wollte seine Daumen wie gewohnt unterhaken und bemerkte erst dann, dass seine Hosenträger fehlten. Ein überraschter Ausdruck huschte über sein Gesicht, bevor er kurz den Kopf schüttelte und fortfuhr: »Martina Herzog und Armin Schnell hatten eine heimliche Liebesaffäre. Er hatte seine Frau sogar für sie verlassen wollen, doch dann hielten ihn Simone Schnells Comeback-Pläne davon ab. Er wollte als ihr Trainer vom Ruhm seiner Gattin profitieren und die Lorbeeren einheimsen. Da ist bei Martina Herzog schließlich eine Sicherung durchgebrannt. Umso mehr da Simone Schnell ihren beiden Freundinnen und Geschäftspartnerinnen geschworen hatte, nie mehr in den Rennsport zurückzukehren und sich hundertprozentig auf das gemeinsame Label zu konzentrieren.«

»Stimmt«, bestätigte Lindner, während sich Brandner auf ein stummes Nicken beschränkte.

Böck schaute kurz auf seinen Notizblock. »Bei der Modenschau auf der Schallaburg bot sich Herzog die Gelegenheit, zwei Schürzen von ›Bauer Trachten‹ aus der Umkleide zu entwenden und sie in ihrer Handtasche zu verstauen. Die Tatwaffen hatte sie bewusst mit der Absicht gewählt, die Verbrechen der Inhaberin der Konkurrenzfirma, Franziska Bauer, anzulasten. In ihrer Tasche versteckte Herzog zudem Handschuhe, die sie während des Diebstahls und bei der folgenden Tötung von Simone Schnell trug. Dieselben Handschuhe nutzte sie wenige Tage später ebenfalls beim Mord an Alexandra Lanz.« Böck räusperte sich. »Herzog wusste von den Proben, dass Simone Schnell sich gerne in den Burggarten zurückzog, um eine Zigarette zu rauchen. Als diese an dem Tatabend den Arkadenhof verließ, folgte ihr Herzog nach ein paar Minuten. Das Verbrechen an Simone Schnell war riskant, denn sie hätte dabei von jemandem überrascht werden können, doch Herzog hatte Zeitpunkt und Tatort bewusst gewählt, um die Spur weiter auf Franziska Bauer zu lenken, die sich in unmittelbarer Nähe aufhielt. Stimmt das bisher?«

»Alles korrekt!«, antwortete diesmal Brandner.

Böck setzte einen Haken auf den Notizblock vor sich, bevor er seine ausführliche Zusammenfassung fortsetzte: »Am Abend der Ermordung von Alexandra Lanz haben sich die Täterin und das spätere Opfer kurz nach 18 Uhr vor dem gemeinsamen Geschäft verabschiedet. Herzog fuhr zu ihrer Wohnung nach Ybbs, hat dort ihr Handy zurückgelassen und ist im Anschluss nach Amstetten zurückgekehrt. Sie tötete Lanz daraufhin in ihrer Wohnung, da sie ihr die Schuld am Ende ihrer eigenen Sportkarriere in den Jugendjahren gab. Herzog ist zudem der Überzeugung, dass der von Lanz' verursachte Unfall eine frühere Liebesbeziehung zu Armin Schnell verhinderte, da der sich vom Erfolg seiner späteren Frau Simone angezogen fühlte und sich daher für eine Hochzeit mit ihr entschied.«

»Ja, da wird es etwas wirr, aber genau das glaubt die Wahnsinnige«, unterbrach Lindner und erntete dafür sowohl von Brandner als auch von Böck einen vorwurfsvollen Blick.

Der Direktor richtet seinen Blick wieder auf seine Notizen. »An die Möglichkeit, dass seine Geliebte seine Frau erdrosselt haben könnte, hatte Armin Schnell bis zur Beisetzung Simone Schnells keinen einzigen Gedanken verloren. Erst als sein Schwiegervater in seiner Rede den Unfall erwähnte, der Herzogs Traum von der Skisportkarriere hatte platzen lassen, zog er sie als mögliche Täterin in Betracht. Er fasste den Entschluss, sie mit dieser Theorie zu konfrontieren, und folgte Herzog nach dem Begräbnis in deren Wohnung. Daraufhin bedrohte sie ihn mit der Waffe, die sie am Mordabend von Alexandra Lanz aus deren Tresor gestohlen hatte.« Böck legte eine Pause ein und schaute Brandner fragend an. »Warum hatte sie das getan?«

»Als wir Franziska Bauer nach Schnells Tod ins Visier genommen hatten, ahnte die, dass ihr jemand den Mord unterschieben wollte, wusste aber nicht, wer«, erklärte Brandner. »Sie hatte allerdings Wind von der Affäre zwischen Herzog und Armin Schnell bekommen. Sie stattete Herzog einen Besuch ab, bei dem Drohungen ausgesprochen wurden. Um sich im Falle des Falles wehren zu können, nahm Herzog die Waffe ihrer Geschäftspartnerin an sich, nachdem sie sie getötet hatte. Sie wusste, dass Lanz ihren Tresorschlüssel in ihrem Nachtkästchen aufbewahrte.«

Der Direktor brummte zustimmend. »Demnach adaptierte Herzog ihren Plan, als Armin Schnell sie konfrontierte, und schwenkte auf ihn als Sündenbock um. Der folgende Ablauf ist klar dokumentiert und die Täterin hat bei ihrem Verhör gestern Abend bereits gestanden. Unter dem Strich hat sie die Taten kaltblütig geplant, aus Rache und Eifersucht, was ganz klar niedrige Beweggründe sind. Der

Tatbestand lautet demnach zweifacher Mord, und wir können die Fälle als vollständig geklärt abhaken.« Böck nickte Brandner und Lindner zu. »Sehr gut, dann danke ich Ihnen für die hervorragende Arbeit!« Er schaute auf die Uhr. »Ich bin im Bilde und gehe gut vorbereitet zur PK.«

Brandner räusperte sich. »Herr Direktor.«

»Ja?«

»Wir haben noch nicht darüber gesprochen, wer von uns vor die Presse tritt.«

»Ich werde die Konferenz persönlich leiten, Sie erläutern die Details auf Nachfrage.«

»Was ist mit Inspektorin Lindner?«

Böcks Blick heftete sich auf die junge Kollegin. Brandner linste zu ihr hinüber. Sie trug ihren schwarzen Blazer, eine schwarze Stoffhose und schwarze Schuhe. Allerdings hatte sie darunter eine weiße Bluse angezogen, und ihre Wangen hatten im Gegensatz zu sonst einen leichten rosa Farbton angenommen.

Nur an der Tätowierung hat sich nichts geändert.

Der Direktor wiegte seinen Kopf. »Wollen Sie denn ins Rampenlicht?«

»Sicher!«, brummte Lindner. »Das gehört mit zum Beruf.«

Böck überlegte weiter. »Sie haben einen weiteren Mord verhindert!«, stellte er schließlich fest. »Natürlich kommen Sie mit zur Pressekonferenz!«

Jawohl!

EPILOG

Wieder fuhr Annika die Straße in Richtung Lackenhof. Diesmal saß aber Nina neben ihr. Beide hatten sich heute für ein Dirndl von ›Bauer Trachten‹ entschieden. Annika parkte das Auto, stieg aus und ging Hand in Hand mit ihrer Freundin zur Eingangstür. Es dauerte nicht lange, und Ricarda ließ sie herein.

Als sie sich gegenübertraten, musterte das Model zuerst Annika und dann etwas länger Nina. Dann nickte sie. »Schön seht ihr aus! Das wird auf dem Bild toll zusammen aussehen!« Sie machte auf dem Absatz kehrt und winkte sie in den Flur. »Kommt rein!«

»Danke! Eine Frage noch«, erwiderte Annika.

»Ja?«

»Andreas Schnell ist doch nicht da, oder?«

»Nein, sicher nicht! Das ist vorbei!«

Annika folgte Nina zögerlich in die Wohnung des Models. »Du nimmst es mir also nicht übel, dass ich ihn angezeigt habe?«

Ricarda seufzte. »Nein, ehrlich gesagt, hat es mich nicht überrascht, was er getan hat. Ich hatte schon so eine Ahnung, dass er die arme Tatjana bedrängt hat. Sie wirkte immer wie ein Reh im Scheinwerferlicht, wenn sie Andreas gesehen hat.«

»Warum warst du dann mit ihm zusammen?«

»Na ja, lass es mich so ausdrücken: Als Künstlerin mit gelegentlichen Modeljobs wird man nicht gerade reich, und er wird irgendwann das Hotel übernehmen – insofern seine

Eltern ihn jetzt nicht enterben.« Sie grinste Annika und ihre Freundin an. »Verdient hätte er es ja!«

»Da bin ich erleichtert …« Annika blickte Ricarda direkt in die Augen. »Ich hatte schon befürchtet, du seist mir böse.«

»Ach wo, mach dir keine Sorgen! Entspann dich!«

»Das Gemälde, das du von uns malst, wollen wir dir übrigens abkaufen!«, meldete sich Nina zu Wort. »Immerhin wird es einer der seltenen Momente sein, in denen Annika einmal nichts Schwarzes anhat!«

Das musste ja kommen!

Annika drehte sich lachend zu Nina. »Gute Idee!«, sagte sie und gab ihrer Freundin einen Kuss.

ENDE

DANKSAGUNG

Zuerst bedanke ich mich bei Ihnen, liebe Leserinnen und liebe Leser, dass Sie sich dazu entschieden haben, Annika Lindner und Leopold Brandner bei ihrer Mörderjagd durch das Mostviertel zu begleiten. Ich weiß, die Auswahl an Krimilektüre ist groß, daher freut es mich umso mehr, wenn Sie Zeit mit meinen Figuren verbringen.

Danke sagen möchte ich meiner Familie für ihre Unterstützung, allen voran meiner Frau Silvana, und dem kompletten Gmeiner-Team für die tolle Zusammenarbeit und das in mich gesetzte Vertrauen.

Dieser Krimi fand seinen Ausgangspunkt auf der Schallaburg, wo jedes Jahr Veranstaltungen und Ausstellungen stattfinden. Zum Renaissanceschloss ausgebaut, ist die einstige mittelalterliche Wohnburg in jedem Fall einen Ausflug wert. Informieren Sie sich unter: www.schallaburg.at.

Im Mostviertel entsteht tatsächlich erfrischend moderne, qualitativ hochwertige Trachtenmode. Inspiriert wurde ich unter anderem vom Modelabel ›Freiwild‹. Mehr erfahren Sie unter: www.freiwild-design.at.

Liebe Grüße aus dem Mostviertel sendet Ihnen
Helmut Scharner

Kommissar Brandner ermittelt:

1. Fall: Mostviertler
ISBN 978-3-8392-1850-1

2. Fall: Mostschlinge
ISBN 978-3-8392-2046-7

3. Fall: Mostviertler Jagd
ISBN 978-3-8392-2521-9

4. Fall: Mostbarone
ISBN 978-3-8392-0181-7

5. Fall: Mostviertler Grafen
ISBN 978-3-8392-0397-2

6. Fall: Mostviertler Kaiserin
ISBN 978-3-8392-0632-4